同济人文社科丛书（第六辑）　丛书主编 江波

“伤痕文学”与80年代思想文化的转型

王 琼 著

同济大学出版社
TONGJI UNIVERSITY PRESS

图书在版编目(CIP)数据

“伤痕文学”与80年代思想文化的转型 / 王琼著
. —上海:同济大学出版社,2021.3
(同济大学人文社科丛书 / 江波主编. 第六辑)
ISBN 978-7-5608-8573-5

Ⅰ. ①伤… Ⅱ. ①王… Ⅲ. ①中国文学—当代文学—文学研究 Ⅳ. ①I206.7

中国版本图书馆CIP数据核字(2019)第121088号

“伤痕文学”与80年代思想文化的转型
王 琼 **著**
责任编辑 丁会欣 **责任校对** 徐春莲 **封面设计** 陈益平

出版发行 同济大学出版社 www.tongjipress.com.cn
(地址:上海市四平路1239号 邮编:200092 电话:021-65985622)
经 销 全国各地新华书店
排 版 南京文脉图文设计制作有限公司
印 刷 常熟市华顺印刷有限公司
开 本 890 mm×1240 mm 1/32
印 张 9.25
字 数 249 000
版 次 2021年3月第1版 2021年3月第1次印刷
书 号 ISBN 978-7-5608-8573-5

定 价 48.00元

前　言

作为"新时期"的20世纪80年代，被视为告别50—70年代的革命实践而进行文化"新启蒙"的历史时期。这个时期形成的文学观念、知识体制与思维模式构成了近三十年的新主流文化，也是人们理解当代中国七十年乃至整个20世纪历史的基本认知体系。90年代以来中国社会的变迁，使得如何评价这一认知体系变成了知识界的关键分歧所在。由此，本书希望在批判性地反思历史的基础上，重新描画70年代末80年代初的文化地图，以作为推进现实思考的参照。"一旦某种话语符号以自身的方式进入一种历史性的关系中去，它也就同时获得了形式与社会的双重意义。在这两方面的相互阐释过程中，人们得到的不仅是有关某个文本、作者或者话语体系的'精确的知识'，而是对文化生产的历史性的认识。这种历史性活动不仅仅关乎知识生产的'外部条件'，而是本身就是知识生产的内部规律的组成部分。它揭示给人们的，是种种社会性冲动、意识形态幻觉、政治大气候以及物质经济环境的变化如何凝聚为'符号'和'文本'，而这些不纯的符号和文本的碎片又如何在历史地标运动的巨大压力下成型和结晶为所谓的'作品'。"①

① 张旭东：《辩证法的诗学——解读詹姆逊》，选自《批评的踪迹》一书，第122页，北京：生活·读书·新知三联书店，2003年。

由于新时期社会文化思想的复杂化和文学语境的多元化，新时期的很多文本在创作、阅读和批评过程中，不仅仅作为文学文本，也是那个时代思想文化和社会政治的副本。我们在重回历史情境试图重新阐释和阅读这些文化或文学经典时，应该最大程度地还原当时的思想文化和政治意识形态的语境，理性地进入这些文本内部，离析出这些文本中所呈现的“形式与社会的双重意义”，辨别文学的内部真相及被后来的阅读者或研究者所忽略的历史真相，获得对“文化生产的历史性的认识”。

基于以上思考，本书拟解决以下问题：

一、新时期早春文坛的思想文化的转型体现在哪些方面？当代知识分子身份意识和文化心态的变迁是如何在“伤痕文学”思潮中呈现的？知识分子书写呈现出怎样的叙事姿态与精神特质？背后的意识形态制约因素又是什么？

二、既有的“伤痕文学”概念是怎样被生产出来的？这种命名背后有着怎样的社会历史现实？

三、“伤痕文学”思潮作为一种以“文学”与“历史”为名的现代性建构，是怎样为新的历史叙事编码的？新的历史逻辑是怎样在“伤痕文学”这一思潮的形成过程中发挥了主导作用的？伤痕文本内外的各种力量是如何博弈的？

四、“伤痕文学”思潮的强大的愈合机制的自我调节和治愈功能体现在什么地方？“伤痕文学”这一话语又压抑了哪些批判的可能性？

五、“伤痕文学”思潮是如何式微的？它与其他文学思潮以及与新时期文学的起源的关系是什么？

针对这些问题，本书带着今天的文化政治语境中对文学的理解和认知，选择70年代末到80年代中期的“伤痕文学”思潮作为研究对象，探讨“伤痕文学”的来龙去脉，在宽广的历史和文化背景上追溯这一文学思潮是如何产生、发展，又是如何式微的，努力发掘这一文学思潮是如何与当时的社会政治和思想思潮密切关联的；通过“重返”20世纪70年代末80年代初（基本上是在1976年10月至1984年12月间）的文学史/思想史“现场”，进一步了解当年文学/思想产生的社会背景、氛围和情绪，越过那些覆盖在文学史/思想史表面的宏大修辞，从而对当时文学创作和思想变迁的真实状况获得一个比较客观的认识；对“文革”后的思想文化变迁进行梳理，展现20世纪70年代末80年代初文学的多样性和丰富性，重新将文学史现象问题化，使之置身于历史、文化和社会互动的关系中，力图找到一些对今天的社会发展有启示作用的文化资源；着力从思想史/文学史方面入手，探讨“文革”后“早春文坛”的“社会危机治理”在“创伤抚平”方面的文化/文学“行动”，以及与此“行动”相关的种种问题和理论法则；通过梳理出伤痕作家对“文革”题材的处理，呈现作家的历史观念与文学叙事的互动，呈现意识形态对知识分子创作的规约、改变及塑造过程，由此初步归纳出当代知识分子的历史反思深度，从文学与政治、历史、文学批评、哲学等等的互动中，勾勒出自我与民族的精神发展史和意识形态史；从源头上探究“伤痕文学”思潮的生成与发展，厘定在其变迁过程中的制约和影响因素，呈现“伤痕文学”思潮中国家主流意识形态在大众面前确立自己的文化领导权的过程，进而分析这种文学现象及其演进历程所昭示的发展规律、对当代文学的意义以及存在的不足；发现“革命”叙事与“现代化”叙事之间的复杂关系，并与常规的文学史研究进行对话，为重新理解“80年代”尤其是突破“八五新潮”构建的单一文学史视野提供可能性。

本书第一章第一节概述了“新时期”国家意识形态对文化语境和文学机制的重构。这集中体现在对“文革”运动所展现出来的激进的“左”倾文化思潮进行颠覆和解构，对知识分子文化身份重新确认，对文艺政策进行调整，对文学队伍重新整合，让一些重要的文学期刊复刊等方面。第二节概述了“文革”后新时期的社会思想状况和国家危机治理策略，指出“伤痕文学”思潮作为社会主义文化内部应对社会政治、经济变迁的一种方式，以论证意识形态的合法性为叙事动力，以“愈合”历史伤痕为文化职责，以建立大众对新意识形态的认同和信仰为文学宗旨。第三节对“伤痕文学”及其思潮研究史进行了追溯，并指出其问题所在。第四节论述了本书重返“80年代”的四个路径及使用的研究方法。

第二章第一节考察了“伤痕文学”这一术语的缘起，厘清了围绕在这一术语周围的话语竞争。第二节深入剖析了历史现场“同意”机制的运作模式，探讨“伤痕文学”的经典文本《于无声处》与“天安门诗歌运动”之间的关系，《于无声处》在中央的组织和推动下，在一定程度上配合了“天安门诗歌运动”，对历史转折的实现起了促进作用。第三节追溯了天安门诗歌从“反革命诗歌”向“革命诗歌”的合法性转换过程，论述“天安门诗歌运动”与“伤痕文学”思潮的关系，认为《于无声处》和《天安门诗抄》的命运与“天安门诗歌运动”的命运互为镜像。《于无声处》冲破了“两个凡是”为天安门事件平反所设置的“禁区”，而禁区的冲破则意味着实践派的话语权逐渐增势乃至胜利。正是“天安门诗歌运动”最先触发了党内悲剧这一题材，并促发了“伤痕—反思”文学的产生。第四节分析了思想界对文艺与政治关系探讨的过程，呈现了文学与政治文化之间交叠纠缠的复杂关系。

第三章第一节通过重构历史语境，还原“歌德”与“缺德”论争的历史现场，梳理“伤痕文学”这一概念的建构过程，“伤痕文学”的论争过程也是文学争取艺术民主和艺术自由的过程，论争本身对党的文艺政策的调整有着巨大的推动作用。中央高层和文化组织者周扬的参与，显示出意识形态对“伤痕文学”有意识地规划和建构。第二节从历史细部考察了当时整个社会对《伤痕》和《班主任》这两个经典文本的“追认史”，认为《班主任》和《伤痕》的文学史地位和“文革”后国家的政治文化策略、意识形态症候紧密相关，是“文革”后文学一体化的出版、批评、流通、评奖诸体制共同打造的明星效应。第三节通过“伤痕”文本内外共谋与异质因素的分析，揭示“伤痕文学”文本内外隐含的话语竞争和权力机制，认为“伤痕文学”之所以能够被不断追认，还有很大的原因就是在文本内部体现了与意识形态的合作与共谋。就《班主任》而言，这种共谋性体现在：文本在对知识分子和老干部平反的同时，对揭批“四人帮”这一元话语进行循环论证；对十七年和“五四”的革命价值的认同与挪用，意识形态对文本中的阶级意识进行规约。

第四章第一节通过讲述“伤痕文学”文本《枫》及其周边文本的命运，围绕这些文本周边的各种力量之间的冲突和调整，分析了“揭露”的辩证法，即通过对苦难的揭露和诉说，改变“文革”期间形成的常规性的“以阶级结构为核心”的社会秩序观等思维惯式，以此来愈合历史创伤。《枫》从小说到连环画到电影，意识形态对不同的文艺类型有着不同的规约范围，在审查制度、报刊编辑的共同“看护”下，对“苦难”的控诉和呈现总会适可而止。第二节通过分析伤痕文本控诉的可能及其限度，认为这些控诉式的文学作品控诉的是“文革”和以“文革”为代表的专制话语。这种抗争和质疑的形式在当时来讲虽然激烈，但都在政治"新时期"划定的意识形态范围内展开。"伤痕文学"思潮已形成对知识分子和老干部权力的倾向性和等级性，从而确立了现存制度现代化建设的历史合法性。第三节分析了"伤痕文学"中的新人的形象特征，阐述了新人这一意识形态话语强大的过滤和治愈功能。文本中的新人塑造意味着建立新的美学等级，从而为"四化"建设者的身份确认加冕。新人咄咄逼人的现代主体的自我扩张姿态与革命意识形态有着某种共谋性。而正是这种迎合新的现代化建设的现代改革意识形态的宏大叙事，取代了革命意识形态的宏大叙事，成为20世纪80年代初期主流意识形态开出的治疗新人"伤痕"的良药。

第五章第一节分析了"伤痕文学"思潮式微的哲学基础的局限。第二节分析了"伤痕文学"思潮的式微的社会历史原因和现实依据。第三节揭示了"伤痕文学"思潮的文学史意义，还原其他思潮对"伤痕文学"思潮的批评史，指出其历史反思的洞见与盲见，从而与现行的生产文学史的常规方式和进程进行对话。第四节论述了80年代初的"纯文学"运动与"伤痕文学"思潮之间的关系，指出在当下中国的政治文化语境之中保持和恢复文学实践的活力的途径是文学的"再政治化"。余论描述了当时各种文学思潮"层累"式叠合的复杂图景。

总之，本书以"重返文学现场"为基本理念，比较广义地对"伤痕文学"思潮进行深描，重新使"伤痕文学"这一"文艺思潮"问题化，对其历史背景、现实语境及内在关系等方面做细致的梳理。透过既定的模式和修辞表层，深入具体的社会机制、思想机制和文学机制，发掘和发现它们内在的复杂性，清晰地揭示出"伤痕文学"从"揭露"到"愈合"的文化建构的变迁过程及内在矛盾运动的规律，揭示出它不仅是一种审美表达，还是一种政治表述。

目录

第一章　重返早春文坛

第一节　“文革”告别式：思想文化的转型

“文革”后，在1976至1977两年多的时间里，虽然“文艺舞台上发生了根本的变化，‘四人帮’的法西斯文化专制主义被打破了，文艺园地大大地活跃起来了”，但是还是不能说已经“放”得很充分了。[①] 这一时期充满报刊的话题是对“文革”时期甚嚣尘上的“文艺黑线专政”论、法西斯文化专制主义及其他“四人帮”的反动思想观点和理论主张的批判；文艺界此时所做的主要工作还仅仅是把“许多长期被‘四人帮’颠倒了的路线是非、思想是非、理论是非”再“颠倒过来”。[②] 显而易见，艺术家们尚不能自发地从艺术本质的反思出发，认真理清建国30年的文学历史。[③] 所以，有论者称，在

① 李春光：《打破禁区，发扬民主，加强团结》，《文艺报》，1978年第1期。

② 周扬：《在斗争中学习》，《文艺报》，1978年第1期。

③ 李扬：《中国当代文学思潮史》，第101页，上海：上海社会科学院出版社，2005年。

“文革”结束后的头两年，理论界主要是对帮派文艺进行全面批判，“文艺界对帮派文艺的批判，在某种程度上可以说是中国当代文学史中历次政治批判和政治运动的自然延伸”。[①] 虽然这一批判具有合理性，可其思维方式、批评语言依然留有“文革”遗风。

1978年12月底中共十一届三中全会[②]通过的《会议公报》是新时期政治、经济和文化步入正轨的纲领性文件，公报提出把全党工作的着重点和全国人民的注意力转移到社会主义现代化建设上来，并规定了工业、农业、国防与政治体制逐步现代化的新时期的总任务。这一任务重新确立“四个现代化”的社会实践方案，并对如何实现“四个现代化”提出了具体的措施。1981年6月的中共十一届六中全会决议指出，“文革”“是一场由领导者错误发动，被反革命集团利用，给党、国家和各族人民带来严重灾难的内乱”[③]。十年“文革”至此被指出为一场动乱和浩劫。

关于“文革”与“现代性”的关系在学术界仍然存在分歧。一种观点为“断裂论”，这种观点延续了国家意识形态对“文革”性质的认定，将“文革”作为一场由“四人帮”反革命集团发动的“内乱”，从中国现代性的革命链条中斩断和抹除，从而为新时期国家政治主

① 黄曼君主编：《中国近百年文学理论批评史》(1895—1990)，第1186页，武汉：湖北教育出版社，1997年。

② 梅斯纳如此评价中共十一届三中全会的意义：“那次全会后来终于成为中华人民共和国政治史和社会史上的一次重大集会。三中全会对邓小平和他的‘实践派’来说即使不是完全的，也是决定性的胜利。”莫里斯·梅斯纳：《毛泽东的中国及其发展——中华人民共和国史》，第505—506页，北京：社会科学文献出版社，1992年。

③ 中共十一届六中全会(1981年6月)决议：《关于建国以来党的若干历史问题的决议》，《三中全会以来重要文献选编》(下)，第811页，北京：人民出版社，1982年。

体的重建奠定理论基础。认为“文革”历史运动所产生的个人崇拜、封建专制、群众暴力等现象，中断了中华民族的现代性进程，是“反现代性”事件，这种观点以李泽厚的《启蒙与救亡的双重变奏》为代表，他把“文革”的成因解释为传统文化的糟粕——封建主义所致：“特别是从五十年代中后期到‘文化大革命’，封建主义越来越凶猛地假借着社会主义的名义来大反资本主义，高扬虚伪的道德旗帜，大讲牺牲精神，宣称‘个人主义乃万恶之源’，要求人人‘斗私批修’做舜尧，这便终于把中国意识推到封建传统全面复活的绝境。”①

另一种观点为“延续论”，认为“文革”是一个现代性的事件，因为“文革”不仅处于中国现代性历程的整体链条之中，而且全方位地、显著地展现了现代性的诸多特征，例如个体主体的确立、世俗理性的兴盛、自由主义的涌现、民主精神的扩展、等级制度的废除、对民族现代化的追求等等，都彰显了“文革”的现代性本质。这种观点最初源于20世纪六七十年代西方学术界对中国“文革”的研究，以科林·麦克勒斯的(Colin MacKerras)《中国观察：1964—1967》、克劳斯·梅纳特(Klaus Mehnert)的《北京和新左派》、乌尔迪斯·克鲁兹(Uldis Kruze)《“文化大革命”的政治学与辩证法》、大卫·M·拉道克(David M. Raddock)的《中国青少年的政治行为：广州的“文化大革命”》为代表。80年代末至90年代初，这种观点被兴起的“新儒家”“新左派”“新自由主义”舶来，以汪晖、崔之元、甘阳、韩毓海、徐友渔、秦晖为代表，针对单纯把“文革”看成是

① 李泽厚：《中国现代思想史论》，第30页，天津：天津社会科学出版社，2003年。

封建主义的产物这一观点,这些批评家对此进行反省。在经历对80年代新启蒙文化的反思之后,他们为毛泽东时代的文化发明了一种新的说法,即“反现代的现代性”①或称毛时代的文化为“反现代性现代先锋派”②。

1978年“实践是检验真理的唯一标准”的讨论和党的十一届三中全会的召开真正开辟了一个新的历史时期,新时期的思想解放运动真正拉开序幕。1978年5月11日,《光明日报》发表了“特约评论员”的文章《实践是检验真理的唯一标准》,展开了全国性的关于“真理标准”的讨论。这一年的12月,中共十一届三中全会召开,肯定了“实践是检验真理的唯一标准”这一支持“思想解放”的命题,批评了维护僵化教条的“两个凡是”③的规限,并决定撤销中央发出的有关“反击右倾翻案风”和“天安门反革命事件”的文件,为“四五”天安门事件平反。会议确定停止使用“以阶级斗争为纲”的口号,提出中共全党工作重点转到“社会主义现代化建设”上来。一般认为,这次会议对80年代中国社会的转型具有重要意义,以阶级斗争为纲④被“现代化”建设所取代。

当年轰动一时的电影《庐山恋》中的男主人公面对山水风景

---

① 汪晖:《当代中国的思想状况与现代性问题》,《天涯》,1997年第5期。

② 唐小兵:《我们怎样想象历史》,《再解读——大众文艺与意识形态》,第19页,香港:香港牛津大学出版社,1993年。

③ 当时中共中央的主要领导人提出,“凡是毛主席作出的决策,我们都坚决拥护;凡是毛主席的指示,我们都始终不渝地遵循”。见1977年2月7日《人民日报》社论《学好文件抓住纲》。

④ 对阶级斗争提法的怀疑,较早见到的文章是胡乔木的《关于社会主义时期阶级斗争的一些提法问题》,载《三中全会以来重要文献选编》,第36—40页,北京:人民出版社,1982年。

"描摹"出的却是未来的现代化高楼，它投射出现代化大工业迷人的壮美：现代化的楼群赫然耸现，在蔚蓝的天空中的几朵云彩的环绕下，指向遥远而未知的宇宙。这一从自然景物到现代建筑的移情使故事彻底与过去（"文革"）决裂，确定了未来方向。李泽厚在其当时产生很大影响的《中国近代思想史论》一书"后记"中写道："打倒'四人帮'后，中国进入了一个苏醒的新时期：农业小生产的基础和立于其上的种种观念体系、上层建筑终将消逝，四个现代化必将实现。人民民主的旗帜要在千年封建古国的上空真正飘扬。"①周扬也高度评价了这一历史时期，称它是中国历史上的"第三次思想解放运动"，它彻底破除了林彪、"四人帮"制造的现代迷信，摆脱了毛泽东的"句句是真理"的宗教教义式的新蒙昧主义束缚，真正将马列主义的普遍真理"同中国实现社会主义现代化这个新的革命实践，紧密地结合起来"。②

"文革"后，对于各种思想戒律的怀疑质询，对于种种思想禁区的冲击浮出历史地表，各种文化/文学思潮不断涌现。正如福柯在探讨话语与制度的关系时所揭示的那样："正是一个社会环境里的这些特殊的关系、领域、游戏、形态、技术和秩序，塑造了在这个环境里适用的这种权力、知识、真理、主体、自我和话语。"③文学思潮的不断出现、交叠，主要是与一定历史时期的社会经济形态、政治形态、文化形态的变化密切相关，其中尤与社会心理、社会情绪变化的关系更为紧密。70 年代末 80 年代初的文学思潮便是在粉碎

① 李泽厚：《中国近代思想史论》，第 488 页，北京：人民出版社，1979 年。

② 周扬：《三次伟大的思想解放运动》，《人民日报》，1979 年 5 月 7 日。

③ J·丹纳赫、T·斯奇拉托、J·韦伯：《理解福柯》，刘瑾译，第 38 页，天津：百花文艺出版社，2002 年。

"四人帮"前后中国社会的经济、政治和文化的基础上产生的。当时的思想解放,在最初主要表现为对当代中国的政治、经济、文化路线和政策的检讨。

文学界在这一思想解放的潮流中,首先做的也是被称为"拨乱反正"的工作,对"文革"运动所展现出来的激进的"左"倾文化思潮进行颠覆和解构,重新回归现代性的文化轨道,这被看作是为文学进入"新时期"所做的准备。"新时期"文化语境和文学机制的重建集中在文艺政策的调整、文学队伍的整合、文学期刊的复刊等方面。

在文艺政策的调整方面,主要核心话语是对"文革"的极"左"政治文化路线进行批判。1977 年,开始批判"文革"期间由"四人帮"炮制的《部队文艺工作座谈会纪要》,和《纪要》中提出的"文艺黑线专政"的论断。1978 年 2 月 14 日,《人民日报》发表署名为"中国人民解放军总政治部文化评论组"的文章《"文艺黑线专政论"的出笼和破灭》,对"文艺黑线专政论"进行了"定性"式的政治批判。结束文学的"一体化"局面,是许多作家最为关注的问题,他们认为这是文学发展的症结:"在实践是检验真理的唯一标准面前,不存在什么'禁区',不存在什么'金科玉律'","要有个艺术民主的局面"①。1979 年 1 月 2 日,刚刚恢复的文联举行迎新茶话会。在这次茶话会上第一次公开、彻底否定了"文艺黑线"论。中共中央秘书长兼中宣部部长胡耀邦发表讲话,他说:"四人帮"把全国文艺界办成一个"管教所",现在党和文艺界的新关系是"党的宣

---

① 茅盾:《作家如何理解实践是检验真理的唯一标准》,巴金:《要有艺术民主的局面》等文,《文艺报》,1978 年第 1 期(7 月出版的复刊号)。

传部门应该是文艺界同志们前进过程中的'服务站'"。[①] 1979年5月，中共中央批转解放军总政治部的请示，撤销了《部队文艺工作座谈会纪要》。1979年10月，在距上一次会议近二十年后召开了第四次全国文代会。在这次会议上，"文艺民主"的要求和想象得到热烈的表达。对有关文艺的领导和控制这一敏感问题，会议作出了这样的解释：执政党"对文艺工作的领导，不是发号施令，不是要求文学艺术从属于临时的、具体的、直接的政治任务，而是根据文学艺术的特征和发展规律，帮助文艺工作者获得条件来不断繁荣文学艺术事业"，并重申在1956年提出但一直没有得到很好落实的"百花齐放，百家争鸣"方针的有效性[②]。后来，在1984年12月到次年1月召开的中国作家协会第四次会员代表大会上，以中共中央书记处的名义在大会上宣读的"祝辞"，更提出了"创作自由"的口号："作家有选择题材、主题和艺术表现方法的充分自由，有抒发自己的感情、激情和表达自己的思想的充分自由"，"我们党、政府、文艺团体以至全社会，都应当坚定地保证作家的这种自由"[③]。

在文学队伍整合方面，陆续为文艺界从50年代到"文革"期间受到不公正对待和遭受迫害的作家，受到错误批判的作品"落实政策"，并泾渭分明地划出"凡是派"和"实践派"两大阵营。这一大讨论，成了中国共产党实现伟大转折的思想先导，更是全面改革开放

① 详见徐庆全：《文坛拨乱反正实录》，杭州：浙江人民出版社，第217页，2004年。

② 中共中央、国务院致大会祝辞，见《中国文学艺术工作者第四次代表大会文集》，第6页，成都：四川人民出版社，1980年。

③ 《在中国作家协会第四次会员代表大会上的祝辞》，《人民日报》，1984年12月30日。

和现代化实践的思想先导。1978 年 5 月，中国文联第三届委员会第三次扩大会议宣布恢复文联、作协和其他的文艺家协会活动，“这被看作是回到原先轨道的重要措施。有所反省和修正的五六十年代文学和文学活动方式，是这期间许多作家文学复兴和‘重建’的目标。不过，质疑这种文学和文学体制的思潮已普遍存在。因此，上述组织和刊物原先在文艺界的权威位置，不可避免地受到来自自身和外部因素造成的损害，而有了很大的削弱”。[①] 1979 年 10 月 30 日，中国文学艺术工作者第四次代表大会召开，对文联和作协的作家队伍和领导机构进行了重新设置和整合，文联和作协的恢复及重组，为“新时期”文学聚合了一个稳定的文学生产群，同时提供了制度性的保障。

在文学媒介方面，各级文学期刊相继复刊[②]，重返早春文坛。文学期刊是新时期意识形态的传播媒介和博弈空间，文学期刊突出强调的是意识形态所倡导的社会文化思潮，并以“读者来信”的方式，在知识分子与民众之间生成“建构议题”。这使民众对某一社会文化思潮形成广泛高度的认同，从而塑造“新时期”文学的发展走向。通过树立“典范”和参照坐标，使符合意识形态标准的文学作品“合法化”，并在不断的肯定性阐释和追认中授予其“正典”的社会地位。

随着国家现代化的社会实践方案和未来的国家图景以立法的

① 洪子诚：《中国当代文学史》，第 226—228 页，北京：北京大学出版社，1999 年。

② 徐庆全在《文坛拨乱反正实录》一书中详细记述了《人民文学》《诗刊》《文艺报》的复刊以及文联、作协恢复的情况。参见徐庆全：《文坛拨乱反正实录》，第 185—213 页，杭州：浙江人民出版社，2004 年。

形式重新建构,"文革"社会实践方案宣告破产。在新的历史文化语境中,新时期重建现代民族国家的政治目标逐渐确立,知识分子的文化身份也随之急速转变,走向了一条回归之路。知识分子由"文革"期间的"企图用剥削阶级的旧思想,旧文化,旧风俗,旧习惯,来腐蚀群众,征服人心……资本主义道路的当权派……资产阶级的反动学术'权威'"的"资产阶级知识分子"①,转变为新时期的"脑力劳动者""工人阶级的一部分"。"王洪文、张春桥、江青、姚文元'四人帮'肆意摧残科学事业、迫害知识分子的那种情景,一去不复返了"②,"他们的绝大多数已经是工人阶级和劳动人民自己的知识分子,因此也可以说,已经是工人阶级自己的一部分"③。邓小平还对如何重建知识分子队伍提出了指导性的意见:第一,知识分子并非一个独立的阶级,而是隶属于工人阶级,是工人阶级的一部分;第二,知识分子队伍应该是"又红又专"的科学技术队伍;第三,知识分子应该在党的领导下发展,"实现党委领导下的所长负责制";第四,知识分子应该继续接受改造,"所有的人都应该学习,都应该不断改造,研究新问题,接受新事物,自觉地抵制资产阶级思想的侵袭"④。

---

① 《中国共产党中央委员会关于无产阶级"文化大革命"的决定》,中国人民解放军国防大学党史党建政工教研室编著:《"文化大革命"研究资料》(上册),第72页,北京:国防大学出版社,1988年。

② 邓小平:《在全国科学大会开幕式上的讲话》,《邓小平文选》(第二卷),第43页,北京:人民出版社,1983年。

③ 邓小平:《在全国科学大会开幕式上的讲话》,《邓小平文选》(第二卷),第41页,北京:人民出版社,1983年。

④ 邓小平:《在全国科学大会开幕式上的讲话》,《邓小平文选》(第二卷),第43—47页,北京:人民出版社,1983年。

邓小平1978年3月18日《在全国科学大会开幕式上的讲话》被视为新时期为知识分子"正名"的标识性文献，标志着知识分子重新获得了话语权和存在的合法性。在这篇讲话中，宣布了知识分子生存历史语境的转变和主体重建的开始，知识分子有了明确的阶级归属和文化身份，"50—70年代强调的是知识分子与工农结合，直接投身社会革命。多次的思想改造运动和'思想领域的革命'，产生的一个直接后果是知识群体在社会中地位和形象有所贬低，并有一部分知识分子被驱逐到社会体制的底层"。而"文革"后，"这种调整表现为两个层面：一方面，提升知识群体在社会体制中的位置；另一方面，则强调'知识'的重要性，把'知识'看作是现代'科技生产力'，以唤起全社会对'知识'的尊重"①。

1978年4月5日，中共中央批准中央统战部和公安部的请示报告，决定摘掉"右派分子"的帽子。这一年，为在"文革"中受到迫害的1 700万蒙冤者平反昭雪。郭沫若吟出了他此生的绝诵——《科学的春天》。此前，《人民文学》一月号刊登了徐迟的报告文学《哥德巴赫猜想》，在全国引起强烈反响，《人民日报》《光明日报》等报纸相继转载。昔日的"臭老九"首次作为正面形象堂堂正正出现在党报上。随着"文革"中受迫害的老知识分子的平反、右派摘帽、知青回城和恢复高考，一大批知识分子重新在体制中找到了位置。② 新时期新的历史纪元的边界划定，为修复和重新确立在"文

① 贺桂梅：《80年代文学与五四传统》，第27、33页，北京大学博士论文，2000年。

② "伤痕""反思"小说还描述了其他阶层的身份转换。如"走资本主义道路"的农民、城市市民，"文革"中的"现行反革命""历史反革命"和"叛徒""右派分子"以及"血统论"的受害者等。

革"中破碎的主体,提供了明确的道德指向和情感基础,正如王蒙所言:"拨乱反正就是起死回生。党重新把笔交给了我,我重新被确认为光荣的却是责任沉重、道路艰难的共产党人。革命和文学复归于统一,我的灵魂和人格复归于统一。"①

"社会中的每一个个体都需要通过认同一定的身份来确定自己的位置。社会为不同的身份建构了不同的本质和价值,身份体系的重组即意味着权力机制对身份的本质和价值做出重新规定。"②随着知识分子文化身份的转变,早春文坛的思想文化"范式"也开始转型。重新接续五四启蒙主义文化思潮、人道主义话语成为知识分子的使命箴言和精神感召。

从表面上看,知识分子获得了重构自己的形象和表述自己的主体思想的权利。"这种个人话语的表象背后隐藏着深刻的意识形态话语谱系和成规。因为,'身份'在本质上是一种由种族、阶级、阶层、性别、信仰等多种相互拒斥冲突的因素构成的文化复合体系,归化到一个具体的社会形态之中,'身份'通常指向阶级的具体归属和文化属性的定位,因此,'身份'的生产过程往往含纳了十分复杂的权力运行机制和意识形态因素,尤其是在历史转型期,'身份'的重组和整合往往体现了这一时期意识形态的精神走向和价值旨归。国家主体为了重新获得话语权的合法性和建构新的精神文化空间,必然要以某种意识形态的铺展和延伸作为一种话语规范和政治伦理,以此来规定重建知识分子形象的目标、要求、路

① 王蒙:《我在寻找什么?》,《王蒙文存》(第7卷),第87页,北京:人民文学出版社,2003年。

② 何言宏:《中国书写——当代知识分子写作与现代性研究》,第79页,北京:中央编译出版社,2002年。

向、精神情景以及话语功能，从而形成一种在国家意识形态唤询下生成的带有明显意识形态精神胎记的知识分子主体和知识分子话语。”[①]知识分子必须在主流意识形态所划定的历史框架、逻辑线索及话语空间内对“文革”历史事件进行质疑和解剖，对“文革”为表征的激进的极“左”文化思潮进行批判和否定，以此作为新时期知识分子的话语起源。

新时期初期，通过对知识分子文化身份的重新确认，文艺政策的重新修改与确立，文学体制的重新创建、文学传媒的重新恢复，文学领导层的重组，知识分子自由写作的认同，以及新的评奖规范的制定等多方面的整合，使文学出现了一个“黄金时代”和“新的文学局面”。[②] 新时期文学重新激活了五四“新启蒙”和十七年的文化资源，以“彻底否定‘文化大革命’”拉开了自己文学叙述的厚重帷幕，在“新”的历史语境中建构自己的话语空间。由于对“文革”在中国革命历史和政治实践结构中的否定性的重新安置和异质性的定位，对“文革”的反思和清理成为新时期文学新的逻辑起点。以现代理性精神为准则，以民主、科学、自由为主要内容的新启蒙思潮[③]成

---

① 杨丹丹：《新时期以来小说中的“‘文革’叙事”》，吉林大学博士论文，2010年。

② 吴秀明主编：《当代中国文学五十年》，第153页，杭州：浙江文艺出版社，2004年。

③ 汪晖在《当代中国的思想状况与现代性问题》一文中指出，在整个80年代，中国思想界最富活力的是中国的“新启蒙主义”思潮，但历史地看，中国“新启蒙”思想的基本立场和历史意义，就在于它是为整个国家的改革实践提供意识形态的基础的。中国“新启蒙知识分子”与国家目标的分歧是在两者之间的紧密联系中逐渐展现出来的。当代启蒙思想从西方的（主要是自由主义的）经济学、政治学、法学和其他知识领域获得思想的灵感，并以之与正统的马克思主义意识形态相对抗，是因为由（转下页）

为新时期文学内在的思想资源和学理支撑。新时期文学通过对“文革”浩劫的自省和批判，与意识形态所发起的思想解放运动形成精神的同构和实践的同一，并以思想启蒙的样态完成一次成功的话语实践，从而度过了一段“激情岁月”。①

第二节 疾病的隐喻：社会危机及其文化克服

“文革”后的 80 年代是一个危机时代。“文化大革命”遗留给中国深刻的权威危机，许多外部观察家将这种危机描述为对社会主义的信仰危机、对未来前途的信心危机和对政党国家的信任危机（三信危机），费正清指出：“毛以后的领导人面临的是某种一经破坏便无法修复的局面。他们要尽力重建流行于 50 年代的那种乐观精神和公众的支持。但是由于那时的情绪所依赖的部分条件已经永远不能完全恢复，如当时受过教育的人不多，需要建立和充实新的行政机构，对抗日战争和内战记忆犹新，等等。恢复从前的政策并不能达到目的。不论是严格的组织纪律还是不断进行新的思想灌输都不能把事情弄好。只有找到能不断满足城市公众基本

（接上页）国家推动的社会变革正在经由市场化过程向全球化的历史迈进。在这个意义上，“新启蒙知识分子”与正统派的对抗不能简单地解释为民间知识分子与国家的对抗，恰恰相反，从总的方面看，他们的思想努力与国家目标大体一致。参见汪晖：《当代中国的思想状况与现代性问题》，《天涯》，1997 年第 5 期。关于知识分子的启蒙认同问题，何言宏曾有过详细的论述。参见何言宏：《中国书写——当代知识分子写作与现代性问题》，第 111—116 页，北京，中央编译出版社，2002 年。

① 孟繁华：《〈1978：激情岁月〉序言》，济南：山东教育出版社，1998 年。

价值观和需求的办法才有可能克服革命胜利30年后所盛行的危机感。”①对危机作出反应成为党内高层领导的强大动力，推动他们改革党的国家制度，改革经济，重新界定政党国家与社会之间关系。②

西方观察家所谓的“三信危机”的言论引起过党内高层的重视。胡耀邦在1980年的《剧本创作座谈会上的讲话》中指出：

> 现在有一种说法，我们的国家出现了危机，一个叫信仰危机，一个叫信心危机，一个叫信任危机。……如果说有危机，我觉得一九七六年粉碎“四人帮”以前可以说是一次危机。粉碎“四人帮”，我们挽救了党，挽救了革命，也就是说我们摆脱了这个危机。当然，我们现在还到处可以碰上这个危机带来的后遗症。但现在我们是不是还处在危机之中呢？危机这个话是不能轻易地说的。危机者，摇摇欲坠，快完蛋之谓也。我们的党，我们的社会主义，我们的马克思主义摇摇欲坠了？快完蛋了？我不相信。我说我们的党现在不是什么危机，恰恰相反，我们是恢复了生机！充满着生机！③

“文革”后的危机在胡耀邦看来是充满了生机，而危机感也是源于“四人帮”留下的后遗症。把“文革”后的种种问题巧妙地转化

---

① 罗德里克·麦克法夸尔，费正清主编：《剑桥中华人民共和国史（下）（1966—1982）》，第838—840页，上海：上海人民出版社，1992年。

② 邹谠：《中国革命再阐释》，甘阳编，何高潮等译，第45页，纽约：牛津大学出版社，2002年。

③ 《红旗》，1980年12月13日。

为揭批“四人帮”这一“元话语”，这不仅仅是“伤痕文学”思潮内在的批判逻辑，更表现出粉碎“四人帮”之后整个社会对新时期“光明前途忠诚地热望”①。

胡耀邦的“生机论”也是在修辞上对“危机论”的辩证克服。任何危机的存在，必然内蕴着发展的契机。现代民族国家存在着自我颠覆的因子和自我批判的力量。这也是国家危机治理（crisis management）的一种策略。蔡志强指出：“社会危机治理是指为了有效维护社会秩序，推进社会和谐发展，实现危机消解和规避的目标，政府与社会组织运用权力和手段对社会资源实行计划、协调、控制、管辖，同时积极动员社会群体的有效参与，提高其应对各种危机和获得经济与安全保障的能力的过程，并通过法制原则规定政府、各种组织及社群和个人的权、责、利关系，由此形成的克服危机的目标、战略、组织管理体系、政策和制度规范及行为模式的有机整体。也就是说，社会危机治理包括了危机状态下的社会强制、公民参与、利益协调和创伤抚平，还包括了日常治理中为了规避危机而制定的各种规范和采取的一系列措施。”②

---

① 约翰·赫西描述，他对他在中国遇到的许多老年知识分子表现出来的“对中国光明前途的忠诚的热望”而不是苦恼感到吃惊。见《回故乡漫谈》，第 3 篇，载《纽约人》，第 61 页，1982 年 5 月 24 日。反映这类情感的个人报道有乐黛和韦克曼的《走向暴风雨》。当然，不同利益群体的情绪还是有差别的，费正清详细分析了在 80 年代初城市不同年龄阶段的群体的情绪和生活方式，在此不再赘述。参见罗德里克·麦克法夸尔、费正清主编：《剑桥中华人民共和国史（下）（1966—1982）》，第 834—839 页，上海：上海人民出版社，1992 年。

② 关于“危机”“危机治理”“治理”的社会学含义，可参考蔡志强：《社会危机治理价值变迁与治理成长》，第 33—40 页，上海：上海人民出版社，2006 年。

"文革"后,中国也面临着如何"治理"危机的问题。费正清指出:"在重新评价革命胜利后的30年中究竟什么地方搞错了时,一个共同的分析是谴责激进分子和'文化大革命'(以及以前的各次错误运动),它们破坏了生活毁灭了希望……公众情绪的改变并不只是激进的政策和错误的运动造成的。造成这一变化的因素还有人口增长问题、官僚机构的老化……其他成问题的政策——冻结工资、限制流动——不单纯是激进运动问题的冲击造成的。而且,某些在激进主义阶段发生并被以后的领导人指责的事件在当时还受到过一定程度的欢迎——例如1957年的反右运动、早期的'大跃进'运动和'文化大革命'对官僚主义特权的攻击……尽管在这些年里许多城市居民都经历了严峻的磨难和无保障,但对政府强有力的支持基础依然存在。在某种程度上,对中国的统治者表示适当尊敬的传统观念依然存在,这似乎可用来证明政府是无辜的。此外,必须指出,仍有千百万城市居民——特别是干部和体力劳动者——感到,尽管出现了困难,由于革命,他们的生活还是比从前更好更有保障了。他们依然希望这个曾给他们带来这些改善的政治制度能够解决中国的新问题……最后,还存在着一个支持当局的巨大源泉,它未像其他源泉那样遭受破坏,这就是对国家强大和独立自主的自豪感……"①

既然有危机后的"创伤",便有"抚慰"和"疗救"的必要。文学危机往往是社会、文化危机的反映。鲁迅在《我怎么做起小说来?》一文中写道:

---

① 罗德里克·麦克法夸尔、费正清主编:《剑桥中华人民共和国史(下)(1966—1982)》,第838—840页,上海:上海人民出版社,1992年。

> 自然，做起小说来，总不免自己有些主见的。例如，说到“为什么”做小说罢，我仍抱着十多年前的“启蒙主义”，以为必须是“为人生”，而且要改良这人生。我深恶先前的称小说为“闲书”，而且将“为艺术的艺术”，看作不过是“消闲”的新式的别号。所以我的取材，多采自病态社会的不幸的人们中，意思是在揭出病苦，引起疗救的注意。所以我力避行文的唠叨，只要觉得够将意思传给别人了，就宁可什么陪衬拖带也没有。中国旧戏上，没有背景，新年卖给孩子看的花纸上，只有主要的几个人（但现在的花纸却多有背景了），我深信对于我的目的，这方法是适宜的，所以我不去描写风月，对话决不说到一大篇。①

鲁迅站在启蒙主义的立场上强调小说“为人生”“改良人生”的介入生活、参与社会、承担历史的功能。他从内容和形式上为自己的小说“正名”：内容上，取材来自“病态社会”，并且是“不幸的人们”；形式上，力避唠叨，不求衬托，简洁明了。在《我怎么做起小说来？》一文中，鲁迅还说道：“我做完之后，总要看两遍，自己觉得拗口的，就增删几个字，一定要它读得顺口；没有相宜的白话，宁可引古语，希望总有人会懂，只有自己懂得或连自己也不懂的生造出来的字句，是不大用的。这一节，许多批评家之中，只有一个人看出

① 鲁迅：《我怎么做起小说来？》，本篇最初印入 1933 年 6 月上海天马书店出版的《创作的经验》一书。后编入《南腔北调集》，《鲁迅全集》第 4 卷，第 512 页，北京：人民文学出版社，1956 年。

来了，但他称我为‘Stylist’。”[①]鲁迅这样的文本最终服务于“揭出病苦，引起疗救的注意”这个目的。鲁迅还在很多的作品中表达过他的“战斗的文学”观念，如在《小品文的危机》一文中，鲁迅写道：“小品文就这样的走到了危机。但我所谓危机，也如医学上的所谓‘极期’（Krisis）一般，是生死的分歧，能一直得到死亡，也能由此至于恢复。麻醉性的作品，是将与麻醉者和被麻醉者同归于尽的。生存的小品文，必须是匕首，是投枪，能和读者一同杀出一条生存的血路的东西；但自然，它也能给人愉快和休息，然而这并不是‘小摆设’，更不是抚慰和麻痹，它给人的愉快和休息是休养，是劳作和战斗之前的准备。”[②]当然，这种“原是萌芽于‘文学革命’以至‘思想革命’”[③]的更分明的挣扎和战斗的文学，是锋利而切实的匕首和投枪，为的是让渐渐平滑的人心粗犷起来，争夺的是思想文化领域的阵地。也许在鲁迅看来，象征领域的斗争更加大有可为，更加触及根本。

弃医从文的鲁迅的这段文字中，最有意味的还是“疗救”这一医学用语。“疾病常常被用作隐喻，来使对社会腐败或不公正的指

---

① Stylist（英语），意为文体家。作者这里所指似为黎锦明。黎在《论体裁描写与中国新文艺》（见《文学周报》第五卷第二期，1928年2月合订本）一文中说：“西欧的作家对于体裁，是其第一找到著作的路的门径，还竟有所谓体裁家（Stylist）者。……我们的新文艺，除开鲁迅叶绍钧二三人的作品还可见到有体裁的修养外，其余大都似乎随意的把它挂在笔头上。”

② 鲁迅：《小品文的危机》，本篇最初发表于一九三三年十月一日《现代》第三卷第六期，后编入《南腔北调集》，《鲁迅全集》第4卷，第512页，北京：人民文学出版社，1956年。

③ 鲁迅：《小品文的危机》，本篇最初发表于一九三三年十月一日《现代》第三卷第六期，后编入《南腔北调集》，《鲁迅全集》第4卷，第512页，北京：人民文学出版社，1956年。

控显得活灵活现。……疾病意象被用来表达对社会秩序的焦虑，而健康则是人人理当清楚明了的东西。”[①]既然社会已经患上了某种恶性的、可怕的疾病，那么生活在其中的人们肯定不幸被染上了，疾病在此隐喻着某种将被惩罚的邪恶，战斗文学反抗的正当性就得以确立，就是要“揭出病苦，引起疗救的注意”。既然社会的邪恶要被惩罚，人的疾病需要拯救，就要开出惩治的药方。这也是鲁迅一生孜孜追求的立人兴国的理想。当然，正如黄子平指出的：“鲁迅的深刻之处和独到之处在于，他自始至终对文学的‘治疗效果’的近乎绝望的怀疑，以及与此相关的，对文学家所承担的‘思想—文化’医疗工作者的角色的深刻怀疑。”[②]这也正是鲁迅在绝望中反抗的独特姿态。

鲁迅的“病”的政治修辞学隐喻已经成为中国的政治无意识[③]。“文革”后，人们把社会机体中的“文革”创伤隐喻为“伤痕”，这里的

---

① 苏珊·桑塔格：《疾病的隐喻》，程巍译，第 65 页，上海：上海译文出版社，2003 年。

② 黄子平：《病的隐喻和文学生产》，引自黄子平：《“灰阑”中的叙述》，第 157 页，上海：上海文艺出版社，2001 年。

③ 黄子平在《病的隐喻和文学生产》一文中提道：“将社会、国家、种族等等看作一个健康或病态的有机体的观点，亦与传统文化中的有机自然观一拍即合。既然中国已被视为一‘东亚病夫’，对伟大‘医国手’的回春之术的期待，对种种‘治疗方案’的讨论和争论，就在其大前提从不引起疑问的情形下进行。在这样一种历史语境中，‘五四’时代对文学的社会功能、文学家的社会角色等等的界定，自然很方便地从医学界获得生动形象的比喻。鲁迅‘弃医从文’的故事，常被用来极凝练又极丰富地涵括这一类概念。”引自黄子平：《“灰阑”中的叙述》，上海：上海文艺出版社，第 156 页，2001 年。他还提道：“耐人寻味的是，几乎所有当时争取‘杂文写作’合法性的文章，都在援引鲁迅的同时，使用了大量与‘医学’有关的隐喻。”引自黄子平：《“灰阑”中的叙述》，第 165 页，上海：上海文艺出版社，2001 年。

“伤痕”已不仅仅是身体上的创伤，更是“文革”给人们造成的精神上的伤痛。而“伤痕文学”则恰恰成为人们“愈合”精神伤痛的一剂药方。而怎样解读这一关于“伤痕”及其“愈合”的隐喻，则是我们理解20世纪70年代末80年代初的社会、文化状况的入口。正如考恩所言，隐喻“渗透了语言活动的全部领域并且具有丰富的思想历程，它在现代思想中获得了空前的重要性，它从话语的修饰的边缘过渡到了对人类的理解本身进行理解的中心地位”。[①]

“疾病源自失衡。治疗的目标是恢复正常的均衡——以政治学术语说，是恢复正常的等级制。”[②]对新时期初期国家意识形态的构想来说，新时期不仅是政治层面上的政权的更迭，更是意识形态层面上的对原有的政治文化符号进行修改式的话语操作，重建新的意识形态想象空间和文化运行机制，从而构建出符合新意识形态标准的文学叙述，使文学成为这一时期意识形态话语的转述文本和隐喻文本。“生产一种社会共他从属的和结盟的阶级与团体都接受的世界观、哲学和道德的看法”[③]，以此来强化民众对新的国家主体的强烈认同。而“伤痕文学”思潮则为新时期的普通民众宣泄自己的“文革”创伤提供了审美范本和渠道，它以论证意识形态的合法性为叙事动力，以“愈合”历史伤痕为文化职责，以建立大众对新意识形态的认同和信仰为文学宗旨。“伤痕文学”思潮在

① On Metaphore, ed. By Sheldon Sacks, The University of Chicago Press, 1978, P1。转引自保罗·利科:《活的隐喻》，汪堂家译，译者序第6页，上海:上海译文出版社，2004年。

② 苏珊·桑塔格:《疾病的隐喻》，程巍译，第68页，上海:上海译文出版社，2003年。

③ 波寇克:《文化霸权》，田心喻译，第121页，台北:远流出版社，1991年。

文学史及思想史中的种种作为将是本书所论述的“愈合机制”的实践途径。

那么，在新时期初始的文化/文学领域，符合新意识形态的新的“美学等级制”是怎样建立起来的呢？“社会危机治理”在“文革”后思想文化领域内的“创伤抚平”方面有着怎样的作为？又形成了什么样的新的美学法则？本书无意于对整个新时期做政治社会学的宏观梳理，而只是着力从思想史/文学史方面入手，探讨“文革”后“早春文坛”的“社会危机治理”在“创伤抚平”方面的文化/文学“行动”，以及与此“行动”相关的种种问题和理论法则。从文学与文学批评、哲学、历史等等文化的互动中，往往能够勾勒出自我与民族的精神发展史。而在“最最简要的自传文字中”往往蕴含着这种“文化的最大的潜能”①，并有待于人们进一步发掘。

本雅明指出：“具有意义的文学效应只会在行动与写作的严格交替中产生，它必须培育不显眼的形式，这些形式比起书籍在传单、宣传小册子、杂志书评和广告牌中呈现出的精致而千篇一律的姿态来，与其在活生生的社群里发生的影响更相一致。只有这样即时的语言才是应那一刻而生的。舆论对于社会生活的庞大机器来说宛如机油与机器之间的关系：人们并不是爬上涡轮机往里面倒机油，而只需往看不见但必须知道的铆钉接口里注入机油。”②本雅明的这段话是要告诉我们：“在加油站给汽车加油显然无法直接

---

① 雅克·德里达：《文学行动》，赵兴国等译，第 9—10 页，北京：中国社会科学出版社，1998 年。德里达的原话是：“在最最简要的自传文字中能够搜集到历史、理论、语言学、哲学等文化的最大的潜能。”

② 本雅明：《加油站》，《单行道》，王才勇译，第 1 页，南京：凤凰出版传媒集团，江苏人民出版社，2005 年。

看到机油是如何进入发动机的，但谁都知道，往油箱里注入的汽油会沿着设置好的系统恰到好处地进入能使它发挥效用的地方。文学要具有社会效用同样无需直接面对整个社会现实，而只需找到进入社会系统的入口。”①而在70年代末80年代初的文化语境和文学机制中，对“文革”苦难进行书写的“伤痕文学”思潮成为作家们创作的普遍的逻辑起点和价值旨归。正如冯骥才所言：“历史的伟大转折、新时代的紧急号角，把我们卷进来、推出来，呼唤着挺身而起。我们一边写、一边潸然泪下，义愤昂昂，热血在全身奔涌，勇气填满胸膛。由于我们敢于扭断‘四人帮’精神统治的锁链，敢于喊出人民心底真实的声音，敢于正视现实，而与多年来某些被视为‘正统’实则荒谬的观念相悖。哪怕我们还写得肤浅、粗糙，还存在各种各样明显的缺陷，每一篇作品刊出，即收到雪片一样飞来的、热情洋溢的读者来信。作者和读者相互用文学打动和感动着，一篇小说在编辑部传阅时沾上了一次一次泪痕，是多年文坛不曾有过的现象。”②

“一种新的历史语境形成，文学肯定会作出必要的呼应。这时，文学不仅作为某种文化成分参与历史语境的建构，另一方面，文学又将进入这种历史语境指定的位置，二者之间的循环致使文学出现了显而易见的历史特征。”③“伤痕文学”思潮就是“文革”刚

---

① 本雅明：《加油站·译后》，《单行道》，王才勇译，第1页，南京：凤凰出版传媒集团，江苏人民出版社，2005年12月。

② 冯骥才：《下一步踏向何处》，《冯骥才选集》（第3卷），第280页，天津：百花文艺出版社，1984年。

③ 南帆：《双重的解读——八九十年代中国文学的一种描述》，《文学评论》，1998年第5期。

刚过后，国门再次打开之时，社会主义文化内部应对社会政治、经济变迁的一种方式。“伤痕文学”思潮参与新时期历史语境的建构，触动了时代和历史的神经，捕捉到了那时人心跳动的节奏，又准确地进入历史语境指定的位置，并迅速成为当时文学的主流话语。文学思潮指的是为适应一定历史时期的政治经济变革和社会思潮运动的发展而在文学创作和文学思想上形成的一种共同潮流和趋向。① 文学思潮作为在特定思想倾向下产生普遍而深入的社会影响的文学动向，其作用面和包含面要比风格流派广阔得多。如果说曾经有过一种作为风格流派的“伤痕文学”的话，那么应该进一步认识到，还有一种作为文学思潮或具备文学思潮性质的“伤痕文学”，本书称这种具备了文学思潮性质的“伤痕文学”为“伤痕文学思潮”。

20 世纪 70 年代末 80 年代初的思想文化变迁的历史，就是“伤痕文学思潮”时期新的意识形态恢复正常的文化/文学等级制的过程，就是新意识形态的“愈合机制”②抚慰或愈合社会创伤的过程。“伤痕文学思潮”的产生、发展、式微的整个过程也是“文革”

① 王芸主编:《文学知识手册》，第 28 页，开封:河南大学出版社，1999 年。

② “愈合”使人联想到“和谐社会”中“和谐”一词。“愈合”是医学用语，而“和谐”一词则来自另一领域。据苏珊·桑塔格考证:“在西方医学肇始之时，在古希腊，用来描述身体整体性的那些重要隐喻，都取自艺术。此类隐喻之一是‘和谐’。”参见苏珊·桑塔格:《疾病的隐喻》，程巍译，第 86 页，上海:上海译文出版社，2003 年。在中国，“和”原本是一种乐器，“谐”指音乐的和谐协调。看来，当下中国所用的“和谐社会”一词也是苏珊·桑塔格所谓的政治修辞学上的隐喻。对“和谐”的意义的阐释可以参看王能宪:《和谐的意蕴:从“和而不同”到“世界大同”》，《文艺研究》，2007 年 2 月。还可参考曹英的《和谐社会的思想资源与制度资源》，北京:中国人民公安大学出版社，2007 年。

伤痕在文学史/思想史上被意识形态强大的愈合功能“治疗”乃至“治愈”的过程。“意识形态故事的运作和历史故事的运作完全相似，这就是说，它通过本质上诗意的和修辞比喻的复杂运作将‘事实’转化为特定故事类型的要素。”①这种同构性预示着，讲出了“伤痕文学”思潮的发生发展史，以及在其发生发展史中各种力量之间的关系，各种文本及其周边文本的命运，就在隐喻层面讲出了一个“文革”伤痕“愈合”的故事。

第三节　“伤痕文学”及其思潮研究史

“伤痕文学”历来被认为是当代中国“新时期文学”的起点。如今这个久违了的文学现象，又再次引起了研究者的广泛关注，不少著作与论文鞭辟入里，既持有一些相同观点又各有诸多创见。从“伤痕文学”研究走过的历程来看，经历了由热到冷、再由冷至热的往复过程，而这一过程的三个时段，恰恰与新时期文学与政治的关系同步：文学最初的发端时期受政治意识形态规约，在主流意识形态的引导下，“伤痕文学”成为批评界关注的焦点。20 世纪 80 年代中期以后，纯文学运动使文学“向内转”，研究者更多关注文学内部，回归文学自身。进入新世纪以后，文学边缘化，又使批评界开始重返 80 年代，重新审视 80 年代的文学与政治。

第一阶段为 20 世纪 70 年代末到 80 年代中期，研究者众多，

① 海登·怀特：《讲故事：历史与意识形态》，《后现代历史叙事学》，第 345 页，北京：中国社会科学出版社，2003 年。

讨论甚为激烈。这一阶段关于“伤痕文学”的研究主要围绕着社会主义能否出现“暴露文学”和悲剧以及现实主义的大讨论展开。这时期研究者主要是从作品的角度出发，评价作品本身在思想内容、艺术表现手法上的优劣，或是对具体的作家、作品进行解读、争论。如陈恭敏的《伤痕文学小议》①，徐俊西的《从〈伤痕〉讨论谈文艺的真实性问题》②，王继志的《“现代迷役”和悲剧——谈〈枫〉的思想意义》③，吴高福的《革命现实主义的胜利——评刘心武〈班主任〉等六篇短篇小说》④，延山、西庭、毅然的《暴露文学的作用和地位》⑤，王振铎的《的确出现了一个新流派——从“歌德”与“缺德”谈到“伤痕文学”》⑥，杜黎均的《论文学的悲愤性和现实主义——从四篇获奖小说看到的》⑦，张奇虹的《悲剧的生命力与时代精神》⑧等，这些研究都没有跳出“暴露文学”和悲剧以及现实主义大讨论的框架。

第二阶段从 20 世纪 80 年代中期至 90 年代末。研究的角度

---

① 陈恭敏：《“伤痕文学”小议》，《上海文艺》，1978 年 12 月。

② 徐俊西：《从〈伤痕〉讨论谈文艺的真实性问题》，《复旦大学学报（社会科学版）》，1978 年第 2 期。

③ 王继志：《“现代迷役”和悲剧——谈〈枫〉的思想意义》，《南京大学学报》，1979 年 2 月。

④ 吴高福：《革命现实主义的胜利——评刘心武〈班主任〉等六篇短篇小说》，《武汉大学学报（哲学社会科学版）》，1979 年 3 月。

⑤ 延山、西庭、毅然：《暴露文学的作用和地位》，《山东文艺》，1979 年 9 月。

⑥ 王振铎：《的确出现了一个新流派——从“歌德”与“缺德”谈到“伤痕文学”》，《河南师大学报（社会科学版）》，1979 年 10 月。

⑦ 杜黎均：《论文学的悲愤性和现实主义——从四篇获奖小说看到的》，《北京文艺》，1980 年 6 月。

⑧ 张奇虹：《悲剧的生命力与时代精神》，《当代文艺思潮》，1984 年 6 月。

较第一阶段丰富,但文学批评界的重心已经转移,批评界对待"伤痕文学"态度由热变冷。

首先出现的是对"伤痕文学"的局限进行反思的文章。较早的有周绍华的《"伤痕文学":戴着镣铐跳舞》①一文。该文从整体上反思了"伤痕文学",揭示出"伤痕文学"存在的缺陷,批判了"伤痕文学"中的以"左"反"左"现象,过多的情绪发泄和重新寻找"救世主"(老干部和清官)的倒退倾向。再如朱寿桐的《深切痛创的虚假愈合——"伤痕文学"重评》②也从思想深度有限这一观点出发,对"伤痕文学"进行了反思重评,认为历史意识中强烈而有害的自我修复机制直接妨碍着机体伤痛的深度掘治,"伤痕文学"并没有深入地揭露下去,没有真正意识到寻找心灵伤痕最初创口的重要性。这个观点在这一时期影响深入,很多文学史的写作也基本肯定了这一观点。

从思潮及其流变的角度对"伤痕文学"进行研究的成果虽有一些,但不是很多。这些研究大多从显性方面,指出"伤痕文学"在观念层面仍未脱出对特定政治的迎合,或在艺术处理上"用了'文革'的叙事模式讲出了一个反'文革'的故事"③。张法的《"伤痕文学":兴起、演进、结构及其意义》④从思想史层面上对"伤痕文学"进行梳理。孟繁华的《从"伤痕文学"到"反思文学"》⑤一文分析了

---

① 周绍华:《伤痕文学:戴着镣铐跳舞》,《齐鲁学刊》,1988年6月。

② 朱寿桐:《深切痛创的虚假愈合——"伤痕文学"重评》,《时代文学》,1996年第6期。

③ 张法:《"伤痕文学":兴起、演进、结构及其意义》,《江汉论坛》,1998年9月。

④ 张法:《"伤痕文学":兴起、演进、结构及其意义》,《江汉论坛》,1998年9月。

⑤ 孟繁华:《从"伤痕文学"到"反思文学"》,《电大文科园地》,1985年3月。

从“伤痕文学”到“反思文学”的流变过程，其《1978 激情岁月》[①]及尹昌龙的《1985 延伸与转折》[②]两书试图从文化思想史的角度，描述出百年中国文学的思想文化背景。

韩国慎锡赞的《从伤痕到寻根——新时期文学思潮流变回顾之一》[③]描述了从“伤痕文学”到“寻根文学”的发展轨迹。李建盛在 1996 年第 1 期的《南方文坛》主持的名为《天真的时代译解——论“伤痕文学”》[④]的一组文章，从语言修辞、社会、人物等各个角度对“伤痕文学”进行了评价。其中贺志刚的《“伤痕文学”的修辞策略》从修辞策略角度透视了“伤痕文学”的文体类型，进而探析了伤痕文学的文本意蕴。宗匠的《穿越主体性承诺：一种普遍法则》从文学的时代社会语境入手，通过对“伤痕文学”中的人物意识内涵分析和文本话语冲突的揭示，透视了存在主体性的沉落和困境。李建盛的《意识形态话语中的文学文本》从语言的角度探析了意识形态的双重性再现和逃遁，认为有限的现实主义和悲剧意识话语是一种天真的时代译解。陈赜的《分裂与颠覆：独白语言的暴力》从现代语言学角度对“伤痕文学”文学文本中的独白式语言的文化内涵作了深刻而又细致的分析。

改革开放之后，社会各界与世界的交流更加频繁，尤其是文学界的交流，因而致使不少学者开始放眼世界，不单只是关注中国自

---

① 孟繁华：《1978 激情岁月》，济南：山东教育出版社，1998 年。

② 尹昌龙：《1985 延伸与转折》，济南：山东教育出版社，1998 年。

③ 慎锡赞：《从伤痕到寻根——新时期文学思潮流变回顾之一》，《南方文坛》，1997 年 6 月。

④ 李建盛等：《天真的时代译解——论“伤痕文学”》，《南方文坛》，1996 年第 1 期。

己的文学现象，也开始横向的关注世界各国同时期相类似的文学现象，以此来反向观照中国文学内部的发展，比较研究开始出现。这一阶段的比较研究侧重于中苏、中日同类型文学的比较。如黎明的《论“解冻文学”与“伤痕文学”的差异性》①、杨正先的《“伤痕文学”和“解冻文学”之比较研究》②、陈泓的《日本战后初期文学与中国新时期“伤痕文学”》③等。

在作家作品研究方面，批评界开始关注同时期台湾的作家作品，并开始尝试用西方理论来解读“伤痕文学”作家作品。关于台湾“伤痕文学”作家陈若曦作品的细读有张立国的《中西文化碰撞传统现代交融——试论陈若曦〈远见〉的文化意蕴》④、王韬的《寻梦于梦魇——评陈若曦小说集〈尹县长〉》⑤。戴锦华和贺桂梅是这一时期较早开始重读“伤痕文学”作品的研究者。如戴锦华的《“世纪”的终结：重读张洁》⑥、贺桂梅的《新话语的诞生——重读〈班主任〉》⑦。贺桂梅通过应用米歇尔·福柯的“话语”理论重读

① 黎明：《论“解冻文学”与“伤痕文学”的差异性》，《荆州师专学报》，1988年3月。

② 杨正先：《“伤痕文学”和“解冻文学”之比较研究》，《曲靖师专学报》，1997年3月。

③ 陈泓：《日本战后初期文学与中国新时期伤痕文学》，《中国文学研究》，1987年第4期。

④ 张立国：《中西文化碰撞 传统现代交融——试论陈若曦〈远见〉的文化意蕴》，《东北师大学报(哲学社会科学版)》，1995年第4期。

⑤ 王韬：《寻梦于梦魇——评陈若曦小说集〈尹县长〉》，《世界华文文学论坛》，1999年第4期。

⑥ 戴锦华：《“世纪”的终结：重读张洁》，《文艺争鸣》，1994年第4期。

⑦ 贺桂梅：《新话语的诞生——重读〈班主任〉》，《文艺争鸣》，1994年第1期。

《班主任》，解读出其中“个人话语以理直气壮的正确者、先进者的姿态否定、指斥集体话语，其本质不过是意识形态集体机器运作的必要，是一种权力的胜利，只不过由知识分子充当了发言人而已”，而“现代性文化的本质特征即在虚构一种二元对立，并将其神圣化，从而引发乌托邦式的意识形态激情”。当然，不少批评家也整理出了一些“伤痕文学”作家研究资料集，如《刘心武研究专辑》①等。

对比起前一阶段的研究，这时期出现的这种研究变化来自 80 年代中期文学的“向内转”倾向。文学研究去政治化以后，文学回到自身，文学的政治导向性已不再是学者关注的焦点了。研究者们更重视语言在文本中的意义，更重视文本自身的文学价值和作家内心的创作动机。但第二阶段的研究大多仅仅局限于从某一角度来阐释“伤痕文学”，研究“伤痕文学”潮流及其流变的批评虽然有，但当时的当代文学史对“伤痕文学”的评价，背后都是人道主义思想和纯文学观念的支撑，都缺乏较具有历史深度的分析和阐述。

第三阶段是 21 世纪以后，出现的重评“伤痕文学”的浪潮。

21 世纪以后，一些批评继续着眼于作品的“技术”层面，对“伤痕”作品本身在观念或艺术上的“伤痕”加以检讨。这一时期的检讨多从隐性方面，通过对其文学史来源的梳理，指出其“历史局限性”，诸如“‘十七年文学’仍然是它的重要的思想和艺术资源之一，二者在文学观念、审美选择、主题和题材诉求等问题上，是一种同构的关系”，“‘问题意识’成为‘伤痕文学’‘干预’与‘服务’于现实的主要基点，成为其引起轰动效应的一个原因，然而，当

① 朱家信等编：《刘心武研究专集》，贵阳：贵州人民出版社，1988 年。

上述社会‘问题’得到解决,作家的创作便会出现意料之中的障碍和困难”①等。这方面的研究多集中对“伤痕文学”进行文学史意义上的重新梳理,并在此基础上对一些经典的“伤痕”文本进行再解读。

2005年第1期《文艺研究》,由程光炜主持展开了一次重评“伤痕文学”的讨论,在新的语境中重评“伤痕文学”,探讨重返“新时期文学”的意义和可能性。王一川的《“伤痕文学”的三种类型体验》②、程光炜的《“伤痕文学”的历史局限性》③及李杨的《重返“新时期文学”的意义》④是这次讨论的成果。王一川的《“伤痕文学”的三种类型体验》论述了“伤痕文学”想象的三种情感形态,探讨了它在自我生成和历史同构之间的复杂联系。程光炜的《“伤痕文学”的历史局限性》着重讨论“伤痕文学”与十七年文学的关系,认为在主题开发和人物塑造上缺乏真正的创新性是这些作品艺术价值不高的主要原因。李杨的《重返“新时期文学”的意义》一文选择断裂论、话语与权力、文学制度三个角度对“新时期文学”进行重新解读,探讨重返“新时期文学”的意义和可能性。2006年第2期《当代作家评论》设立了“重返80年代”栏目,由程光炜和李杨主持,把“80年代”研究推向深入。程光炜先后发表了《怎样对“新时期文学”做历史定位?——重返80年代文学史之一》⑤《经典的颠

---

① 程光炜:《“伤痕文学”的历史局限性》,《文艺研究》,2005年第1期。
② 王一川:《“伤痕文学”的三种类型体验》,《文艺研究》,2005年1月。
③ 程光炜:《“伤痕文学”的历史局限性》,《文艺研究》,2005年1月。
④ 李杨:《重返“新时期文学”的意义》,《文艺研究》,2005年第1期。
⑤ 程光炜:《怎样对“新时期文学”做历史定位?——重返80年代文学史之一》,《当代作家评论》,2005年第3期。

覆与再建——重返80年代文学史之二》[①]《文学"成规"的建立——对〈班主任〉和〈晚霞消失的时候〉的"再评论"》[②]《文学的紧张——〈公开的情书〉、〈飞天〉与八十年代的"主流文学"》[③]等文章。程光炜的《经典的颠覆与再建——重返80年代文学史之二》一文认为,"伤痕"是文学合法化的重要门径。程光炜主编的"80年代研究丛书"包括《文学讲稿:"80年代"作为方法》[④]《重返80年代》[⑤]《文学史的多重面孔——80年代文学事件再讨论》[⑥]《文学史的潜力》[⑦]是重返80年代学术成果的一次集中展示。

在重评浪潮带动下,关于"伤痕文学"的研究成果颇为丰硕。

作家研究以及作品细读的文章很多,基本上都是运用新的理论或者引入新的视角来解读"伤痕文学"作品。如吴炫、陶文捷的《穿越当代经典——"伤痕文学"热点作品局限评述》[⑧]一文,以作者"否定主义文艺学"的"个体化理解"为尺度,对新时期"伤痕文

---

① 程光炜:《经典的颠覆与再建——重返80年代文学史之二》,《当代作家评论》,2005年第3期。

② 程光炜:《文学"成规"的建立——对〈班主任〉和〈晚霞消失的时候〉的"再评论"》,《当代作家评论》,2006年第2期。

③ 程光炜:《文学的紧张——〈公开的情书〉〈飞天〉与八十年代的"主流文学"》,《南方文坛》,2006年第6期。

④ 程光炜:《文学讲稿:"80年代"作为方法》,北京:北京大学出版社,2009年。

⑤ 洪子诚等著,程光炜主编:《重返80年代》,北京:北京大学出版社,2009年。

⑥ 杨庆祥等著,程光炜主编:《文学史的多重面孔——80年代文学事件再讨论》,北京:北京大学出版社,2009年。

⑦ 程光炜、杨庆祥主编:《文学史的潜力》,北京:文化艺术出版社,2011年。

⑧ 吴炫、陶文捷:《穿越当代经典——"伤痕文学"热点作品局限评述》,《社会科学》,2003年3月。

学”中的3篇热点作品进行了局限分析，指出《伤痕》因未深入文化性层面和人的正常生活的层面而显得肤浅；《一代人》因思维方式上的被动性而未将作品写完；《随想录》因提出了一个作家自己很难回答好的问题，而使得忏悔与后悔难以区别。李玫的《“问题”之问：“问题孩子”的历史修辞与新时期写作》①一文，以刘心武的《班主任》等新时期作品为个案，展示了话语权力和修辞力量在描述“问题孩子”的历史修辞中的不同编码方式，以及其从能指到所指的距离差异。谢俊的《可疑的起点——〈班主任〉的考古学探究》②一文运用知识考古学的方法，探讨了《班主任》一文的生产机制和文本内外的权力机制的运作。周志强的《话语分裂与文人自我的生成——〈骑兵列传〉与汪曾祺的复出》③一文认为，新时期汪曾祺的“复出”被无意中讲述为一种“人的解放”的故事。汪曾祺的“自我发现”，相应成为社会主流话语面向个体不断进行召唤的产物。而小说《骑兵列传》则呈现出话语分裂的景观，暗示了当时知识分子写作主体的分裂与重组，并使得该小说成为体现当时短篇小说文体特征的一种典型，即话语的分裂和矛盾，以及这种分裂和矛盾所蕴含着的作家写作主体的转生重构。对于汪曾祺而言，这种转生重构体现为一种现代文人写作主体的确立。这样的研究可以帮助我们立足于更高的层次反省80

① 李玫：《“问题”之问：“问题孩子”的历史修辞与新时期写作》，《当代文坛》，2004年第1期。

② 谢俊：《可疑的起点——〈班主任〉的考古学探究》，《当代作家评论》，2008年第2期。

③ 周志强：《话语分裂与文人自我的生成——〈骑兵列传〉与汪曾祺的复出》，见童庆炳编：《文化与诗学》第五辑，第273—290页，北京：北京大学出版社，2005年。

年代初期的文学，以更平和的心态看待社会和文化变迁。严义卿的《刘心武与中国20世纪80、90年代文学思潮关系研究》[①]从20世纪八九十年代的主要文学思潮着眼，对刘心武的文学创作进行观照，从刘心武的文学创作历程中探究20世纪八九十年代中国文学的命运变迁。

此外，还有张洁的《论〈伤痕〉》[②]，李建立的《再成长：读〈爱，是不能忘记的〉及其周边文本》[③]，李明彦、程革的《真实及其效应：伤痕文学的文本策略和治愈机制——以〈班主任〉〈伤痕〉为例》[④]，王立宪的《〈伤痕〉中的"伤痕"思考》[⑤]，李淑霞的《声音：细读"伤痕文学"〈班主任〉》[⑥]艾翔的《被话语绑架的历史反思——重读〈晚霞消失的时候〉》[⑦]，庄莹的《青春文学与民族寓言之间的摆荡——对于卢新华小说〈伤痕〉的"再解读"》[⑧]，等等。

一些批评家打开了"伤痕文学"的理解空间，把与伤痕记忆有关的文学作品或把"伤痕文学"与"反思文学"作为一个整体类型进

---

① 严义卿：《刘心武与中国20世纪80、90年代文学思潮关系研究》，福建师范大学硕士论文，2010年3月。

② 张洁：《论伤痕》，《文艺争鸣》，2007年第6期。

③ 李建立：《再成长：读〈爱，是不能忘记的〉及其周边文本》，《海南师范学院学报（社会科学版）》，2006年第5期。

④ 李明彦、程革：《真实及其效应：伤痕文学的文本策略和治愈机制——以〈班主任〉〈伤痕〉为例》，《文艺争鸣》，2011年6月。

⑤ 王立宪：《〈伤痕〉中的"伤痕"思考》，《名作欣赏》，2010年5月。

⑥ 李淑霞：《声音：细读"伤痕文学"〈班主任〉》，《名作欣赏》，2010年第15期。

⑦ 艾翔：《被话语绑架的历史反思——重读〈晚霞消失的时候〉》，《上海文化》，2012年3月。

⑧ 庄莹：《青春文学与民族寓言之间的摆荡——对于卢新华小说〈伤痕〉的"再解读"》，《孝感学院学报》，2011年9月。

行考察。如张业松的《打开"伤痕文学"的理解空间》①一文考证并扩大了"伤痕文学"这一概念，认为从20世纪70年代末到80年代末都可以用"伤痕文学"来命名。杨少华的《历史创伤记忆中的"伤痕文学"》②从历史创伤记忆的角度出发全面论述"伤痕文学"，对它的概念本身进行了外延上的拓展，把80年代中后期以后描写"文革"时期所造成的"伤痕"的作品也归入了"伤痕文学"这一概念中。郑纳新的《伤痕—反思文学与当代历史书写——以〈人民文学〉为中心的考察》③认为，复刊后的《人民文学》是伤痕—反思文学思潮的发源地和最主要的推手，编辑群体的胆识与观念的转变，既体现了时代的要求，又走在时代的前面，自主性地探索文艺的发展，作家群体和文学编辑群体成为这段文学史的共同的创造者。贺仲明的《从控诉到反思——重论1980年代初的文学思潮》④认为，应该将"伤痕文学""反思文学"这两类创作看作一个整体，认为在某种意义上，"文革"后初期出现的小说作品大部分属于控诉型文学。从思想表现的深度与文学主题等角度来说，反思文学较前一时期的控诉文学有了较大的突破与超越，但是这种突破也是有局限的，并没有达到应有的高度。创作环境与创作主体自身的缺失导致了反思的弱视。20世纪80年代的政治与文学的联姻关

① 张业松：《打开"伤痕文学"的理解空间》，《当代作家评论》，2008年第3期。

② 杨少华：《历史创伤记忆中的"伤痕文学"》，河南大学硕士论文，2011年4月。

③ 郑纳新：《伤痕—反思文学与当代历史书写——以〈人民文学〉为中心的考察》，复旦大学博士论文，2009年4月。

④ 贺仲明：《从控诉到反思——重论1980年代初的文学思潮》，《中国政法大学学报》，2010年1月。

系，不仅给予文学创作主体一个难以超越的门槛，同样也深深地影响到了文学作品的接受。毕光明的《从"伤痕"到"反思"——新时期文学回叙之一》①也属于此类型的研究。

有的研究侧重于从人道主义思想、"五四"新文学传统的复苏和十七年文学传统的扬弃的角度来阐述"伤痕文学"。这些研究试图找到一个点来打通"五四"新文学、"十七年文学"与"新时期文学"的关系，而恰好处在文学转型时期的"伤痕文学"被认为是最合适的选择，其背后都是追求文学自主性的纯文学观念。王吉鹏、王丽丽的《论"伤痕文学"中的鲁迅因子》②一文试图从"伤痕文学"的思想和艺术资源中寻找鲁迅因子，认为作为"文革"后第一个文学浪潮的"伤痕文学"传承了"五四"的"科学与民主"精神，以启蒙为己任，把鲁迅的"立人"思想注入"伤痕文学"；"伤痕文学"关注"文革"后主要是知识分子和农民的精神创伤与苦痛；鲁迅因子在"伤痕文学"创作方法和艺术生成上表现得也很突出。杜秀珍的《"伤痕文学"中"人"的展示及其限度》③认为，"伤痕文学"是新时期人道主义文学潮流的开端，它开始改变当代文学创作中无"人"无情的状态，用血和火的语言揭示和反思"文革"时代的人性劫难和反人道主义现象，还"人"以尊严、情感、理性和自我保存的权利，把"人"重新带回文学殿堂。宋剑华的《存在与虚无：论新时期文学对

① 毕光明：《从"伤痕"到"反思"——新时期文学回叙之一》，《海南师范学院学报（人文社会科学版）》，2002 年第 3 期。

② 王吉鹏、王丽丽：《论"伤痕文学"中的鲁迅因子》，《徐州工程学院学报》，2008 年第 1 期。

③ 杜秀珍：《"伤痕文学"中"人"的展示及其限度》，华中师范大学硕士论文，2005 年。

政治理想主义的艺术解构》[1]一文认为,新时期文学在现代人文意识重新复苏之后,便以深刻的理性思维与强烈的批判精神,全面解构了十七年文学的政治理想主义。新时期文学正是以它莫大的叛逆勇气和悲剧意识,在"反省"与"解构"的艺术实践过程中,营造了中国现代文学新的历史辉煌。刘东玲的《"伤痕文学"再思考》[2]一文,肯定了"伤痕文学"的思想史价值,并对"伤痕文学"作家作品的政治思维的局限性作出反省。另外,还有丁帆的《八十年代文学思潮中启蒙与反启蒙的再思考》[3]、陈红旗的《论新时期文学的文化选择(1976—1985)》[4]都把"伤痕文学"放到文化启蒙的视野中去考察。

秦林芳的《丁玲与"伤痕文学"》[5]论述了丁玲对待"伤痕文学"的态度及成因。刘崇华的《"伤痕文学"的继承与超越——从三组矛盾关键词重新解读"伤痕文学"》[6]围绕着宏大叙事与个人悲欢、记忆与遗忘、归罪与释罪三组矛盾关键词,对伤痕文学进行论述,承认其对十七年文学和"文革"文学有所继承的同时,更强调对它们的超越,从而探究充满矛盾与统一的伤痕文学关于人性真实、理性建构和历史深刻反思的真实意义。刘风雷的《"伤痕文学"的

① 宋剑华:《存在与虚无:论新时期文学对政治理想主义的艺术解构》,《贵州社会科学》,2002年5月。
② 刘东玲:《"伤痕文学"再思考》,《文艺争鸣》,2007年第8期。
③ 丁帆:《八十年代文学思潮中启蒙与反启蒙的再思考》,《当代作家评论》,2010年第1期。
④ 陈红旗:《论新时期文学的文化选择(1976—1985)》,《小说评论》,2009年第2期。
⑤ 秦林芳:《丁玲与"伤痕文学"》,《文艺争鸣》,2009年2月。
⑥ 刘崇华:《"伤痕文学"的继承与超越——从三组矛盾关键词重新解读"伤痕文学"》,贵州师范大学硕士论文,2009年。

"重"与"轻"》①把"伤痕文学"作为政治历史小说的个案，以讨论文学与国家、历史的关系以及文学的书写与承担方式。认为政治与历史使"伤痕文学"承受了双重之重，同时媚俗式的书写方式又带给伤痕文学简单的两极思维。国丽芸的《青春的翅膀 苍老的心——论"伤痕文学"的青春文化特征》②认为，作为新时期开端的"伤痕文学"，在文化姿态、思想基点、艺术特质、审美风范上体现出与一般青春文化相吻合的特质。但由于种种原因，"伤痕文学"又呈现出启蒙和叛逆的政治化、人道主义的伦理化、爱情的精神化理想化、青春叙事的简单雷同、青春形象的早熟、强烈的政治倾诉和凝重苍老的历史感伤等不同于一般青春文化的异质。青春文化在新时期的裂变中发生了偏转。王烨的《党的文艺路线调整与"伤痕文学"的生成》③一文从文学的社会生产角度看，认为"伤痕文学"是党的文艺路线调整的结果，它逐步实现了文学政治意识形态叙事向个人叙事的转型，逐步完成了跟"文革"文学叙事风格的历史断裂，从而拥有了自我的当代文学史的特质及意义。杨素秋的《"'文革'文学"与"新时期文学"的关联研究》④结合西方马克思主义的意识形态理论及新批评、叙事学等内部研究理论，讨论了从"文革"到新时期的左翼文学，认为新时期之初"伤痕文学""改革文学"等流派在主题、情节、人物、语言诸方面突破都不大，事实上沿

---

① 刘风雷：《"伤痕文学"的"重"与"轻"》，广西师范学院硕士论文，2011年6月。

② 国丽芸：《青春的翅膀 苍老的心——论"伤痕文学"的青春文化特征》，《名作欣赏》，2010年1月。

③ 王烨：《党的文艺路线调整与"伤痕文学"的生成》，《武汉理工大学学报(社会科学版)》，2009年2月。

④ 杨素秋：《"'文革'文学"与"新时期文学"的关联研究》，苏州大学博士论文，2010年。

袭了"文革"主流文学的创作模式。

在现有的当代文学史中,如陈思和的《中国当代文学史教程》①等,也侧重于从启蒙主义、人道主义和"五四"新文学传统的复苏的角度来阐述"伤痕文学"。

新时期文学中各个思潮及流派之间的复杂关系也是重评的热点话题。如旷新年在《写在"伤痕文学"边上》②一文中把"伤痕文学"纳入整个新时期文学的框架中进行论述,提出了告别"伤痕文学"的观点。梁艳的《如何面对"伤痕"? ——重探〈今天〉与"伤痕文学"之关系》③一文认为,"伤痕文学"一直被认为是新时期文学的开端之一,重新阅读与研究和"伤痕文学"同时代的民间刊物《今天》,发现它具有一种不同于"伤痕文学"的特质,提供了新时期文学开端的另一种可能。论文阐述了《今天》与"伤痕文学"的关系,描绘一个更加全面的新时期文学开端的文学图景。李建立的《"风筝通信"与 1980 年代的"现代小说"观念》④一文,通过分析 1982 年"风筝通信"的相关文本,提出文学思潮中影响最大的"现代派"文学观念实际上受制于 20 世纪 80 年代的具体语境,其内在同一性是在与"现实主义"的抗辩中生成和建构的;"现实主义"不仅反向塑造了"现代派"的知识形态,而且"伤痕文学"还曾作为文学"革命"的例证出现。认为在此前强调"断裂"的文学史叙述中,"现实

---

① 陈思和主编:《中国当代文学史教程》,上海:复旦大学出版社,1999 年。

② 旷新年:《写在"伤痕文学"边上》,《文艺理论与批评》,2005 年第 1 期。

③ 梁艳:《如何面对"伤痕"? ——重探〈今天〉与"伤痕文学"之关系》,《名作欣赏》,2010 年 5 月。

④ 李建立:《"风筝通信"与 1980 年代的"现代小说"观念》,《中国现代文学研究丛刊》,2011 年 4 月。

主义”“伤痕文学”“现代派”和 20 世纪 80 年代的文学变革之间的这种复杂关联未被深入揭示。何言宏的《“文革”后文学现代性话语的历史起源研究》①,分析了“伤痕”“反思”小说中的“反封建”话语的新特点:虽有对真正属于封建性问题的自觉批判,但又遮蔽了复杂的现代性问题。

在重评浪潮中,一些学者意识到重塑新时期文学世界,要更新的不仅仅是研究方法,更重要的是必须具备一种整合性的文学观念和文学眼光,在两个三十年的脉络里论述重返新时期。这些研究大多运用西方的理论视角或新历史主义的研究思路,从更广阔的思想史层面透视“伤痕文学”的作用机制,从而把握特定时代的社会发展态势。研究者或通过重评作家的文学史意义,进一步思考“当代文学 60 年”与“新时期文学 30 年”的复杂联系,或关注“伤痕文学”作家及作品的体验结构及制约因素等。从这一层面而言,贺桂梅的《新话语的诞生——重读〈班主任〉》已初现端倪。这一时期她对于 80 年代的思考集中体现在其《人文学的想象力》②一书中。她对于 80 年代思想文化以及文学对“五四”传统的重构的研究也开拓了“伤痕文学”研究的视野。作者在书中针对 20 世纪 80 年代以来一些学者因过于强调“纯文学”而造成文学批评陷入封闭状态的现象,积极探索一种开放式的研究方式,即一方面从文学研究中走出去,获取某种跨学科的能介入当代社会讨论的公共视野,另一方面是把文学问题放到一种新的批判视野当中,重新加以理

---

① 何言宏:《“文革”后文学现代性话语的历史起源研究》,《西北师大学报(社会科学版)》,2001 年 9 月。

② 贺桂梅:《人文学的想象力——当代中国思想文化与文学问题》,开封:河南大学出版社,2006 年。

论化,并与社会公共议题形成互动关联。按照这一思路,现当代文学史上一系列重大问题得到了新的诠释。另外,她的《人文学的想象力》一书中的很多文章也很有启发性,如《80 年代书写——苦难的合法化:补偿抑或合谋》一文探讨了 80 年代知识分子书写怎样与意识形态合谋,把"文革"或者反右苦难合法化。她的《"新启蒙"知识档案:80 年代中国文化研究》①一书从探讨人道主义思潮、现代主义文学思潮、"寻根"思潮、"文化热"、"重写文学史"思潮、"纯文学"实践等 6 个文学与文化思潮着手,试图对 80 年代整体思想状况进行一番知识社会学考察。对每一思潮,不仅在新的历史视野中重构其基本历史轮廓和复杂脉络,更从叙事形态、知识构成与话语机制等不同层面重新解读其核心历史文本,尤其关注"知识"与"意识形态"之间的关联。

罗岗的《"1940"是如何通向"1980"的?——再论汪曾祺的意义》②通过重读汪曾祺的作品以及相关研究,认为汪曾祺之于中国当代文学的意义,不仅仅在于把一个久被冷落的 20 世纪 40 年代的"新文学传统"带到 80 年代的"新时期文学"的面前,更重要的是在 40 年代到 80 年代之间(往往被视为"空白"的这三十多年)给汪曾祺的创作埋下了怎样的伏笔,又是如何最终酿造了他的横空出世。追问汪曾祺的文学史意义,其目的并不在于如何评价他个人的创作成就,而是进一步思考"当代文学 60 年"与"新时期文学 30 年"的复杂联系。罗岗的《"读什么"与"怎么读"——试论"重返 80

① 贺桂梅:《"新启蒙"知识档案:80 年代中国文化研究》,北京:北京大学出版社,2010 年。

② 罗岗:《"1940"是如何通向"1980"的?——再论汪曾祺的意义》,《文学评论》,2011 年 5 月。

年代"与"中国当代文学"》[①]也是重返80年代的重要论文。何言宏的《中国书写——当代知识分子写作与现代性问题》[②]一书带着明确的现代性的问题意识，在意识形态及社会转型的历史语境之下，从"文革"后中国知识分子写作历史起源的角度，深入研究了"文革"后初始阶段的文学主潮，着重探讨了文学领域的制度安排、文学体制的话语激励与话语规约、知识分子的身份认同及话语表达、现代性叙事的历史性重构和"工具文体"的早期突破等复杂问题。

其他文章如聂茂的《弱者文化的传播途征：生命幻视与精神自疗——伤痕文学的征兆阅读》[③]认为，"伤痕文学"作为"弱者"文化的传播途征，作家用的是"宏大叙事"的方式，目的是使"政治权力"统一化和合法化。当时的读者患有"饥饿综合征"和"权威性格"，急需精神自疗，这种生命幻视彰显了"伤痕文学"的时代局限。史静的《作为超话语的存在：与"伤痕文学"相伴随的"社会主义新人"批评话语》[④]一文试图考察"社会主义新人"这一批评话语在当时整个文学场域中的运作，回答塑造"新人"的欲望为何如此强烈和迫切的原因，并且探讨它在当时的整个文学语境中的"超话语"功能。任翔《中国当代文学体验结构的整体性考察——以"伤痕文

---

① 罗岗：《"读什么"与"怎么读"——试论"重返80年代"与"中国当代文学"》，《文艺争鸣》，2009年第8期。

② 何言宏：《中国书写——当代知识分子写作与现代性问题》，北京：中央编译出版社，2002年。

③ 聂茂：《弱者文化的传播途征：生命幻视与精神自疗——"伤痕文学"的征兆阅读》，《文史博览》，2005年第6期。

④ 史静：《作为超话语的存在：与"伤痕文学"相伴随的"社会主义新人"批评话语》，《海南师范学院学报(社会科学版)》，2007年第1期。

学”为例》①一文认为，“伤痕文学”以特定的历史留在人的精神生活之中的伤痕为呈现对象，意在揭露政治运动及其意识形态对人的精神生活造成的创伤。进一步讲，“伤痕文学”有着更深刻的历史文化诉求，其普遍诉求是呈现个体—整体、自由意志—历史理性、感性生命—冷酷教条之间的隐微而深邃的张力，以及留在人的心灵上难以愈合的创伤。反思“伤痕文学”的历史文化诉求，其目的在于发掘中国当代文学体验结构的整体性，以建构适合现代性征途上的文学典律。王茂的《新时期初期文学场域与“伤痕文学”——论“伤痕文学”话语言说的制约因素》②以“伤痕文学”话语言说的制约因素为研究对象，运用法国当代著名社会学家皮埃尔·布迪厄的“场域”理论，重返“伤痕文学”时期的历史语境，通过考察不同场域以及它们之间的相互作用，从而分析制约“伤痕文学”话语言说的诸多因素。黄璐、毕文君的《“伤痕小说”的经典化与新时期文学叙述的起点——以〈人民文学〉1978年全国优秀短篇小说评奖为例》③分析了“伤痕小说”经典化背后的文学生产机制及其对其后文学创作的审美本体回归的开创性贡献。

也有一些研究更深入地考察“伤痕文学”的叙事模式，从形式与内容两个层面来论述“伤痕文学”的叙事策略及局限。许子东的

① 任翔：《中国当代文学体验结构的整体性考察——以“伤痕文学”为例》，《天津社会科学》，2011年5月。

② 王茂：《新时期初期文学场域与“伤痕文学”——论“伤痕文学”话语言说的制约因素》，河南大学硕士论文，2012年。

③ 黄璐、毕文君：《“伤痕小说”的经典化与新时期文学叙述的起点——以〈人民文学〉1978年全国优秀短篇小说评奖为例》，《宜宾学院学报》，2014年第3期。

《为了忘却的集体记忆:解读50篇"文革"小说》[①]一书分析了有代表性、有影响的50篇以"文革"为背景的小说。从各不相同的作品中归纳、发现了四种主要模式、四个叙事阶段、二十九种叙事功能,探讨并揭示了这一段时期人们的集体记忆(集体无意识与集体认知)的主要模式。其分析方法,特别是得出的结论,极具创意和启发性。但许子东的研究所呈现出来的不足与缺陷也是显见的。许子东的著作在获得基本叙事模式后,大量的篇幅用小说文本的细节和内容来归纳和佐证叙事模式,并未对叙事类型的意义以及外部成因加以探究。从学理上讲,他只回答了"文革"题材小说及其叙事类型是什么的问题,至于"文革"叙事类型何以这样形成,有哪些制约因素,又具有哪些典型意义,并未触及。一些硕博论文也以当代小说中的"文革"为研究对象。如沈杏培的《小说中的"文革":当代小说对"文革"的叙事流变史(1977—2009)》、[②]杨丹丹的《新时期以来小说中的"文革"叙事》[③]等。

李敏的《"伤痕"与"反思"文学中的创伤叙事研究》[④]以"伤痕"和"反思"文学为例,采用叙事学的方法和意识形态分析的方法,考察其中关于"创伤"的讲述,并分析这种讲述与"新时期"政治文化语境的紧密关系。该文指出"伤痕"和"反思"文学中的创伤叙事在

---

① 许子东:《为了忘却的集体记忆:解读50篇"文革"小说》,北京:生活·读书·新知三联书店,2000年。

② 沈杏培:《小说中的"文革":当代小说对"文革"的叙事流变史(1977—2009)》,南京师范大学博士论文,2011年3月。

③ 杨丹丹:《新时期以来小说中的"'文革'叙事"》,吉林大学博士论文,2010年。

④ 李敏:《"伤痕"与"反思"文学中的创伤叙事研究》,山东师范大学博士论文,2007年。

具有强大的意识形态功能的同时，缺少了对生命本身的关怀，其中所呈现的“创伤”充满了虚构性，并流于表面化，“创伤”无论是作为历史记忆，还是生命体验都未能在此时的叙事中得到深刻的表达，并由此提出创伤叙事应该具有的价值、品格和实现的途径。康斌的《“伤痕—反思”文学中的迂回叙事》①一文通过对迂回的发现，考察新时期文学知识分子在重建主体性、反思主体与主导意识形态的关系、构筑文学现代性话语空间等方面的力度与限度。路文彬的《公共痛苦中的历史信赖——论“伤痕文学”时期的小说的历史叙事》②一文认为，伤痕小说本是新中国成立以来前所未有的个人化叙事，但这种伤痛不仅仅是个人性的，也是属于整个民族的，个人性的历史记忆便同时又成了对公共事件的叙述。由于痛苦的公共性和对于历史感的关注，个人化的历史叙事反而成为更加“集体性”的宏大叙事。于艳华的《“伤痕文学”叙事模式分析》③力图通过对“伤痕文学”的叙事模式的分析，来重塑“伤痕文学”的历史地位，评判“伤痕文学”的价值。刘杨的《论“伤痕文学”叙事伦理的偏失》④一文认为，在“伤痕文学”一些作品中，作家在叙事时存在着由于叙事伦理的偏失而造成的文本撕裂或价值取向的偏颇等问题，具体体现为忽视个体生命创伤过分强调集体话语，男性中心意识导致女性形象受损，过于极端的叙事使得文本不和谐和主观情

① 康斌：《“伤痕—反思”文学中的迂回叙事》，四川大学硕士论文，2007年。

② 路文彬：《公共痛苦中的历史信赖——论“伤痕文学”时期的小说的历史叙事》，《华东师范大学学报(哲学社会科学版)》，2001年1月。

③ 于艳华：《伤痕文学叙事模式分析》，吉林大学硕士论文，2009年。

④ 刘杨：《论“伤痕文学”叙事伦理的偏失》，《河北工业大学学报(社会科学版)》，2012年3月。

感干扰叙事等四种现象。张景兰的《"苦难与知识分子"的再解读——"新时期"初期"文革"小说文化原型的知识分子视角》[①]一文以20世纪七八十年代之交知识分子视角中"文革"题材小说为再解读对象,试图发掘作品背后的叙事逻辑和文化原型。这些在思想解放背景下的反思文学的优秀文本,普遍探讨了"母与子"的情感模式和与传统文化难以剥离的文化原型。这种情感模式和文化原型,在当时却成为知识分子所能寻找到的合法有效的政治批判资源,对它们的理想化的理解与信仰也是对"文革"极端荒谬的政治面貌的映照。

这一阶段的比较研究视野更为广阔,比较的范围涵盖各个民族,横跨海峡两岸、亚欧大陆。柯小刚的《废墟、伤痕与伦理家园的重建》[②]一文,通过比较德国著名的现实主义作家海因里希·伯尔的战后"废墟文学"和中国20世纪70年代末、80年代初的"伤痕文学",分别对现代性的不同表现进行了批判尝试。同时,文章以康德和阿伦特的政治哲学思想为中介,揭示出一条通过回归古典政治哲学而重建现代伦理生活世界的道路。王秀峰的《海峡两岸"文革"题材文学辨析》[③]认为,大陆文坛从"伤痕文学"开始,从不同的方面透视"文革"现象;而海外作家对此也表现出了极大的关注,其对人物悲剧命运的塑造,明显地表现出作家们对"文革"的否

① 张景兰:《"苦难与知识分子"的再解读——"新时期"初期"文革"小说文化原型的知识分子视角》,《上海师范大学学报(哲学社会科学版)》,2004年6期。

② 柯小刚:《废墟、伤痕与伦理家园的重建》,《中文自学指导》,2006年第1期。

③ 王秀峰:《海峡两岸"文革"题材文学辨析》,《世界华文文学论坛》,2007年第3期。

定和排斥，因而也符合了对“文革”恐惧的读者寻求宣泄和净化的心理，构成了表现“文革”作品的一道独特亮丽的风景线。宁敏《多重视角观照下的“文革”记忆》①一文以陈若曦、严歌苓、李碧华的“文革”小说为对象，从三位女作家的创作背景入手，结合中国大陆的“书写”状态，对海外女作家的“文革”记忆以及与中国大陆“文革”记忆的关系进行了研究和讨论。杨民的《“解冻文学”和“伤痕文学”前后的中苏文艺政策》②认为，中国和苏联曾经有着基本相似的社会政治结构，在两国各自的重大历史转折时期都曾出现过一股强大的抨击前任错误的文艺思潮。这两种思潮的出现是两国社会文艺政策变化的结果，在此期间两国的文艺创作都出现了繁荣的局面。两国的决策层也试图将这种潮流控制在可调控的范围。张森林的《当代新加坡“伤痕文学”的发轫》③一文探究了新加坡“伤痕文学”存在的成因和分期。钱果长的《世界华文文学视野下的“伤痕文学”》④在世界华文文学视野下考察“伤痕文学”，认为“伤痕文学”在现实主义的表现、苦难叙事、人道主义思想情怀等方面，让我们看到了“伤痕文学”创作本身所提供的文学审美多元性和丰富性，“伤痕文学”的艺术局限性在海外华文作家的同类作品中得到了有效的补充，从而获得对“伤痕文学”的一种整体认识和评价。徐运源的《少数族裔题材的“伤痕文学”——民族文学百期

---

① 宁敏：《多重视角观照下的“文革”记忆》，郑州大学硕士论文，2006年。

② 杨民：《“解冻文学”和“伤痕文学”前后的中苏文艺政策》，《文学界(理论版)》，2010年4月。

③ 张森林：《当代新加坡“伤痕文学”的发轫》，《华文文学》，2012年4月。

④ 钱果长：《世界华文文学视野下的“伤痕文学”》，《社会科学家》，2011年8月。

(1981—1989 年)考察》[①]一文以“伤痕文学”为入口,借助《民族文学》杂志这一媒介,走进 20 世纪 80 年代少数民族文学创作的现场,试图解析出少数族裔作家们在伤痕题材作品的创作中所做的努力和文本潜在的诸多特质。其他比较方面的研究还有白敏的《“迷惘的一代”与“伤痕文学”之比较》[②]、胡艳的《集权批判的内在差异——从昆德拉小说再看伤痕、反思文学的内在缺陷》[③]等。

这一阶段的研究还出现了电影与新时期文学的关系研究,新时期电影改编研究填补了第二阶段研究的空白。比较突出的是赵慧娟的《新时期文学思潮对电影的影响》[④]、赵庆超的《中国新时期文学作品的电影改编研究》[⑤]等。

新世纪以来的研究虽然较第二阶段深入繁荣,但从总体上来讲,“伤痕文学”及其思潮的研究史仍有以下几个不足之处:

一是未能将“伤痕文学”思潮本质上看作是一次当代知识分子的思想文化事件。虽然孟繁华、陈晓明、程光炜、李扬、贺桂梅、许子东、何言宏等人对此进行了相当深入的研究,如程光炜提出的“重返 80 年代”还原历史语境和历史真相的研究为研究“伤痕文学”思潮提供了新的方法和视角。但大多研究仅局限在个体与局

① 徐运源:《少数族裔题材的“伤痕文学”——民族文学百期(1981—1989 年)考察》,暨南大学硕士论文,2011 年。

② 白敏:《“迷惘的一代”与“伤痕文学”之比较》,《渝西学院学报(社会科学版)》,2004 年 12 月。

③ 胡艳:《集权批判的内在差异——从昆德拉小说再看伤痕、反思文学的内在缺陷》,《湖南人文科技学院学报》,2004 年 10 月第 5 期。

④ 赵慧娟:《新时期文学思潮对电影的影响》,山东大学博士论文,2010 年。

⑤ 赵庆超:《中国新时期文学作品的电影改编研究》,山东师范大学博士论文,2010 年。

部研究层面，只论及单篇作品和单个作家，未能将“伤痕文学”思潮本质上看作是一次当代知识分子的思想文化事件，而是单一的政治事件或文学事件。本书选择70年代末到80年代初的“伤痕文学”思潮作为研究对象，将“伤痕文学”思潮看作是一次当代知识分子在现代社会转型中的思想文化事件，重返文学现场，比较广义地对“伤痕文学”思潮进行深描，重新使“伤痕文学”这一“文学思潮”问题化，对其历史背景、现实语境及内在关系等方面做细致地梳理，清晰地揭示出“伤痕文学”思潮从“揭露”到“愈合”的变迁过程及内在矛盾运动的规律，揭示出它不仅是一种审美表达，还是一种政治表述。对“伤痕文学”思潮在思想史与文学史双重语境下进行全面梳理，从政治文化角度以及从发生学和变迁史的层面上对其进行深具历史感的总体观照，扩大了“伤痕文学”的研究范围，提升了“伤痕文学”的研究深度，丰富了当代文学史对这一问题的认知。

二是未能在两个“三十年”的脉络里重新认识“伤痕文学”在80年代思想文化转型期的“过渡”意义。以往的研究或者属于强调“伤痕文学”思潮对“文革”进行了批判，从而确立了人的历史起源，开创“文学新时期”的“断裂”说，或者简单认为“伤痕文学”是“‘文革’文学”的一部分。重返“80年代”，要更新的不仅仅是研究方法，更重要的是必须具备一种整合性的文学观念和文学眼光。本书在两个“三十年”的脉络里重新认识“伤痕文学”，思考“当代文学六十年”与“新时期文学三十年”的复杂联系，从改革开放前后三十年的整体史观角度重塑“伤痕文学”思潮与十七年文学、“文革”文学、新时期其他文学思潮之间互相勾连、不可分割的关系，阐释其从产生到繁荣再到式微的过程及动因，以及这种变迁所昭示的

70年代末80年代初新时期思想文化的艰难转型过程，揭示"伤痕文学"思潮反映的历史与现实的关系，考察"伤痕文学"思潮在思想文化嬗变期承上启下的思想史及文学史"转型"意义，发现"革命"叙事与"现代化"叙事之间微妙复杂的关系，为重新理解"80年代"，尤其是突破"八五新潮"构建的单一视野，提供可能性，从而为改革开放前后三十年文学思潮与社会思想文化转型研究提供一定的史料及研究依据。

三是还有许多被遮蔽的研究盲点。虽然众多学者对"伤痕文学"思潮进行了开创性的研究，但"伤痕文学"思潮是一个十分复杂的文化体系，它关涉70年代末80年代初中国政治、思想、文化转型的诸多重要方面，仍然有研究的盲点。如"伤痕文学"思潮中的"历史叙事"与具体历史文化语境之间的矛盾和悖论，新时期知识分子主体的情感姿态，叙述中隐藏的情感障碍、集体逻辑与欲望逻辑的复杂纠缠，新时期知识分子的思想命运与文化立场的联系，"伤痕文学"思潮对当代知识分子的情感结构的塑造，"人道主义与异化"大讨论与"伤痕文学"思潮的关系，意识形态对"伤痕文学"思潮中的"控诉—怨愤"结构的处理策略，等等，在既往研究中仍然没有得到充分的阐释和论述。

第四节 "重返80年代"的路径与方法

在20世纪的中国文学中，最为今天的研究者熟悉的阶段无疑是80年代文学。不仅仅因为今天的文学研究者大多是80年代的亲历者，更重要的是，我们今天的文学知识与文学理解大都孕育和成型于80年代。在今天的中国语境中提出"重返80年代"，源于

90年代以后包括文学研究在内的人文学科的自我反思。在这一视阈中,"'80年代'已经不再是我们共同经历的那一段既亲切又真实的'历史',而是一个以'文学'与'历史'为名的现代性建构。'重返80年代'意味着将80年代重新变成一个问题,它尝试通过将80年代历史化和知识化,探讨何种力量与何种方式参与了80年代的文学建构"。①

那么应该通过何种方法及路径"重返80年代"?有论者不无深刻地指出,作为"方法"的"80年代"既非"本质论"地重建"80年代"文学的"史实",力图恢复历史的真相;也不是"怀旧式"地追思"过去的好时光",把历史中存在的"80年代"转化为可供大众消费的"80年代热"②;而是"如何将熟悉的80年代重新陌生化和问题化。另一个问题是,如何让清晰、有力和不容分说的知识多少带上一点点历史的同情和理解,而不是单刀直入和直接攻取的阻力和难度"③。

那么,如何将熟悉的80年代重新陌生化和问题化,从而重新检讨80年代的"现代化叙事"?本书并非通过浪漫地怀旧来美化"80年代",从而批判今天"市场经济"的弊端④,也不是在甘阳的

---

① 程光炜、李杨:《当代作家评论》"重返80年代"栏目《主持人的话》,《当代作家评论》,2006年第2期。

② 罗岗:《"前三年"与"后三年"——"重返80年代"的另一种方式》,《文景》,2012年12月。

③ 程光炜:《文学讲稿:"80年代"作为方法(前面的话)》,第2页,北京:北京大学出版社,2011年。

④ 某种程度上引导了"80年代热"的《80年代访谈录》(查建英)及《追寻80年代》(新京报编)都自觉或不自觉地就是用这种策略来重新讲述"80年代"的故事。查建英:《80年代访谈录》,北京:生活·读书·新知三联书店,2006年。《新京报》编:《追寻80年代》,北京:中信出版社,2006年。

“80年代文化热”中“西学在中国”的意义上追寻80年代，甘阳认为在“市场化”尚未大规模成为现实的“80年代”，“文化热”却在“意识”层面上转化出对“市场化”弊端的克服。①有论者已经指出了文化热及“八五新潮”的危机：“文化热”以及相应的“八五新潮”之所以构成“重返80年代”的重点所在，一方面固然是由这一潮流在整个80年代所扮演的具有转折意义的角色所决定的，另一方面则与它以“反（思）现代”的方式汇入“现代化”叙事的姿态密切相关：仅就文学而言，“八五新潮”确立的“纯文学”想象和“审美”现代性，确实具有批判“现代化”后果的功能，不过这种批判依然服从于“现代”合理分化逻辑的支配，无论是“文学回到自身”还是“审美自律性”的建立，最终都屈服于“现代性”各安其位的规划，即使是批判者，也被迅速转化为对批判对象的另类支持。如果从“纯文学”发展到今天的延长线来看，当代文学日益成为某种圈子的玩意——或是孤芳自赏，或是迎合市场——逐渐丧失和社会生活的对话能力，不难发现这一危机的萌芽早在“八五新潮”就开始出现了。②

本书把“伤痕文学”思潮放置在70年代末80年代初这一时段（基本上是在1976年10月至1984年12月间）的“过渡期”中，试图发现“革命”叙事与“现代化”叙事之间微妙复杂的关系，试图“为重新理解‘80年代’尤其是突破‘八五新潮’构建的单一视野提供其他的可能性”。③ 力图摆脱单一叙事的束缚，发掘转型期文学的

① 甘阳：《80年代的文化意识》，上海：上海人民出版社，2006年。

② 罗岗：《“前三年”与“后三年”——“重返80年代”的另一种方式》，《文景》，2012年12月。

③ 蔡翔、倪文尖、罗岗：《文学：无能的力量如何可能》，选自《巨变时代的思想与文化——文化研究对话录》，第153页，孙晓忠编，上海：上海书店出版社，2011年。

特征,形成一种更开放、更灵活和更复杂的文学史眼光。具体而言,本书通过以下四个路径重返“80 年代”。

第一个路径是选择从政治文化这一角度观照“伤痕文学”思潮。“一切事物都是社会的和历史的,事实上,一切事物‘说到底’都是政治的。”①而文学实践,实际上也是一种相当特殊的政治实践。“艺术作品(包括大众文化产品)的形式本身是我们观察和思考社会条件和社会形势的一个场合。有时在这个场合人们能比在日常生活和历史的偶发事件中更贴切地考察具体的社会语境。”②从结构层面上说,处于早春文坛文化语境结构核心决定整个文化语境的形态与性质的依然是政治话语,虽然其与经济、思想、文化维系着一种互动的张力关系。这不仅仅体现在许多文学作品所表露出的在题材上的政治化特征、在题旨上的意识形态化倾向,而且全面体现在整体的文学目的、文学及文化观念上。因而,新时期文学伊始的“伤痕文学”思潮被看成了与政治文化具有很大同构性的文学实践。它们“与政治思潮保持着高度同步性,它在文学领域完成的是和意识形态领域共同的政治主题”。③“政治意识形态是以政治文化的方式对文学施加影响的,即民族、国家、阶级或集团等政治实体所建构的政治规范和权力机制,是通过营造成某种流行的政治心理、政治态度、政治信仰和政治情感来影响文学创作的,

① 弗雷德里克·詹姆逊:《政治无意识》,王逢振、陈永国译,第 11 页,北京:中国社会科学出版社,1999 年。

② 詹明信:《晚期资本主义的文化逻辑》,第 12 页,北京:生活·读书·新知三联书店,1997 年。

③ 吴义勤:《中国新时期文学的文化反思》,第 12、15 页,南京:江苏文艺出版社,2009 年。

而文学创作反作用于政治也主要是通过这些政治文化方面来间接实施的。正是在这个意义上,'政治文化'是我们所试图找寻的政治与文学之间关系方式的桥梁"。①

在影响新时期之初文坛的诸多因素中,政治文化居于主导地位。本书所使用的政治文化既指国家或阶级建构的政治制度、政治规范、政治体系等客观内容,也包括政治情感和政治态度等主观层面。由于新时期之初复杂的社会环境与政治语境,加诸思想文化上的这种政治性既有政党的政治制度、政治规范等客观政治文化内涵,又包括主流意识形态、作家的政治意识、政治情感和政治信仰等主观内涵。因而,本书所指的政治文化既指新时期之初影响文学与作家创作心理的文化与文学制度和政策、主流话语生产机制、文学评奖制度等文学/文化发生的政治文化制度与语境,同时,又不仅仅是"明确的政治理念(如阶级斗争)和现实的政治决策,它更关注的是政治上的心理方面的集体表现形式以及政治体系中成员对政治的个人态度与价值取向模式,包括甚至主要关注的是政治行为的心理因素,如信念、情感及评价意向等等"。②

"伤痕文学"思潮的产生、发展和式微,确实时时受制于 80 年代初特殊的政治文化语境和历史氛围。选择从政治文化这一角度观照"伤痕文学"思潮,研究当时的政治文化制度的运作,以及由此形成的普遍的政治心理、政治意识、政治价值,并由此来认识"伤痕文学"思潮对此的实际反映和所采取的不同的文学策略,通过对当

---

① 朱晓进等:《非文学的世纪——20 世纪中国文学与政治文化关系史论》,第 4—7 页,南京:南京师范大学出版社,2004 年。

② 朱晓进:《政治文化与中国二十世纪三十年代文学》,第 8—9 页,北京:人民出版社,2006 年。

时政治历史文化语境的揭示，找到各种文学现象（包括作家行为、作品特征、重要的文学论争、文学范型、文学潮流的形成与结束）的重要依据；探讨普遍的政治文化心理（包括广大的读者、批评家的政治心理，以及由此形成的对文学的审美偏好所构成的带有某种普遍性的文学期待）对文学的导向；探讨政治到底在哪些主要方面，到底以何种方式，在何种程度上左右、影响乃至决定了文学的基本走向，或是构成了文学的基本的甚至是主要的特征；探讨文学以何种方式、多大程度上与政治结缘。这一角度可以让我们看出一些从其他角度所难以看出的问题，可以从更广阔的范围来探讨“伤痕文学”思潮起源和式微的原因，揭示出从其他角度所难以揭示的更接近该时段文学本质的特征，从而得出一些从其他角度难以得出的结论。如果不顾历史氛围，忽略文学产生的特殊的政治背景，仅从纯文学的角度切入，对“伤痕文学”进行窄化理解，则很难对这一时段的文学做出合理的评价。

当然，任何试图利用社会学眼光来直接或者机械地解读当代文学，都可能是一种危险的行为。但是，“文革”后“伤痕文学”思潮对社会以及政治的配合，已经是文学史研究对这一时期的文学的惯常的批评模式。因而，我们又必须经由这一途径方能真正进入“伤痕文学”文本的内部。梳理“伤痕文学”思潮时期的文学（文化）文本如何建构起新的现代性的历史叙述来“愈合”“文革”伤痕，在建构过程中经历了怎样的冲突和调整，最终是什么因素导致了“伤痕文学”思潮某些历史叙述的“无效”。文学的政治热情在某种意义上，恰恰正是由于外在因素的介入而被蓬勃地激发出来，“并相应地构成面向未来的乌托邦想象。这一想象所激励的，也正是当代文学对生活（包括政治和社会）的积极的干预态度。当然，这一

‘干预’通常会被具体的政治局势制约，甚至所左右。”[①]抓住了政治文化这一视角去分析“伤痕文学”思潮在此阶段与政治文化的复杂关系，这并非是政治文化与新时期文学实践在政治与文学两个层面内容上的简单对接和指认，而是以此视角与方法去切近文学自身，探析在新时期之初高度政治化的文化语境下“伤痕文学”思潮是如何展开其文学/文化叙事，其生成原因和变迁规律，其形成的叙事范式与特点，深入分析文本结构和作家创作心理与观念，考察政治文化如何影响作家的创作观念和文本结构形式，揭示“伤痕文学”思潮在早春文坛与政治文化的复杂纠缠。

第二个路径是通过对70年代末80年代初最为敏感的表意形式“伤痕文学”思潮的发生变迁史的梳理，试图呈现这一时段知识分子的精神发展史和民族的意识形态史。

“伤痕文学”思潮表现出当代知识分子对历史与政治的敏感程度。从新时期早春文坛的文学创作来看，几乎所有的作家都曾或多或少地参与“伤痕文学”的创作，并把其作为实现自我的重要文学手段。“文革”“伤痕”是早春文坛知识分子书写的重要命题、叙事视角，也是知识分子的文化记忆、情感创伤甚至精神底色。文学在这其中无疑承载了早春文坛作家参与反思“文革”和言说“文革”的重要思考，呈现出了早春文坛的叙事生态。作为知识分子的早春文坛作家，对“文革”这段民族深重的历史灾难及创伤性的集体记忆的思考和反省，以及由此形成的知识分子“文革”叙事姿态、意识形态话语与叙事方式的变迁，从某一个侧面集中昭示了当代知识分子的心灵史与精神轨迹。

---

① 蔡翔：《当代文学中的动员结构(上)》，《上海文学》，2008年第3期。

这种精神轨迹和心灵史比较有代表性，这种书写即是群体性的，又是围绕着“文革”这一中国20世纪重要的历史事件和民族悲剧所展开的。当作为历史事实的“文革”进入文本之中时，它就已经在当代知识分子主体意识的参与作用下演变成为某种特定的精神现象，能够充分显示出当代作家主体精神本身在思想文化转型期逐步生成与矛盾发展的整个过程。知识分子在文学文本中的对于“文革”根源的持续追问，突出呈现的是当代知识分子面对民族悲剧与历史灾难的反思品格、对民族国家的责任意识和未来发展的想象，以及这种精神中可能有的不足和缺陷。

知识分子书写在早春文坛呈现出的样态一方面体现着当时作家的某种选择，另一方面联系着20世纪以来的社会现实和知识分子的精神历程。“文革”伤痕经验不仅是当代知识分子、普通大众的个体经验，更是超越个人的集体事件和共同记忆。面对共同记忆，我们可以喁喁自语，更应有超出个体关怀和个体经验而表达人类共同经验的历史担当与叙事智慧。在此之上，考察“伤痕文学”思潮与80年代思想文化的转型，考察早春文坛知识分子书写“文革”时的叙述重心，如何从“伤痕体”的共同言说过渡到个人言说，就成为不可忽略的问题了。

第三个路径是呈现“伤痕文学”思潮中国家主流意识形态在大众面前确立自己的文化领导权地位①的过程。

---

① 关于葛兰西的“文化领导权”理论可参看葛兰西：《实践哲学》，重庆：重庆出版社，1990年。葛兰西：《狱中札记》，北京：人民出版社，1983年。何言宏在其《中国书写——当代知识分子写作与现代性问题》一书的引论中也有详细的论述。参见何言宏：《中国书写——当代知识分子写作与现代性问题》，北京：中央编译出版社，2002年。

福柯的著作，其思想上的革命力量就在于对“人的解放”“人道主义”和“自由”等许诺式命题背后掩盖着的由排斥、监视和规训机制构成的权力关系的揭示。而这些许诺，恰恰又是文学史叙述中以“伤痕文学”思潮为序幕的“新时期文学”的整体性得以建构的基石的本质。因此，从福柯的意义上来理解“伤痕文学”思潮，对文学书写与特定权力话语之间的关系的考察就变得不可回避。“伤痕文学”思潮看起来像一个透明的装置，但这一文学史概念实际上依赖着一个社会经济政治意义上的预设，并在其人道主义和文学性的面罩下，实际隐现着特殊的边界和排他性。“伤痕文学”思潮是以“文学”与“历史” 的名义进行的文学史建构，但并不能因此就让“伤痕文学”这一话语成为表述新时期文学的自然前提，我们应该意识到这一文学史命名背后的意识形态和权力机制，并对文学书写与特定权力话语之间的关系进行重新考察，由此为当代文学研究提供一个必要的参照坐标。

在新知识语境中，被 80 年代主流文学史叙述所遮蔽的许多问题，诸如“伤痕文学”思潮的建构方式、“伤痕文学”思潮的制度化过程及其特定的权力背景等等，才得以逐渐浮现。“整个‘新时期文学’要建立自己的主体性，就不能压抑那些异物，那些意识形态和知识分子自我想象中所要排斥的部分。”①正是通过对“文革”伤痕的大量而有限度的暴露，“文革”伤痕才最终有可能愈合；也正是通过这些认同式的建构，才把那些“异物”纳入我们熟知的文艺政策、文学组织。再加上大量的文学批评、文学杂志的编辑、作品的出版、大学文学教学、文学史的写作、文学评奖活动等等，以

① 李杨：《重返“新时期文学”的意义》，《文艺研究》，2005 年第 1 期。

“伤痕文学”思潮为起点的新时期文学，才得以完成了它的整个制度化进程。

第四个路径是从改革开放前后三十年的整体史观角度重塑“伤痕文学”思潮与十七年文学、“文革”文学、新时期其他文学思潮之间互相勾连、不可分割的关系。

“众所周知，正是从‘文革’到‘改革’的转折造就了所谓‘80年代’，以它为中心，向上可以回溯到‘文革’和‘十七年’中‘国家’与‘文学’之间的特殊形态，向下则能够把握住整个‘80年代’以降直至‘90年代’文学的新走向。以往对‘80年代文学’的研究总是强调它与‘“文革”文学’以及‘十七年文学’之间‘断裂’的一面，对两者之间的‘延续’却视而不见或有意忽略。需要指出的是，‘断裂’和‘延续’既不是简单的对立，也不是庸俗地归结为‘没有“文革”文学，何来新时期文学’，而是在注重‘80年代文学’的‘转折性’特征的前提下，发掘更深层次的‘延续性’。这种‘延续性’特别明显地表现在‘国家’与‘文学’的关系上，也即具有鲜明中国特色的现代全能主义国家体制（既表现为文化和知识体制，也表现为经济和政治体制）及其改革与文学创作（包括围绕创作而产生的出版、批评、宣传等活动）之间的多重联系、相互影响和彼此冲突上。正是在这种复杂的视野中，重返‘80年代’显得尤为必要和紧迫。”①所以，本书将“伤痕文学”思潮这一特殊时期定义为一种“过渡状态下的文学徘徊期”来研究，试图把“伤痕文学”思潮看成是“‘文革’文学”向新时期文学转型的一个过渡阶段的文学潮流，通过各种联系来打

---

① 罗岗：《“前三年”与“后三年”——“重返80年代”的另一种方式》，《文景》，2012年12月。

通其与“十七年文学”“‘文革’文学”以及之后的文学思潮之间的关系。在中国现当代文学的历史进程中，“伤痕文学”思潮是这个整体发展中不可或缺的重要链条。本书借助“伤痕文学”思潮反映的历史与现实的关系，重新阐释它在文学断代中的特殊意义。正如有论者指出的：“我们提出‘重返80年代’必须高度关注‘前三年’的‘过渡作用’：所谓‘前三年’，并不仅仅具体指向作为‘80年代’开端的1977年至1979年这三年，而是更广泛地涵盖了70年代末80年代初这一更长时段的‘过渡期’，通过对这一过渡期放‘电影慢镜头’，不难发现‘革命’叙事与‘现代化’叙事之间微妙复杂的关系，从而为重新理解‘80年代’尤其是突破‘八五新潮’构建的单一视野提供可能性。”①

对新时期处于复杂政治环境和社会语境中的思想文化文本，我们应打破单一的解读方式，尝试多种途径，从不同侧面、不同角度展示出这些复杂文本的丰富的内涵与思想。本书宏观把握与个案分析相结合，采用叙述史学、社会历史批评以及文化研究相结合的方法，通过对20世纪70年代末80年代初思想文化/文学的变迁的描述和分析，提供一种思想史/文学史的轮廓。这不是简单地将不同的研究方法拼凑在一起，而是本书有意识地尝试形成的一种具有跨学科视野的文学研究形式的实践样态。这种研究的两个基本特色：一是跨学科视野，以文学文本为主，但扩大到美学、哲学、理论、历史研究等领域，力图把80年代思潮作为具有“共振性”的文化场域来加以把握；另一则是全球视野与中国问题的结合，从

① 蔡翔、倪文尖、罗岗：《文学：无能的力量如何可能》，选自《巨变时代的思想与文化——文化研究对话录》，第153页，孙晓忠编，上海：上海书店出版社，2011年。

一种更具想象力的整体历史视野中揭示出80年代中国文化实践的不同面向及其与90年代以来"全球化"现实间的关联。"用文化研究的方法考察其中重要文化/文学现象的不同侧面,同时还试图将这些思想/文化命题延伸至对20世纪中国文学历史的考察当中,由此,粗略地勾勒当代中国思想文化和文学的历史形状和具有症候性的问题系。在这些研究当中,试图打破一些文学研究当中常见的二分法和二元结构,诸如文学/政治、文学(研究)/非文学(研究)、历史/现实等,而尝试一种将批评、理论和历史分析综合起来的研究实践。"①

本书写作的另一思路是再解读研究思路。20世纪90年代以来,一种以经典重读为主要方法、被宽泛地称为"再解读"的研究思路,最先由海外的中国学者实践,逐渐在现当代文学研究领域引起广泛注意。"再解读"可以说是90年代现当代文学研究的一个重要倾向。这一研究思路基本上是选择一个特定的文本,呈现文本的修辞策略、叙事结构、内在的文化逻辑、差异性的冲突内容或特定的意识形态内涵在文本中的实践方式。② 唐小兵这样解释他所理解的"重读":"一旦阅读不再是单纯地解释现象或满足于发生学似的叙述,也不再是归纳意义或总结特征,而是要揭示出历史文本背后的运作机制和意义结构,我们便可以把这一重新编码的过程称作'解读'。解读的过程便是暴露出现存文本中被遗忘、被压抑

---

① 贺桂梅:《人文学的想象力——当代中国思想文化与文学问题》,第1—14页,开封:河南大学出版社,2005年。

② 贺桂梅:《"再解读":文本分析和历史解构》,《海南师范学院学报(社会科学版)》,2004年第1期。

或粉饰的异质、混乱、憧憬或暴力。"①黄子平的理解与此相似:"解读意味着不再把这些文本视为单纯信奉的'经典',而是回到历史深处去揭示它们的生产机制和意义结构,去暴露现存文本中被遗忘、被遮蔽、被涂饰的历史多元复杂性。"②

重读就是对文本进行内层细读和外层重构的过程,而对文本进行"外层重构"则是"努力在文本与其语境之间建立其意义的联系。这里的语境并不是实物性的具体存在,而是多层次、多形态的意义网络"。③ 这也是所谓的"读出文本和读入文本"。④ 而本书重读的目的是要梳理"伤痕文学"思潮时期的文学(文化)文本如何建构起新的现代性的历史叙述来"愈合""文革"伤痕,在建构过程中经历了怎样的冲突和调整,最终是什么因素导致了"伤痕文学"思

---

① 唐小兵:《我们怎样想象历史(代导言)》,选自《再解读——大众文艺与意识形态》,第 25 页,香港:香港牛津大学出版社,1993 年。

② 黄子平:《革命·历史·小说》,第 2 页,香港:香港牛津大学出版社,1996 年。

③ 唐小兵:《英雄与凡人的时代:解读 20 世纪》,第 6—7 页,上海:上海文艺出版社,2001 年。

④ 罗岗在《读出文本和读入文本——对现代文学研究和"文化研究"关系的思考》一文中指出:"所谓'读出文本'是指对文学文本的解释不能封闭在文本内部,而必须把它放置到一个更开阔的社会历史文化语境中予以理解;但仅有这步是不够的,所谓'社会历史文化语境'不是一个先定的解释框架,而是一种需要在文本中加以检验的话语实践,这样就必须把'社会历史文化'的因素'读入'文学文本,仔细地观察它们在文本中留下了怎样的痕迹,以及文本对它们产生了什么影响和它们发挥了何种的作用……由于文学文本特有的复杂性,在这种循环往复的解读过程中它的生产性被充分地发掘出来,不仅不太可能沦为某种既定'理论'、'学说'和'知识'的注脚,反而能够以具体可感的图景反省、质疑乃至抵抗既定的'理论'、'学说'和'知识'。"参见罗岗:《读出文本和读入文本——对现代文学研究和"文化研究"关系的思考》,《文学评论》,2002 年第 2 期。

潮某些历史叙述的“无效”。

汤因比在《历史研究》绪论中曾指出：事实与虚构之间并没有清晰的界限。他以《伊里亚特》为例指出，如果你拿它当历史来读，会发现其间充满了虚构；如果你拿它当虚构的故事来读，又发现其中充满了历史。所有的历史都同《伊里亚特》相似到这种程度，它们不能完全没有虚构的成分。对历史事实加以选择、安排和表现，就属于虚构范围所采用的一种方法。但他赞同一个伟大的历史学家同时也是一个伟大的艺术家，如果不是这样，他就不可能成为“伟大的”历史学家。① 海登·怀特也说过，当“历史”进入叙述的时候，无论是历史叙述还是文学叙述，实际上都是一种虚构——“这些事件是实在的，并不是因为它们发生了，而是因为，首先，它们被记住了，其次，它们能够在一个按时间先后排列的序列中找到一个位置。”②史料的钩沉与拓展构成了文学史发展的基础，但历史观念的变化和演进则在历史叙述中起着主导性的作用。从这个意义上说，“历史”就是“史家”的历史。文学史研究者在行文中“建构”自己的“历史”的时候，他有意忽略和强调的“史实”，已经是他历史观的一种表达形式。当代文学史研究中隐含的“虚构”成分使文学史研究呈现为研究者“历史叙事”的不同形式。这种历史的“虚构性”也给本书写作提供了理论鼓励。

当然，相对于90年代的文学视野，80年代昂扬的精神和政治——文学形势，作为遗骸的革命思维和现代历史的交叉史虽然以时间的形式结束了，但而今文学的边缘化及其对社会政治普遍

---

① 汤因比：《历史研究·绪论》，上海：上海人民出版社，1986年。

② 海登·怀特：《形式的内容：叙事话语与历史再现》，第27页，北京：文津出版社，2005年。

的冷感却使很多人怀念继而重新审视那个时代。正如詹姆逊所言:“历史除非以文本的形式才能接近我们,换言之,我们只有通过预先的(再)文本化才能接近历史。”[①]作为后介历史的观察者,在一种整合的历史观和细化的历史变动中,回避诗意化的历史描写也是笔者在想象文学与历史的跨越中努力遵守的原则。

---

① 弗雷德里克·詹姆逊:《政治无意识》,王逢振、陈永国译,北京:中国社会科学出版社,1999 年。

第二章　诊断:历史创伤

"对一个过去了的历史时代简单的用好与坏一言以蔽之都是幼稚而肤浅的。如果要问80年代何以令我辈眷恋,我的答案就是三个关键词——转折、沸腾与纯真,而转折更是关键之关键。我时时在想,中国社会能够有今天这般的物质丰富与精神活跃,无论如何都离不开80年代这个开创了中国历史新时期的转折点,我们甚至可以极而言之地说:今日中国社会之每个人都是80年代——那个创造了无数新起点的新时代——的受益者与受惠者。我承认,有人根本不会认同我的这种评价,他们分别拥有自己眷恋的年代,他们甚至还会诅咒80年代,这都很正常。历史长河在生生不息的流动中必然会丢失掉许多许多,但那些历史的关节点不仅抹之不去反倒会日渐突出。80年代在我看来是这样一个历史的关节点,这也是80年代在今天、在今后还会不断被追忆、被歌唱当然也不排除被诅咒的全部缘由。"①

① 潘凯雄:《"老六"和他的80年代》,《书城》,2008年7月。

这是对80年代满怀深情的回望和致敬，也道出了很多人内心深处无法抹去的记忆。这充满留恋与诗意的畅想把80年代所有的痛感和沉重、挣扎与徘徊渐渐遗忘[①]。冯牧曾感叹："十年动乱给我们的国家和人民带来的灾害，决不仅限于使全国的经济濒于崩溃；比这种遍体鳞伤的外伤更为严重的是……一代人（特别是青少年）遭受了严重的内伤。"[②]当然，我们也无意否认80年代的"日渐丰富"，正如费正清所言："1976年以后文化生活和公众习俗的发展趋势显然比过去积极得多。前十年中对文学艺术的愚蠢控制以及迫使人们接收严格的社会主义清规戒律的压力，形成了一种无法令人满足的文化生活，并强迫城市居民放弃了他们珍爱的习俗和行为方式。当这些清规戒律在1976年后被有节制地放松后，其效果是巨大而明显的。文艺的新作品大量涌现，虽然还够不上国际水平，但已显然打破了先前通行的严格惯例。爱情、并非全好或坏的人物、悲惨的结局——这些以及别的因素促使中国文学丰

---

① 蔡翔在《天涯》2006年第2期发表《两个"三十年"》一文指出："我们不能因为今天对改革的反思，而就此对1980年代持一种简单的否定态度，亦不能因为对社会主义经验的重视，就对1980年代的伟大意义怀有疑虑。"这是经历过80年代的学者对80年代较为复杂的体验性总结。祝东力在其《80年代那些事》一文中同样提出对80年代的看法，他提道："近一两年以来，'80年代'已渐渐成为国内文化界的一个流行概念，一个热门话题。造成这一现象或曰征候的原因是：我们当前的时代境况，与上世纪80年代已经有了实质区别，换句话说，'80年代'与我们今天之间的历史距离已经足够遥远，以至于作为一个历史'对象'或'客体'，其轮廓已经完整清晰——也就是说，把握和分析'80年代'的客观条件，今天已经成熟了。"参见祝东力：《80年代的那些事》，《中国教育报》，2007年7月5日第7版。

② 冯牧：《对于文学创作的一个回顾和展望——兼谈革命作家的庄严职责》，《文艺报》，第4页，1980年第1期。

富多彩。书店、影剧院和舞台上充满更多样化的精神食粮——既有新作品也有重新开禁的旧作。西方著作在一定程度上开始允许入境，这是过去30年来从未有过的。”①但是，在意识形态稍有“放松”的情态下，即使“历史叙述”和“现在”真的可以忘记共和国成长的疼痛，当时的文化思想界却毅然决然地要对历史作出诊断。所以有论者指出：“……显示因受戕害而造成的不同形态的社会痼疾和内伤，大声疾呼，引起疗救的注意，是1978年短篇小说创作在内容上的主要特点。”②

第一节　“伤痕文学”术语源考

到底是谁最先使用了“伤痕文学”这一术语的呢？各家说法不一。

朱寨先生主编的《中国当代文学思潮史》写道，“伤痕文学”的提法，始于1978年8月11日《文汇报》发表短篇小说《伤痕》后引起的讨论中。之后，人们通常习惯地把以揭露林彪、“四人帮”罪行及其给人民带来的严重内外创伤的文学作品，称之为“伤痕文学”。有人把“伤痕文学”又称为“暴露文学”“伤感文学”“批判现实主义文学”等，蕴含着明显的贬斥、不满之意……也有人给“伤痕文学”以极高的评价。尽管“伤痕文学”的概念是否科学还值得研究，但关于如何评价“伤痕文学”的论争，却激烈展开，波及甚广，一直延

① 罗德里克·麦克法夸尔、费正清主编：《剑桥中华人民共和国史（下）（1966—1982）》，第831页，上海：上海人民出版社，1992年。

② 何西来、田忠木：《革命变革时期的文学——读一九七八年的短篇小说创作》，《文艺报》，第28页，1979年第2期。

续到 1979 年 10 月第四次全国文代会的召开。[①] 洪子诚关于“伤痕文学”的说法和朱寨的基本一致。他在《中国当代文学史》谈道：“围绕《伤痕》等作品，在 1978 年夏到次年秋天发生了热烈的争论。”他在为其中“持否定态度者”加注时提道，对这些小说持否定意见的代表性文章有《向前看啊！文艺》（黄安思，《广州日报》，1979 年 4 月 15 日）和《“歌德”与“缺德”》（李剑，《河北文艺》，1979 年第 6 期）。[②]而《向前看啊！文艺》和《“歌德”与“缺德”》两篇文章中都没有出现“伤痕”或“伤痕文学”的字样，所以说，关于“伤痕文学”的最初命名朱寨和洪子诚都语焉不详。

陈思和主编《中国当代文学史教程》述及“1978 年春天至年底在政治文化和文学领域里发生的一系列大事”时说：“9 月 2 日，北京《文艺报》召开座谈会，讨论《班主任》和《伤痕》，‘伤痕文学’的提法开始流传”。[③] 陈思和把“伤痕文学”的命名者归功于《文艺报》1978 年 9 月 2 日的座谈会。而研究者蒋守谦考证说：“依我看，‘伤痕文学’概念的发明者始终是一个不曾真正公开亮出自己的身份和全部理论观点的人物。最早把这种人物加以曝光的，是作家苏叔阳。1978 年 10 月上旬，《文艺报》召开了一次‘关于真理标准问题座谈会’，到会者的发言经整理后发表在 1978 年 11 月 15 日出版的第五期刊物上。”[④]苏叔阳在题为“从社会实践中来，受社会

---

① 朱寨主编：《中国当代文学思潮史》，第 540 页，北京：人民文学出版社，1987 年。

② 洪子诚：《中国当代文学史》，第 271 页，北京：北京大学出版社，1999 年。

③ 陈思和主编：《中国当代文学史教程》，第 189 页，上海：复旦大学出版社，1999 年。

④ 蒋守谦：《“伤痕文学”概念的生成和操作》，选自《管窥蠡测——蒋守谦当代文学评论选》，第 404 页，乌鲁木齐：新疆人民出版社，1999 年。

实践检验”的与会发言中有这样一段话：比方说，在林彪“四人帮”猖狂时期，大多数干部、群众的心理或多或少，或深或浅都留下了伤痕。这本来是生活中大量的现象……但是，有人一看见作品中有这些内容就要斥为“伤痕文学”“暴露文学”，这种闭上眼睛不看事实的现象显然不能认为是正确的。“我以为这很可能就是‘伤痕文学’作为一个正式概念存在于报刊文章的滥觞。”①显然，蒋守谦认为，苏叔阳在《文艺报》召开的“关于真理标准问题座谈会”上最早将“伤痕文学”概念的提出者加以曝光。但是，苏叔阳并未提及概念提出者姓名及其文章出处，所以，在蒋守谦的考证中，“伤痕文学”概念的发明者仍然是一个神秘人物，而苏叔阳则是把这一术语正式公开于报刊的第一人。

此外，《新时期文艺学论争资料（1976—1985）》②一书文献题录显示，在20世纪70—80年代之交，国内发生的关于“歌德”与“缺德”、关于“向前看呵！文艺”、关于“歌颂与暴露”的论争中，最早公开使用“伤痕文学”概念的很可能是陈恭敏，他在1978年12月号《上海文艺》（《上海文学》前身）上发表了《“伤痕”文学小议》。而将“伤痕文学”作为一个固定术语来使用，到1979年初就变得相当普遍，其中鲍昌的《漫话“伤痕文学”》（《新港》，1979年第1期）和张春予的《关于“伤痕文学”的对话》（《文艺百家》，1979年第1期）最引人注目。此后值得注意的还有吕铭康的《“伤痕文学”与文学伤痕》（《海鸥》，1979年第8期）、王振铎的《的确出现了一个新流派——从“歌德”与“缺

① 蒋守谦：《“伤痕文学”概念的生成和操作》，选自《管窥蠡测——蒋守谦当代文学评论选》，第404页，乌鲁木齐：新疆人民出版社，1999年。

② 余世谦、李玉珍、陈家灼、胡荣祉、林琴书编：《新时期文艺学论争资料（1976—1985）》（上册），第160—179页，上海：复旦大学出版社，1988年。

德"谈到"伤痕文学"》(《河南师大学报》,1979 年第 5 期)、刘启林的《替"伤痕文学"辩诬》(《长春》,1979 年第 11 期)等。[①]

"伤痕文学"在国外也引起了一些关注。据叶穉英考证,旅美华裔学者许芥昱在"美国加州旧金山州立大学中共文学讨论会"上谈到:"(中国大陆)自 1976 年 10 月以后,文学作品方面以短篇小说最为活跃,最引起大众的注目的内容,我称之为'Hurts Generations',就是'伤痕文学',因为有篇小说叫做《伤痕》,很出风头,这类小说的作家,回忆他们在'文革'时所受的迫害,不单是心灵和肉体的迫害,还造成很大的后遗症……我把这一批现在还继续不断受人注意、讨论的文学,称为'伤痕文学'。"这是"伤痕文学"一词首先出现于学术界。[②] 秦宇慧在他的《"文革"后小说创作流程》中也提到,"伤痕"一词在学术界被用来概括文学思潮,最早可见于旅美华裔学者许芥昱的《在美国加州旧金山州立大学中共文学讨论会的讲话》一文。[③] 张业松考证说:"许芥昱先生的意思应该是说他赋予了'伤痕文学'以英文译名,而不是说他创造了这个文学术语。'首先出现于学术界'的结论也有些轻率。尽管叶穉英的脚注表明许先生发表此番言论的时间的确较早[④],但估计再早

---

① 此处转引自张业松:《打开"伤痕文学"的理解空间》,《当代作家评论》,2008 年第 3 期。

② 叶穉英:《"伤痕文学"和"反思文学"浅探》,《大陆当代文学扫描》,第 5 页,台北:东大图书股份有限公司,1990 年。

③ 秦宇慧:《"文革"后小说创作流程》,第 8 页,北京:北京燕山出版社,1997 年。

④ 脚注表明,许芥昱的"在美国加州旧金山州立大学中共文学讨论会上的发言"载于高上秦主编的《中国大陆抗议文学》一书,此次会议综述标题为《等待春雨的看天田——全面检讨中共文学之一:在美国》,会议时间为 1979 年 7 月 3 日。高上秦:《中国大陆抗议文学》,第 379—430 页,台北:台北时报文化出版公司,1979 年。

也该在这批作品'受人注意讨论'，即在国内学术界有相当程度的关注之后吧。"[①]张业松的观点不无道理。当年拍板发表《伤痕》的《文汇报》总编辑马达先生回忆说："1978 年 8 月 11 日，《文汇报》发表复旦大学学生卢新华写的短篇小说《伤痕》。小说发表后，被全国二十多家省、区、市广播电台先后播发。新华社、中新社先后播发新闻，法新社、美联社的驻京记者对外报道说：'《文汇报》刊载《伤痕》这一小说，说明中国出现了揭露'文革'罪恶的'伤痕文学'。"[②]张业松又据此分析道："这显示出国外的新闻媒体有可能先于学界人士使用'伤痕文学'一词。"[③]

国内的文艺界苏叔阳早在 1978 年 11 月 15 日出版的第五期《文艺报》上已经正式使用了"伤痕文学"这一术语；陈恭敏也早在 1978 年 12 月号《上海文艺》(《上海文学》前身)上发表的《"伤痕"文学小议》一文，第一个(就笔者的目力所及而言)从思潮[④]的角度对这一文学思潮加以论述。所以，张业松的"国外的新闻媒体有可能先于学界人士使用'伤痕文学'一词"的猜测是没有根据的。

上述种种基本上囊括了学术界对"伤痕文学"这一概念起源的各种说法。当然，对"伤痕文学"这一概念缘起的追根溯源不

---

① 张业松：《打开"伤痕文学"的理解空间》，《当代作家评论》，2008 年第 3 期。

② 马达：《〈伤痕〉和伤痕——小说〈伤痕〉发表前后》，《马达自述：办报生涯六十年》，第 63 页，上海：文汇出版社，2004 年。

③ 张业松：《打开"伤痕文学"的理解空间》，《当代作家评论》，2008 年第 3 期。

④ 陈恭敏在文中认为："'伤痕文学'是一种特殊的文学现象，也是一种特殊的社会现象，但这种特殊性却表现了社会生活的某些本质方面。"参见陈恭敏：《"伤痕"文学小议》，《上海文艺》(《上海文学》前身)，1978 年 12 月。

仅仅是出于单纯的史料兴趣，它的纷繁复杂的“缘起”已经初步向我们展示了它的轰动性以及围绕在它周围的话语竞争。要讲清楚这个缘起的故事，还得从“伤痕文学”得以产生的历史语境谈起。

第二节 《于无声处》与“天安门诗歌运动”

“文革”后的主流文学源于其自身与政治形势的互动，有很多评论者认为“文革”后文学有一定的“自发性”。① 暂且不论这种自发性论断是否准确，在“伤痕文学”之前，“天安门诗歌运动”似乎更能说明广场文学的“自发”性质。徐庆全在其《文坛拨乱反正实录》一书中把“天安门诗歌运动”称为“文坛回春的第一声号角”②。1979年，中国文联主席周扬在谈到丙辰清明时也认为：“天安门革命诗歌，吹响了向‘四人帮’发起冲锋的号角。”

在徐庆全的论述中，天安门事件引发了诗歌运动，而文学潮流又推动着天安门事件的平反。③ 显然，他把“天安门诗歌运动”作为新时期文学的源头。他指出：“粉碎‘四人帮’后的文学潮流，也是以‘四五’运动为发端的思想解放运动的一个重要内容……天安门诗歌运动，揭开了新时期文学的帷幕，催发了新时期文学园地的

---

① 张业松在其《打开“伤痕文学”的理解空间》一文中认为“伤痕文学”有自发性，《当代作家评论》，2008年第3期。

② 徐庆全：《文坛拨乱反正实录》，第4页，杭州：浙江人民出版社，2004年。

③ 徐庆全：《文坛拨乱反正实录》，第4—54页，杭州：浙江人民出版社，2004年。

芳菲桃李。”[①]很多论者持有相同观点。何西来就认为:“如果要追溯新时期文学潮流的源头,就一定要从‘四五’运动诗歌算起。正是在这里,才最清楚地表现出现实主义文学和历史变革的必然要求的内在联系。”[②]而董健则认为:“对于新时期小说在起步时起着导向作用的作品,是刘心武发表于1977年11月号《人民文学》上的短篇小说《班主任》。……有人作出评估,认为它的影响之大,‘超过了建国以来其他小说的影响’。”[③]当然,在浩淼的历史长河中,“四五诗歌运动”和“伤痕文学”思潮可能是相互指向甚至相互重叠的。但在时代交迭之际,历史的叙述关系到话语权力的复杂背景,厘清事件之间的种种联系,就显得尤为重要。

按学界对政治文化的一般理解,政治文化既包括人们的政治情感、政治认知、政治信仰等主观内容,也包括政治制度、政治规范等客观内容。因而,讨论新时期的“伤痕文学“思潮,不得不先从影响这种思潮的政治文化以及政治文化对这段历史的定性和言说讲起。发生在1976年4月的“天安门诗歌运动”是一场由政治因素提供了巨大的推动力的文学运动,因此在评价其产生的诗歌文本的美学价值时,必须充分考虑它的政治背景。1976年周恩来去世之后,“四人帮”不许群众开追悼会,不许戴黑纱,不许去天安门广场,甚至公开诋毁、歪曲周恩来的形象。被压抑太久的人民群众的悲痛和愤怒终于在4月4日清明这一天通过诗歌的方式彻底释放出来。按照正式的说法,这是“革命群众” 与以江青、张春桥等为

---

① 徐庆全:《文坛拨乱反正实录》,第19页,杭州:浙江人民出版社,2004年。

② 何西来:《新时期文学思潮论》,第8页,南京:江苏文艺出版社,1985年。

③ 董健:《新时期小说的美学特征·序》(黄政枢),第2—3页,南京:南京大学出版社,1991年。

代表的帮派之间的斗争。斗争从南京到上海再到北京直至全国，文学从 4 月 4 日的天安门广场花圈到纪念碑周围的诗词直至树林中用绳子拉起的“诗廊”，[①]这场诗歌运动从“捍卫”与“反捍卫”的较量演进到“擒妖打鬼”和对真理的艰难追寻。

4 月 8 日，“四人帮”控制下的《人民日报》，发表了《天安门广场的反革命政治事件》的文章，正式把天安门事件定性为“反革命事件”。“四人帮”倒台后，1977 年 1 月周总理逝世一周年之际，北京第二外国语学院的 16 位同志，以童怀周——取“一同怀念周总理”之意——的名字，油印出版了珍贵的《天安门诗抄》。在其成员之一的白晓朗被捕后，童怀周继续编辑出版了第二集。12 月，七机部五〇二研究所和中国科学院自动化所的同志，油印出版了名为《革命诗抄》的集子，《世界文学》编辑部也油印出版了《心碑》。在“文化大革命”中被迫停刊的《中国青年》复刊号有介绍在“天安门事件”中勇敢斗争、在“四人帮”疯狂迫害下坚强不屈的青年工人韩志雄事迹的报告文学《革命何须怕断头》，还选登了“童怀周”编辑的《天安门诗抄》，惊动了华国锋、汪东兴等中央主要领导，引发了一系列风波，显示出了党内思想斗争的复杂和尖锐。[②]

天安门诗歌或歌颂周恩来总理的丰功伟绩，或表达对“四人帮”的痛恨之情，圣洁朴素勇敢机智。[③] 不可否认，天安门诗歌的

---

① 徐庆全在《文坛拨乱反正实录》一书中对这场诗歌运动有较为生动的描述。徐庆全：《文坛拨乱反正实录》，第 7—10 页，杭州：浙江人民出版社，2004 年。

② 徐庆全：《文坛拨乱反正实录》，第 19—27 页，杭州：浙江人民出版社，2004 年。

③ 徐庆全：《文坛拨乱反正实录》，第 7—10 页，杭州：浙江人民出版社，2004 年。

出现使得以前的那种虚假而空泛的抒情模式彻底终结，但人们在盛赞它的同时，另外一个版本的天安门诗歌运动被人们遗忘了。有论者指出："我们常常忽略了与'天安门诗歌运动'密切相关的另外一个版本，那就是当'四五'运动被宣布为反革命运动之后，各种媒体所刊发的庆祝成功平乱的诗歌。它们发扬'痛打落水狗'精神，但在后来的文学史叙述中基本上不被提及，这样一来就出现了另外一个问题，让没有经历过这一特殊历史时期的人产生一种错觉，以为当时的实际情况就是全部在声讨后来所说的'四人帮'一伙。实际情况没有如此简单。在宣传机器的作用下，一时间到处都是支持毛主席党中央的英明决策和反击右倾翻案风的呼声。当文学史有意无意忽略这些另类天安门诗歌时，历史本身的真实性可能就被伤害了，因为它遮蔽了人们了解那个复杂时代的另外一个角度，从而使得被修订的历史更顺从于某种预设的意识。"①对当时诗歌在"四五"运动被宣布为反革命运动之后，庆祝成功平乱的另类面孔的有意遮蔽，不仅显示出政治对文学的规约，更揭示了文学史与文学批评也在某种程度上与政治意识形态合谋，共同为意识形态的合法性论证。转折时期的话语竞争与博弈是必要而且必须的，但只凸显其中的一方，则揭示出一种言说方式对另一种言说方式压迫的内在根源。

---

① 以1976年5月号的《诗刊》为例，它所扮演的仍然是政治风向的积极呼应者，它不仅全文转发了两个决议（即《中共中央关于华国锋同志任中共中央第一副主席、国务院总理的决议》和《中共中央关于撤销邓小平党内外一切职务的决议》，均据新华社1976年4月7日讯），还原文发表了当时北京市委第一书记吴德的天安门广场讲话。加上专门为胜利平定"反革命运动"而配发的一组诗，声势算得上浩大了。参见龙扬志：《叙述中的天安门诗歌运动》，《江汉大学学报（人文科学版）》，2007年2月。

当时《北京文艺》(1976 年第 6 期)还刊登了伍兵的小说《严峻的日子》,这篇小说的内容描写了镇压在天安门广场上悼念周恩来总理的群众的经过,这是在"'四人帮'在北京市的代理人的支持下炮制和发表的,因而是有险恶的政治目的的"。① 后来文艺界又对《严峻的日子》等"阴谋文艺"展开了批判。②被后来文学史叙述为"伤痕文学"的代表作之一的话剧《于无声处》,也加入为"四五"平反的文学——政治运动中,这种加入使"伤痕文学"论证了政治意识形态合法性的同时,获得了自己的合法性。《于无声处》描写了这样一个故事:1976 年夏天的一个上午,备受迫害的老干部梅林和儿子欧阳平赴京路过上海,来到昔日战友何是非的家中。谁知道何是非为了个人官禄,在"文化大革命"中曾经不惜写假旁证,把战争年代的救命恩人梅林诬陷为叛徒。何是非的女儿何芸是公安人员,正在侦缉一个散发天安门广场革命诗抄的"现行反革命",这名"罪犯"不是别人,正是何芸等待了九年,至今仍热恋着的情人欧阳平。话剧从梅林和欧阳平来到何家开始,通过梅林和何是非两家人的复杂关系,把当时中国人民在政治生活、家庭生活与爱情生活中所经历的严重斗争和考验,有血有泪地表现了出来,热情歌颂了在天安门广场事件中与"四人帮"斗争的时代英雄。③

"1976 年 10 月 6 日至 7 日,在我们中国共产党的历史上是很

---

① 刘锡诚:《在文坛边缘上——编辑手记》,第 70—74 页,开封:河南大学出版社,2004 年。

② 刘锡诚在《对〈严峻的日子〉等的批判》一文中记述了批判此文的经过,但是处于当时的政治形势,批判文章未能发表。详见刘锡诚:《在文坛边缘上——编辑手记》,第 70—74 页,开封:河南大学出版社,2004 年。

③ 宗福先:《于无声处》,《文汇报》,1978 年 10 月。

有意义的日子，我们中央政治局办了两件大事：第一件大事，从组织上打垮了‘四人帮’反党集团；第二件大事，一致通过了华国锋同志任中国共产党中央委员会主席、中国共产党中央军事委员会主席的决定。这是全党全国人民的大事。”① 1976 年 10 月 18 日，中共中央发出《关于王洪文、张春桥、江青、姚文元反党集团事件的通知》，传达全党。1976 年 10 月 21 日，中央人民广播电台播发了粉碎“四人帮”的消息，传达到全国。中国新时期文学②由此拉开了帷

---

① 《叶剑英选集》，第 444 页，北京：人民出版社，1996 年。

② 关于新时期文学这一概念的来源，说法不一。洪子诚在《当代文学史》中认为，1977 年 8 月在北京召开的中共第十一次代表大会上，宣布“文革”以“粉碎‘四人帮’为标志而结束”。这次会议的文件，把“文革”结束后称为中国社会主义革命和建设的“新时期”。文艺界也很快把“文革”后文学，称为“新时期文学”（如周扬在第四次文代会上的报告《继往开来，繁荣社会主义新时期的文学》）。“新时期”这一原本在社会政治层面提出的概念，在文学领域得到最广泛的运用。在相当长时间里，“新时期文学”是受到多数人认可的、用以概括“文革”后文学的命名。参见洪子诚：《中国当代文学史》，第 225、237 页，北京：北京大学出版社，1999 年。朱寨在《文学的新时期》一文中认为，新时期文学的概念，是由新时期的历史概念派生的。所谓的历史的新时期，就是《关于建国以来党的若干历史问题的决议》（1981 年 6 月 27 日至 29 日，中共十一届六中全会一致通过了《关于建国以来党的若干历史问题的决议》——引者注）里所说的：“1976 年 10 月粉碎江青反革命集团的胜利，从危难中挽救了党，挽救了革命，使我们的国家进入了新的历史发展时期。”关于文学的新时期一般也是这样认为的。参见朱寨：《文学的新时期》，《十月》，1983 年第 2 期。孟繁华、洪子诚主编的《当代文学关键词》中《新时期文学》一文，对“新时期文学”这一术语有更为细致的梳理。此文认为，发表于 1978 年 5 月 11 日的《实践是检验真理的唯一标准》一文最早正式提出了政治意义上的“新时期”概念；而出版于 1978 年 6 月 25 日的《文学评论》（1978 年第 3 期），刊载了周柯的《拨乱反正，开展创造性的文学评论工作》一文，第一次推出了文学意义上的“新时期”概念。参见孟繁华、洪子诚：（转下页）

幕。《于无声处》描写的就是在这样的时代大背景下发生的故事。

1978 年 9 月 23 日上海热处理厂的青年工人宗福先创作的话剧《于无声处》(原名为《扬眉剑出鞘》),率先由上海工人文化宫的业余话剧队排演了。天安门事件发生两年后,“四人帮”虽然已被粉碎,但天安门事件尚未得到平反,所以这次话剧演出没做任何宣传,一角钱的演出门票也只是一张写着座位号的小纸条。据周玉明回忆,他在 1978 年 9 月 30 日的《文汇报》的一个角落,看到了半个火柴盒大小的一则话剧广告。他打听到这出话剧很受欢迎,口口相传已一票难求。后来他和《文汇报》编辑部主任史中兴一起去看话剧,并采访了剧组写出了通讯《于无声处听惊雷》。经总编辑马达审阅后发表。1978 年 10 月 12 日的《文汇报》的报纸头版是《中国工会第九次全国代表大会隆重开幕》,下面是邓小平《在中国工会第九次全国代表大会上的致词》,二版是大会开幕词等。第三版用半个版面发表通讯《于无声处听惊雷》,在全国报刊上第一个发出了正义的呼声,响起了第一声春雷。报纸的整个版面都是工人阶级唱主角。通讯《于无声处听惊雷》以饱蘸感情的笔触,对该剧剧情进行了简要评介,对演出的热烈场景进行了生动刻画,对导

(接上页)《当代文学关键词》,150—151 页,桂林:广西师范大学出版社,2002 年。而刘锡诚则认为是在第三届中国文联全委会第三次扩大会议通过的决议中,第一次使用了“新时期文艺工作”这样的词语,从而宣告了“新时期文艺”的正式诞生。参见刘锡诚:《在文坛边缘上——编辑手记》,第 184 页,开封:河南大学出版社,2004 年。其实,我们对于“新时期文学”这一宽泛使用的概念,一直无法给出一种固定的“本质化”的定义。在今天看来,“新时期文学”这一概念并不是自明的,它同样也是多种话语力量在话语实践中不断建构的结果,是一系列断裂、排斥、拒绝、重现等形成的一个话语形构。

演和演员对剧本的热爱、支持和奉献进行了热情讴歌。通讯还用大段笔墨介绍了剧本的创作过程。在马达、史中兴的指挥下，周玉明又约请上海的戏剧评论家王家熙写剧评。1978 年 10 月 21 日，《文汇报》发表了王家熙四千多字的全国第一篇关于《于无声处》的评论《寒凝大地发春华》，这篇有思想、有分析、有理论的评论本身也冲破了“帮风帮规帮气”。10 月 25 日，《文汇报》为满足上海市读者、通讯员观演的需要，并邀请部分单位领导，宣传工作者，文化、电影、出版系统的作家、编剧、导演、演员共两千余人观看了演出，这是为强化宣传《于无声处》所做的前奏。紧接着 10 月 28 日，文汇报调动一切手段，几乎整张 4 个版面的报纸像专题号外似的宣传《于无声处》。在一版发表消息和读者来信摘编，报道话剧演出、通讯见报后引起的强烈反响。消息和来信连成一体，用花边加框，顶天立地，竖立在一版右边，精心制作的主标题简洁明了，引人入胜:《热情歌颂天安门广场事件中向“四人帮”公开宣战的英雄，〈于无声处〉响起时代最强音》。同日，第二版至第三版，破天荒地刊登《于无声处》的剧本(从 10 月 28 日到 30 日，一连 3 天，用 3 个半版面登完剧本全文)。在刊登剧本的第一天，《文汇报》发表了史中兴写的编者按语:“这个剧本的特色，在于它坚持了文艺必须真实地反映实际生活这一马克思主义的基本原理，勇敢地冲破了‘四人帮’设置的禁区，横扫了‘三突出’之类的帮腔帮调，通过尖锐的戏剧冲突形式，从一个侧面反映了 1976 年天安门广场前发生的那场惊天地泣鬼神的重大历史性事件，用文艺形式把‘四人帮’颠倒的历史再颠倒过来，说了亿万人民心里要说的话，表达了亿万人民内心深处的强烈感情。”10 月 28 日消息和剧本见报当天，多种新闻媒体联动。上海人民广播电台一天几次播发消息。新华社和中国新闻社，也于当天向全国和海外摘编播发，这种快速和共鸣是史无前例的。全国各地的演员剧团，还有大量的区县业余剧团，纷纷来上海，要求观摩、学演《于无声处》。上海市总工会为此举办了话剧《于无声处》专题讲座，开展观摩、传授活动。当时光是北京市，就有 19 个剧团排练演出了《于无声处》，这也是史无前例的。①

10 月 27 日的《解放日报》发表了《推荐话剧〈于无声处〉》②一文，11 月 4 日，《人民日报》发表了关于这一话剧演出后的报道，标题是《歌颂天安门广场悼念周总理、同“四人帮”斗争的时代英雄——话剧〈于无声处〉轰动上海文艺界》。报道称，据上海《解放日报》10 月 27 日报道：“为北京天安门广场悼念敬爱的周总理、同‘四人帮’英勇斗争的时代英雄高唱颂歌，上海工人文化宫业余话剧学习班演出的四幕话剧《于无声处》，像万里晴空的一声响雷，轰动了上海文艺界，获得了广大观众的一致好评。”报道详细介绍了《于无声处》的剧情，并告诉读者，上海的《文汇报》已经连载了剧本。这一报道已直接涉及广场运动的定性。11 月 10 日，《光明日报》发表了赵寻的评论文章《戏剧舞台上的一声惊雷》。11 月 10 日上午，《人民戏剧》编辑部邀请首都戏剧界人士举行《于无声处》座谈会。到会的有周巍峙、贺敬之、曹禺、冯牧、吴雪、张庚、赵寻、凤子、刘厚生、白桦等，以及来京参加戏剧家协会召开的评论工作者座谈会的各地文艺工作者。在天安门广场同“四人帮”作了英勇斗争的韩志雄，《天安门诗抄》编选者“童怀周”的代表，也应邀参加

① 详见周玉明：《〈文汇报〉报道话剧〈于无声处〉的前前后后》，《新闻记者》，2008 年第 10 期 。

② 《解放日报》评论员：《推荐话剧〈于无声处〉》，《解放日报》，1978 年 10 月 27 日。

了座谈会。与会者认为,《于无声处》是一出好戏,是粉碎“四人帮”后第一个以歌颂首都人民在天安门广场悼念周总理、同“四人帮”作斗争为题材的好作品。它写出了伟大时代的革命精神,传达了人民的心声。① 戏剧家金山在座谈会上指出:“《于无声处》把这场史无前例的、推动历史前进的无产阶级革命运动形象地搬上了舞台,把颠倒了的历史颠倒了过来,恢复了历史的本来面目。《于无声处》写出了亿万人民共同的爱和恨,显示了革命人民的团结和力量,这就是它具有巨大感染力的根本原因。”②

《于无声处》在上海热演时,刚刚成立不久的中国社会科学院的首任院长胡乔木,正为修改他关于按经济规律办事的文稿到上海调研。随同前往调研的有王耕今(中国社会科学院农业经济研究所所长)、李更新(国务院研究室财贸组组长)、朱镕基(中国社会科学院工业经济研究所研究室主任)和胡乔木的秘书朱佳木。离京之前,他已经从朱佳木那里听说并看到了周玉明的那篇通讯,了解了这个话剧创作、演出的经过和受到观众热烈赞扬的情况,认为这部话剧冲破了“两个凡是”的框框,喊出了为天安门事件平反的声音,值得重视。10 月 23 日中午,胡乔木到达上海。在从机场前往宾馆的路上,前来迎接的上海市委宣传部部长车文仪问要安排些什么文娱活动,胡乔木提出能不能看看话剧《于无声处》。10 月 28 日晚,上海市委书记王一平、韩哲一陪同胡乔木观看演出。就在这一天,《文汇报》开始登载《于无声处》剧本。胡乔木看完演出后非常高兴,走上舞台与编剧、导演、演员和舞台工作人员会见并合

① 《人民日报》,1978 年 11 月 13 日。

② 徐庆全:《文坛拨乱反正实录》,第 30 页,杭州:浙江人民出版社,2004 年。

影留念。合影后，他提出要见见作者。人们就把宗福先拉到胡乔木面前。胡乔木看了看宗福先，突然问，你生的什么病？宗福先一愣，说是哮喘。原来胡乔木注意到了通讯里所写的作者带病完成剧本这一细节。胡乔木希望宗福先养好身子，争取写出更好的剧本。宗福先说这个剧本还有很多毛病。胡乔木说：这个剧本写得很好。《于无声处》得到胡乔木的赞赏，不仅编剧、导演、演员等剧组全体人员深受鼓舞，上海市委宣传部、上海市总工会也感到非常荣耀。

《文汇报》10月29日、30日继续连载该剧剧本。上海电视台、上海人民广播电台于11月1日转播了该剧演出实况。临近11月10日中央工作会议开幕之际，广大干部群众要求为天安门事件平反的呼声愈加高涨。胡乔木感到，此时调《于无声处》剧组到北京公演，对天安门事件的平反，对思想解放运动，必将起到不可估量的推动作用。所以，他于10月底回到北京后，即给胡耀邦写了一封信。胡耀邦非常赞成调《于无声处》剧组来京演出。按照他们两人的意见，11月4日，文化部和全国总工会向《于无声处》剧组发出邀请，并成立了以文化部副部长周巍峙为组长的接待组。在胡乔木指导和周巍峙等人组织下，上海电视台应观众要求，于11月上旬两次播出《于无声处》的演出实况录像。11月7日，中央电视台转播了《于无声处》的演出，在国内外引起轰动。当时的中央政治局委员彭冲还亲自到演播厅里来看戏。① 《文汇报》总编辑马达也透露，当时文汇报发表《于无声处听惊雷》的通讯以后，他曾接到中共中央办公厅的来电，那是胡耀邦让人打给他的，询问《文汇报》

---

① 张金才：《胡乔木调话剧〈于无声处〉进京演出》，《百年潮》，2008年第2期。

发的有关《于无声处》文章的情况。后来由陈云提议，中央组织部部长胡耀邦拍板调《于无声处》剧组赴京演出。可见中央领导的重视程度。之后，时任文化部副部长的刘复之也来到上海，宣布调《于无声处》进京公演。11 月 13 日，应文化部、全国总工会的邀请，《于无声处》剧组进京演出。13 日当天《人民日报》发表了 10 日首都戏剧界人士座谈会"赞扬《于无声处》是出好戏"的报道和著名导演、演员金山的文章《欢迎话剧〈于无声处〉来北京》。《于无声处》剧组从上海启程，14 日在北京火车站受到英雄般的礼遇，文化部副部长率领群众到车站迎接，盛况空前。在《于无声处》剧组赴京演出的前一天晚上，周玉明赶写了发出即能见报的通讯《首都和上海人民心连心——写在〈于无声处〉剧组赴京演出之前》。《文汇报》文艺部领导史中兴上门审稿、改稿、定稿、取稿后直送《文汇报》发排。14 日一早在《文汇报》头版刊出，广大读者在《于无声处》剧组开往北京的 14 次列车的车轮还未滚动之前，已得到这个消息。①

事实上，《于无声处》的演出，已经对当时的政治形势产生了重要影响。《于无声处》"用艺术的形式高度集中和准确地概括了天安门广场群众革命运动的来龙去脉"。文学在冲破意识形态禁区的同时，也被意识形态频频利用。1978 年底的中央工作会议②上，

---

① 详见周玉明：《〈文汇报〉报道话剧〈于无声处〉的前前后后》，《新闻记者》，2008 年第 10 期。

② 这是一次被人们认为"改变中国命运"的会议，从 11 月 10 日开到 12 月 15 日。今天，翻开很多书籍文献都有下面这样一段话："会前，根据邓小平的提议，中央政治局常委会议、中央政治局会议决定，会议先用两三天的时间讨论从 1979 年起把全党工作重点转移到社会主义现代化建设上来的问题。"胡乔木在 1983 年的全国宣传工作会议上又提到了这一时刻："把党的工作重点由清查转到经济建设上来，这看起来是很（转下页）

天安门事件在党内高层引起了激烈争论，各个组都提出了对天安门事件的平反要求，《于无声处》被不断提及。以陈云在东北组的发言分量最重。陈云以平和而坚定的口吻提出中央必须解决“文化大革命”中遗留的一大批重大问题和一些重要领导人的功过是非问题，陈云在东北组的发言中，讲到六个历史遗留问题，其中第五个问题就是：“关于天安门事件。现在北京市又有人提出来了，而且还出了话剧《于无声处》，广播电台也广播了天安门的革命诗词。这是北京几百万人悼念周总理，反对‘四人帮’，不同意批邓小平同志的一次伟大的群众运动，而且在全国许多大城市也有同样的运动。中央应该肯定这次运动。”①

赴京前，《于无声处》已在上海演出了整整45场，场场爆满。每晚戏演完已9点多了，热心的观众在剧场处等到11点多，要与编剧、导演、演员谈谈自己的想法和意见。特别是《文汇报》发表《于无声处》的剧本和全国电视转播演出实况后，如同惊雷一声，回

(接上页)简单的事情，但在当时，就是三中全会以前中央工作会议，1978年底，就很不容易。小平同志这时坚持要转到以发展社会主义经济建设为党的中心任务，可以说是真正的开端，意义非常重大。我们不能说华国锋同志反对搞经济建设，但是他是不同意在那个时候实行这样一个转变的，他认为太早了，要继续清查。”在1978年11月10日下午的开幕式上，华国锋在谈了此次会议的三项议程之后，说：“中央政治局决定，在讨论上面这些议题之前，先讨论一个问题，这就是，要在新时期总路线和总任务指引下，从明年1月起，把全党工作的着重点转移到社会主义现代化建设上来。要阶级斗争、生产斗争、科学实验三大革命运动一起抓。”关于这次会议更详细的描述参看王伟群：《改变历史的36天》，《中国青年报》，冰点特稿第683期，2008年10月15日。

① 张树军：《大转折——中共十一届三中全会实录》，第199页，杭州：浙江人民出版社，1998年。

屈服的人，这时眼里闪动着泪花。①

《于无声处》的演出配合了“为天安门事件平反”这一决定的发表，就有更加不寻常的历史意义，它远远超越了这出戏本身的价值。那天的《人民日报》还发了一篇很长的“本报特约评论员”文章，题目叫《人民的愿望，人们的力量——评话剧〈于无声处〉》。这也是胡乔木同志组织人写的。文章指出，北京市委宣布1976年天安门事件完全是革命行动，正在这个时候，上海《于无声处》剧组来到北京，为首都人民演出，这是人民力量的胜利。文章盛赞《于无声处》是天安门广场革命群众运动的艺术表现，推倒了“四人帮”对中国人民的最大诬蔑和对历史的最大歪曲。这篇文章说：“由于从现实出发，把创作的根基深深地扎在生活的土壤里，《于无声处》打破‘从路线出发’‘主题先行’‘三突出’等等禁锢，在对生活进行艺术提炼和再造的过程中，能够较好地处理人物的个性和共性、细节的真实性和性格的典型性以及典型性格和典型环境的关系。这种情形，和我们长期以来，特别是近十多年来在许多作品中经常遇到的人物形象的脸谱化、偶像化以及与此相关的作品的公式化、概念化倾向，形成鲜明的对照。这里，不准备讨论《于无声处》在人物塑造上的成就和新的特点，只是着重指出，由它开拓的这个新局面，将会对当前文艺创作水平的提高发挥积极作用。”②

① 参见《人民的愿望，人民的力量——评话剧〈于无声处〉》，《人民日报》，1978年11月16日。其实，这篇报道已相当内敛。事实是，那天许多人哭着、抽泣着，拥上舞台，拥住了台上的演员们，他们中大多数是“天安门事件”的亲历者，甚至还有一些是刚刚从狱中出来的。

② 《人民的愿望，人们的力量——评话剧〈于无声处〉》，《人民日报》，1978年11月16日。

《于无声处》赴京一个多月，剧组在市内和厂矿，为 6 万多观众连续演出了 41 场。[1] 11 月 19 日，《于无声处》剧组还到京西宾馆为中央工作会议的代表们进行了专场演出。12 月 17 日[2]，文化部、全国总工会隆重举行大会，嘉奖《于无声处》，授予《于无声处》剧组、上海市工人文化宫和宗福先个人特别奖。周巍峙在会上赞扬《于无声处》是第一个以天安门事件为背景，大胆拨乱反正，真实地揭示了这一历史事件本质的优秀剧目，为戏剧创作开辟了新局面。给《于无声处》颁奖重新恢复了"文化大革命"前对优秀文艺创作、优秀文艺工作者的奖励。授予剧作者宗福先奖金 1000 元，上海文化宫奖金 4000 元。11 月 21 日上午全国剧协举办《于无声处》话剧第二次座谈会，会议由曹禺主持，出席的有文化部刘复之、周巍峙、贺敬之 3 位副部长，全国总工会领导宗侃夫、王崇伦等以

① 详见周玉明：《〈文汇报〉报道话剧〈于无声处〉的前前后后》，《新闻记者》，2008 年第 10 期。张金才的《胡乔木调话剧〈于无声处〉进京演出》（《百年潮》，2008 年第 2 期）一文中说："从 11 月 16 日首场公演以后，《于无声处》剧组在北京连续演出一个多月，有时一天演日夜两场，共演了 38 场。除在剧场演出以外，还到门头沟煤矿、首钢等大型企业去演，并应邀到京西宾馆为出席中央工作会议的同志进行了专场演出，所到之处都赢得了观众的热烈欢迎。"

② 张金才的《胡乔木调话剧〈于无声处〉进京演出》（《百年潮》，2008 年第 2 期）一文中记叙说："12 月 17 日晚文化部和全国总工会在北京工人俱乐部隆重举行授奖大会，给予《于无声处》剧作者、剧组和上海市工人文化宫特别嘉奖。中央政治局委员、全国人大常委会副委员长乌兰夫，中央政治局委员、全国总工会主席倪志福等出席授奖大会，并会见了剧作者、导演、演员和剧组领队。中宣部、文化部和全国总工会的领导、文艺界知名人士和专业及业余文艺工作者 1000 多人参加了授奖大会。"周玉明的《〈文汇报〉报道话剧〈于无声处〉的前前后后》一文说是 12 月 18 日举行的授奖大会。

及首都知名人士李伯钊、陈荒煤、张庚等。"四五"英雄刘迪、刘刀荣、"童怀周"代表等都抢着发言。①《于无声处》在胡乔木等的倡导下，通过进京演出、电视转播，震撼了整个文坛，赢得了全国人民的欢迎。全国各地争相演出，据文化部当时的统计，短短三个月，各地演出此剧的专业、业余剧组有2000多个，各地上演2700余次，数千万人通过报纸、电视和剧场，阅读和观看了这个剧本。至今，它仍然是新中国话剧"演出团体最多，观众人次最多"的一部戏。十一届三中全会前夕的中国，处于历史转折的重要关头。《于无声处》剧组的进京演出，在一定程度上配合了思想解放运动，对这个伟大历史转折的实现起了促进作用。宗福先终于明白，这部戏使老百姓对"文革"的怨恨和不满，得到了一次彻底的宣泄和释放。"《于无声处》已经不属于剧组，更不属于我个人，它属于那个思想解放的年代。如果说关于真理标准的讨论是为十一届三中全会做好了理论上的准备，那么《于无声处》演出的轰动程度，则表达了人民对十一届三中全会在感情上的呼唤。"②1978年12月18日，党的十一届三中全会胜利召开。

今天，《于无声处》被称为"新时期话剧发轫之作"，将当代文艺从"文革"长达10年的文艺禁锢中解放出来，使濒临绝迹的话剧再度振兴。《于无声处》在中国最重要的转折时期，成了利益表达的政治利器，成了全民压抑多年的情感宣泄口，成了特定时代永久的记忆。三十年来，只要一提及那个年代，人们就会自然而然地联想

① 周玉明：《〈文汇报〉报道话剧〈于无声处〉的前前后后》，《新闻记者》，2008年第10期。

② 顾育豹：《三十年前话剧〈于无声处〉晋京演出内幕》，《金秋》，2008年第4期。

到《于无声处》以及它的创作者宗福先。宗福先成了备受呵护的宠儿。经过巴金的推荐，宗福先还见到了慕名已久的话剧大师曹禺。虽然拥有那么多的荣耀，但是宗福先一直很清醒："中国 1978 年的思想解放运动走到那一步，一定有某个事件发生，正好《于无声处》这个时候出来。绝对不是这部戏有多了不起，如果没有它，也一定有别的戏别的小说别的电影别的事件来担任这个角色。"①在宗福先的心中有两个《于无声处》，一个属于戏剧舞台的，他与工人文化宫的业余演员们一起创作出来的话剧《于无声处》，另一个属于政治舞台上的，属于那个动荡年代人民的"于无声处"。《于无声处》不只是一部话剧，它真实地记录了中国当时的一个瞬间，并成为历史的一部分，而今人们看的不仅是场景、剧情，还有背后的那段历史和不可抹灭的记忆。宗福先说："《于无声处》是应运而生，不是说它有多好，而是因为它出现在了恰当的时机。事后我们也才知道，能引起这样的反响，是中央组织推动的。"②所以，对于《于无声处》这样的"伤痕文学"作品的理解，势必要求我们摆脱那种简单的意识形态判断，而深入文本内外去剖析一种在历史现场曾经发生的"同意"③机制的运作方式。另一方面，意识形态此时对文学是如此

---

① 胡凌虹：《宗福先：〈于无声处〉的当下意义》，《上海采风》，2008 年第 6 期。
② 陈竞：《为了忘却的纪念〈于无声处〉今昔 30 年》，《躬耕》，2008 年第7 期。
③ 葛兰西运用文化领导权的概念，深刻分析了资产阶级革命的发生、发展，资本主义社会的基本结构以及现代国家的统治方法，"暴力"的统治自然依靠国家的军事和警察力量的"镇压"手段，而"同意"的统治，则是靠"生产"一种社会其他从属的和结盟的阶级与团体都接收的世界观、哲学和道德看法。正是通过普通人民的"同意"，国家才能牢固确立它的"历史合法性"并且真正实现自己的伦理本质。波寇克：《文化霸权》，第 60 页，台北：远流出版事业股份有限公司，1991 年。

情有独钟，作家成了这一时代的文化英雄，这种空前绝后的礼遇和尊重极大地满足了当时知识分子内心期待的悲壮感和使命感。①

为纪念改革开放三十年，三十年前曾轰动全国的话剧《于无声处》又重新被搬上舞台，2008 年 6 月已在上海话剧艺术中心上演，11 月、12 月还在全国巡演及赴大学演出。在上海话剧艺术中心的说服下，宗福先同意重排《于无声处》后，新的难题又来了。“虽然我是‘文革’的受害者，改革开放的受益者，但是我和我的伙伴们是从‘文革’中过来的，当时我还不可能完全摆脱‘文革’的思维方式，所以《于无声处》有不少粗糙、幼稚的地方，只是被当时的政治气氛掩盖了，给了过分的溢美之词。”②至今，宗福先还保存着当时很多老前辈，如曹禺、黄佐临等老师对剧本的修改建议。那时情况特殊，没有时间改，那么三十年过去了，在艺术观点、思想上已经更加成熟的宗福先应该可以静下心来好好弥补当年的遗憾了。但问题是，《于无声处》不仅仅是一部话剧。“牵一发而动全身，人物、场景、对话一变，艺术上是成熟了，却违背了历史。就像是一幅画已经在人们心中成为定格，重画的话，大家可能接受不了。作家朋友们无一例外都反对我改动，他们认为《于无声处》是历史。”③经过一个多月的思想斗争，宗福先把改动的地方又改了回来，除了删除个别完全概念化的标语、口号式的台词外，宗福先基本保留了剧本的原貌。

---

① 关于“文革”后作家负起使命与责任的内心需求，孟繁华有详细论述。参见孟繁华：《1978 激情岁月》，第 11—13 页，济南：山东教育出版社，1998 年。

② 胡凌虹：《宗福先：〈于无声处〉的当下意义》，《上海采风》，2008 年第 6 期。

③ 胡凌虹：《宗福先：〈于无声处〉的当下意义》，《上海采风》，2008 年第 6 期。

事实上，宗福先之所以决定不改动剧本，也有他的考虑："让年轻的朋友知道，30 年前我们的起点在哪儿，只有知道我们今天走了多远，才会懂得珍惜现在的生活，才知道该往哪儿去。"①当然，1978 年该剧演出时，观众的昂扬情绪完全来自剧本所体现的政治激情。宗福先回忆说，有次在北京演出，结束后，很多支持、参与过"天安门事件"的年轻人，一下涌上台，紧紧拥抱主创人员。而当时还是大学生的评论家毛时安，谈起当时宗福先到华东师范大学作报告时的情景说："我们那时都充满理想抱负，都被剧中的政治激情深深感染。"②时代的变迁，那些曾让无数人激情澎湃的情绪不再。虽然重演在侧重点上做了顺应时代的调整，但很多明显带有那个时代烙印的话语、情境还是让青年演员颇感压力……首演前的最后一场彩排，当剧情发展到欧阳平身处险境必须尽早离开，何芸在危急时刻念了一首诗："清明洒泪究何罪？血雨腥风卷地飞。党心民心不可侮，于无声处听惊雷。"观众笑场了。其实孙宁芳（演员——引者按）自己也不明白，那么紧张的时刻，为什么还要念诗？宗福先告诉她，那个时代就是这样的，改变了也就不是那个时代了。③ 从民众对《于无声处》态度的变迁中，我们也能够看到社会问题剧的历史性和局限性。

第三节 《天安门诗抄》与"伤痕文学"思潮

受《于无声处》的鼓舞，一直在为《天安门诗抄》的正式出版做

① 陈竞：《为了忘却的纪念〈于无声处〉今昔 30 年》，《躬耕》，2008 年第 7 期。
② 陈竞：《为了忘却的纪念〈于无声处〉今昔 30 年》，《躬耕》，2008 年第 7 期。
③ 陈竞：《为了忘却的纪念〈于无声处〉今昔 30 年》，《躬耕》，2008 年第 7 期。

准备工作的人民文学出版社，在话剧上演后，决定立即出版《天安门诗抄》。1978年11月15日，人民文学出版社通过新华社发出《声讨"四人帮"的战斗呐喊，革命文学史上的丰碑〈天安门诗抄〉即将出版》的电讯，同时，他们致信华国锋，要求他为这本书题写书名——敦促中央为这一事件平反。11月17日，《人民日报》第三版上，发表了人民文学出版社编辑的《天安门诗抄》的前言和部分诗选；18日，又在第四版以整版的篇幅，发表了天安门群众活动的照片。同日，华国锋为《天安门诗抄》题写了书名①。19日，《人民日报》在头版用大字标题刊登了新华社的电讯：《华主席为〈天安门诗抄〉题写书名》。据"童怀周"的组织者汪文风回忆，在《天安门诗抄》正式出版之前，天安门诗歌已经向海内外公开发行了200多万册。随着天安门运动正式平反，"童怀周"选编的《天安门诗抄》获

---

① 粉碎"四人帮"后，"童怀周"编辑了两辑《天安门诗抄》及航天部自动化所编辑了《革命诗抄》后，作者便请人民日报社转交给中央领导。人民日报社支持他们的行动，立即转交，却招致了汪东兴的批评。在此期间，人民文学出版社也拿到了这些《革命诗抄》，他们当然想正式出版，但在当时的形势下怎样公开出版，是经过反复考虑的。1978年4月清明节，天安门事件两周年的时候，《人民日报》编选了一块天安门诗选的专版，被分管意识形态的中央副主席汪东兴叫停。1978年9月底，他们完成《天安门诗抄》的一切编辑、出版准备工作后，按照"文化大革命"后期的做法，先印了少量的征求意见本分送有关领导人。然后，通过关系打听这些领导人的意见。这些领导人大都希望出版，但又无法公开表态支持。参见徐庆全：《文坛拨乱反正实录》，第31页，杭州：浙江人民出版社，2004年。而要求华国锋题写书名的人民文学出版社，对华的欣然命笔似乎心理准备不足。华的题词送达后，全书早已印好，前言也在《人民日报》上发表了，已不能再改了，也无法以惯例加上一句感谢华主席题写书名的话。只好在扉页反面用红字写明"本书承华主席题签"，连当时通用的"英明领袖"都没有。参见黎之：《回忆与思考——〈天安门诗抄〉出版前后》，《新文学史料》，2001年第2期。

得华国锋题写书名并由人民文学出版社出版，天安门诗歌就完成了从“反革命诗词”向“革命诗词”的合法性转换，纳入当代政治和文学的双重历史叙述之中。[①] 因此也有学者认为《天安门诗抄》的出版，“参与了当时政治权力转折合法性的论述，再一次成为政治运动的手段”。[②] 天安门诗歌运动被后来的文学史描述为从地下走到地上。如由社科院文学所朱寨主编的《中国当代文学思潮史》以“文学黎明的号角”为小节的标题，对“天安门诗歌运动”进行高度评价：“天安门事件是一次伟大的思想解放运动。它是在不许人民说话的高压下被迫发出的战斗的呼喊，是在不准歌吟的淫威下无顾忌的引吭高歌。”“天安门诗歌的最大贡献，就是恢复了革命现实主义的传统，为我们新时期的文艺开辟了繁荣发展的康庄大道……新时期出现的第一批优秀诗歌，几乎都是天安门诗歌的回声。”[③]

《于无声处》所反映的是天安门广场斗争的一个侧面，它的历史命运是天安门广场那场斗争的延续。《天安门诗抄》和《于无声处》的命运与“天安门诗歌运动”本身的命运紧密相连。现实中的诗歌运动和文学中的诗歌运动互为镜像、互相感动、互相确认。“天安门诗歌运动”是广大人民群众悼念周总理、反对“四人帮”的强大抗议运动。这个运动实质上是拥护以邓小平同志为代表的党

① 龙扬志：《叙述中的天安门诗歌运动》，《江汉大学学报（人文科学版）》，2007 年 2 月。

② 洪子诚、刘登翰：《中国当代新诗史（修订版）》，第 114 页，北京：北京大学出版社，2005 年。

③ 朱寨：《中国当代文学思潮史》，第 520—521 页，北京：人民文学出版社，1987 年。

的正确领导，它为后来粉碎江青反革命集团奠定了伟大的群众基础。[①] 当"四人帮"被粉碎之后，《于无声处》对"禁区"的突破和《天安门诗抄》的艰难出版的背后则显示出党内高层凡是派与实践派的权力斗争。[②]《于无声处》冲破了"两个凡是"[③]为天安门事件平反所设置的"禁区"，而禁区的冲破则意味着实践派的话语权逐渐增势乃至胜利。[④] 而《人民的愿望，人们的力量——评话剧〈于无声处〉》一文的末尾似乎完成了这一政治隐喻："茁壮的新芽已经破

---

① 1981年，党的十一届六中全会通过的《关于建国以来党的若干历史问题的决议》指出：1976年4月间，"在全国范围内掀起了以天安门事件为代表的悼念周总理、反对'四人帮'的强大抗议运动。这个运动实质上是拥护以邓小平同志为代表的党的正确领导，它为后来粉碎江青反革命集团奠定了伟大的群众基础。当时，中央政治局和毛泽东同志对天安门事件的性质作出了错误的判断，并且错误地撤销了邓小平同志的党内外一切职务。"《关于建国以来党的若干历史问题的决议》对"十七年"和"文化大革命"的历史讲述，为此类所有的历史讲述提供了一个应该遵循的话语基准。

② 莫里斯·梅斯纳：《毛泽东的中国及其发展——中华人民共和国史》，第500—510页，北京：社会科学文献出版社，1992年。

③ "两个凡是"即"凡是毛主席作出的决策，我们都坚决维护，凡是毛主席的指示，我们都始终不渝地遵循。"参见《人民日报》、《红旗》杂志、《解放军报》社论：《学好文件抓住纲》，《人民日报》，1977年2月7日。

④ 梅斯纳这样评价天安门事件平反的意义："在1978年所有的'拨乱反正'措施中，没有什么比中国共产党对1976年4月5日'天安门事件'的重新评价具有更大的政治意义了。那次事件当时曾经被官方谴责为'反革命行动'，它曾经被用作使邓小平第二次下台的借口。但是在1978年秋，曾经在事件当时命令民兵进入天安门广场的北京市长吴德被解除职务，而且天安门游行示威活动被宣布为'革命事件'。官方报刊当时赞扬在两年半前群众到天安门广场集合示威的英雄主义。"莫里斯·梅斯纳：《毛泽东的中国及其发展——中华人民共和国史》，第505—509页，北京：社会科学文献出版社，1992年。

土而出，终究要长出挺拔的枝干，开出艳丽的花朵。这是不以人们的意志为转移的。”① 由此可见，在“天安门诗歌运动”和“伤痕文学”的“自发性”背后，有着多么强大的政治推动力。

当然，“天安门诗歌运动”和“伤痕文学”又不仅仅是由社会政治思潮这一单一因素就能决定的。如果单纯地把文学等同于政治则过于生硬和机械。有研究者指出：“真正决定某一时代文学艺术具体形态的是这个时代特定的文化心理结构。它是由人们心理深层的慢变因素——民族文化心理积淀而形成的集体无意识和与时代精神息息相关的快变因素——社会意识共同构成的。在天安门诗歌运动中，一方面可以看到一度关闭的民族心智的开启，‘我们要民主，不要法西斯/我们要繁荣富强，不要吹牛皮/我们要实事求是，不要野心家/我们要周总理，不要佛朗哥，更不要那拉氏。② 另一方面又可以看到几千年民族传统文化精神的复活。民族传统文化精神特别是儒家文化精神以集体无意识的形态渗透在这场运动的方方面面。”③

也正是因为“天安门诗歌运动”开启了一度关闭的民族心智④，

---

① 《人民的愿望，人们的力量——评话剧〈于无声处〉》，《人民日报》，1978年11月16日。

② 童怀周：《天安门诗抄》，第282页，北京：人民文学出版社，1979年。

③ 武彦君：《当代政治意识与民族传统文化意识的扭结——从天安门诗歌到“哀思文学”潮流》，《内蒙古师大学报(哲学社会科学版)》，2001年8月。

④ 宋耀良称“天安门诗歌运动”构成了整个民族精神的觉醒。参见宋耀良：《十年文学主潮》，第37—38页，上海：上海文艺出版社，1988年。姚鹤鸣称它标志着我们民族理性意识和自主精神的一次新的觉醒。参见姚鹤鸣：《在历史的秋千架上》，第5页，北京：中国人民大学出版社，1990年。谢冕称它意味着思维理智的恢复，并带来了思考自由的时代。参见谢冕：《文学的绿色革命》，第50页，贵阳：贵州人民出版社，1988年。

很多文学史认为新时期文学的潮流源自“天安门诗歌运动”。如在重写文学史实践中获得广泛好评的孔范今主编的《二十世纪中国文学史》，就对“四五”天安门诗歌做出了如此的定位：“追溯新时期文学的潮头，1976 年 4 月，震惊世界的天安门事件产生的天安门诗歌事实上已经吹响了新时期文学的前奏，拉开了它悲壮的序幕。”①再如由朱栋霖、丁帆、朱晓进主编的作为教育部“面向 21 世纪课程教材”的《中国现代文学史》，称“四五”天安门诗歌“挖掘了埋葬阴谋文学的坟墓，揭开了新时期文学的序幕”。② 但是，对于当代文学史所赋予的“天安门诗歌运动”的意义在重评文学现象的思潮下遭到越来越多研究者的质疑。譬如有论者认为它就是“文革”主流文学中一个极为寻常的组成部分，“不能因为‘文革’政治运动的结束以‘粉碎’江青一伙人为标志，而‘四五’天安门诗歌的政治批判指向恰恰又是江青一伙人，就认为‘四五’天安门诗歌是疏离和对抗于‘文革’主流文学的另类文学，这是政治视角所造成的谬见；也不能因为‘四五’天安门诗歌抒发的是人们自发的真实情感，就认为‘四五’天安门诗歌迥异于‘文革’主流文学，事实上并非所有的‘文革’主流文学的情感都是虚假的。以政治评判指向和情感的真与假为标准对一种文学进行文学史定位，只能得出不合于文学史实的结论。” ③也就是说，再过若干年，作为曾经开启一个

① 孔范今主编：《二十世纪中国文学史》，第 1247 页，济南：山东文艺出版社，1997 年。

② 朱栋霖、丁帆、朱晓进主编：《中国现代文学史》，第 16 页，北京：高等教育出版社，1999 年。

③ 武善增：《再论“四五”天安门诗歌在文学史中的定位》，《南京社会科学》，2004 年 10 月第 10 期。

时代的“伟大运动”会同样没入“文革”主流文学中，最多留下思想史上的启蒙意义。洪子诚也认为，天安门诗歌的写作，特殊的发表、传播方式和后来的搜集活动，《天安门诗抄》的出版（由当时的中共中央主席题写书名）等，都属于重要的政治事件的组成部分。这是“文革”间美学日常生活化和诗歌政治化在另一向度上的典型体现。在中国现代诗歌的艺术创造方面，它们并不能提供许多值得重视的经验。不过，在恶劣、严酷的压力下，诗的写作者的真诚态度，对于独立的思想和写作方式的坚持，对当代诗人应该说具有持久的启示意义。①

显然，这一时期的“天安门诗歌运动”对“四人帮”的批判还不能站在理性的高度，从政治、思想、文化、体制的层面上对其本质予以剖析，而只是站在简单、浅表的政治批判层次上，掺和着传统意味极强的道德性批判。党内斗争的性质被用忠奸对立、篡国篡权、欺君罔上等封建等级形态语汇来形容，甚至以“女人祸水”的封建传统意识去评判时代灾难。特别是其话语机制系统还没有摆脱“帮气”的隐形规约，“文革”时代的创作套式和词语表达方式仍然绝对权威地居于整个创作潮流之上，并且隐含着一种不易察觉的新的造神意味。这都使我们无法对这一时期的文学给予更高的评价。谢冕认为，拿一般的艺术品去衡量“天安门诗歌运动”是不公平的，因为“他们处于极其昂奋的斗争激情之中。他们来不及雕磨，因此他们的创作只是充满棱刺的‘粗糙’的斗争工具，只是与野兽格斗时用以进攻的‘尖锥物’”。②李扬也认为，“四五”运动推动

① 洪子诚：《中国当代文学史》，第 219 页，北京：北京大学出版社，1999 年。

② 谢冕：《永远的呐喊》，《中国现代诗人论》，第 341 页，重庆：重庆出版社，1986 年。

了中国历史的前进，为正义的政治力量的胜利奠定了坚实的基础，但也正因为这一点，加速了历史传统的延续，而并未对已经沉重的历史传统进行真正的反思……这一时期文学价值的相对性是指人民否定或肯定一种现象不是从理性的反思出发，而是对现有历史比较的结果……即：过去、周总理、我们与现状、鬼蜮相参照，肯定前者，否定后者，这种对比几乎成为当时中国文坛的一种时尚。①

尽管那里有着不言自明的肤浅和过分的投入，天安门诗歌运动仍有其不可忽视的文学史意义。

首先，民众对政治的积极参与，显示了来自民间的要求民主、反对专制的觉醒意识。人们在肯定天安门诗歌运动悼念周总理、声讨“四人帮”这一内容上的意义之外，更不能忽略的是它对于社会主义民主和国家现代化的强烈呼唤。这两个方面在“天安门诗歌运动”中是一个叠合的主题，前者表现了告别一个旧时代的感伤和决绝，后者表现了迎接一个新时代的激情和理想。二者的叠合（还应当包括天安门诗歌在艺术上古典和现代形式的叠合并用），同样是一个时代的结局或开始的标志。从这个意义上说，天安门诗歌无疑构成了一个历史的隐喻。这个历史的隐喻，对于“新时期”文学而言，不仅仅具有象征的意义，同时还有一个实际的开启作用。②

其次，“天安门诗歌运动”的作者融铸在作品中的强烈的爱憎

---

① 李扬：《中国当代文学思潮史》，第128—129页，上海：上海社会科学院出版社，2005年。

② 於可训：《当代文学：建构与阐释》，第93页，武汉：武汉大学出版社，2005年。

情感的对立统一，赋予了这批作品深沉的历史情怀，并使之具有了更多的道德内涵和能力引申。正是“天安门诗歌运动”最先促发了“伤痕—反思”文学的产生。[1] 天安门事件后，大批张贴在广场上的诗歌，秘密地刊印，拉开了文坛回春的序幕——新时期以来出现的第一批优秀的诗歌，几乎都是天安门诗歌的回声。现在仍能出现在人们记忆中的最感人的诗篇，如艾青的《在浪尖上》、柯岩的《周总理，你在哪里？》、李瑛的《一月的哀思》等，几乎都是源于天安门广场的歌哭。新时期以来的许多文学新人，正是从天安门广场的歌哭起步的。《于无声处》的作者宗福先，讴歌周总理的《丹心谱》的作者苏叔阳，以及短篇小说《班主任》的作者刘心武等，都是在天安门革命诗歌的“冲锋号角”中，发扬天安门诗歌的革命精神的。正是从这个意义上，著名文艺理论家、“文化大革命”前十七年文艺界的“巨头”周扬，将天安门诗歌概括为“我国无产阶级文艺史上具有独特光辉的不朽的一页”。[2] 《人民日报》的“特约评论员”文章也发出了激情的欢呼：“值得高兴的是，以《天安门诗抄》《丹心谱》《班主任》《伤痕》《神圣的使命》和《于无声处》为代表的一批作品的出现为标志，我们已经看见这个无产阶级革命文艺新高潮的

① 武彦君在《当代政治意识与民族传统文化意识的扭结——从天安门诗歌到“哀思文学”潮流》一文中认为，“天安门诗歌运动”后形成了哀思文学这一潮流，“哀思文学”虽未能摆脱“天安门诗歌运动”中的文学作品的叙述模式，但是直接促发了“伤痕—反思”文学的产生。参见武彦君：《当代政治意识与民族传统文化意识的扭结——从天安门诗歌到“哀思文学”潮流》，《内蒙古师大学报（哲学社会科学版）》，2001 年第 8 期。

② 徐庆全：《文坛拨乱反正实录》，第 16 页，杭州：浙江人民出版社，2004 年。

潮头了。”[1]而后来的许多“伤痕文学”作品，如《愿你听到这支歌》[2]和《弦上的梦》[3]，虽然没有直接描写天安门广场上的斗争，却写出了当时的政治寒潮气流，接近爆炸的沉默气氛，孕育着争取“黎明”和“春天”到来的斗争准备，由隐蔽到公开，如一股股地下的潜流，奔汇出来汇聚成“大波巨流”。这两篇作品的主人公柳树和梁遐，都是一代受害青年的一员，但他们“经过了悲痛、惶惑、焦虑等重重磨炼，终于看清了现实”，而成为勇敢的斗士。所以，朱寨认为：“新时期出现的一代文学新人，也都是从这里起步的。《丹心谱》的剧作者苏叔阳，本是中医学院的政治教师，天安门前的花海歌潮激发了他的创作欲望，这部处女作就是彼时彼地孕育的。第一个表现天安门事件的剧本《于无声处》，写成于天安门事件平反之前……更晚一些出现的大型历史话剧《秦王李世民》，这‘难忘的历史时刻’使作者‘一下子似乎懂事得多了’，立志把历史教训搬上当今的舞台。……天安门的悲歌，激发了创作者‘为人民鼓与呼’的使命感，鼓舞和坚定着作家的勇气和信心，新时期文学的悲壮旋律不是源于此，也是始于此。”[4]

第四节　“为文艺正名”：文学与政治

随着“拨乱反正”和一系列冤假错案的平反，“文艺从属于政

---

① 《人民的愿望，人们的力量——评话剧〈于无声处〉》，《人民日报》，1978年11月16日。

② 李陀：《愿你听到这支歌》，《人民文学》，1978年12期。

③ 宗璞：《弦上的梦》，《人民文学》，1978年12月。

④ 朱寨：《新时期文学》，《十月》，1983年第2期。

治”的观点在思想解放的大潮中被否定。① 之前对文艺与政治关系的理解曾形成三种概括：一是“文艺是阶级斗争的工具”的“工具论”，二是“文艺从属于政治”的“从属论”，三是“文艺为政治服务”的“服务论”。对文学和政治关系的反思首先从对“三论”的反思入手。其中，以“工具论”的反思为发端，并逐步深入对“从属论”和“服务论”的讨论，最终演化为关于文艺与政治关系的全面探讨。

1978 年 6 月 13 日，《人民日报》以《认真调整党的文艺政策》为题，发表了“文化部理论组”的文章，文章在对“毛主席革命文艺路线”的阐释上，只强调“文艺为工农兵服务”而舍弃了“文艺为政治服务”的提法。这种对“四人帮”所奉行的“二为”方针的质疑，必然要提出如何看待文艺与政治关系的问题。1979 年 3 月，《文艺报》编辑部召开了文艺理论批评工作座谈会，首先对“文艺为政治服务”的口号提出了质疑。讨论中不少发言指出：“我们的文艺在党的领导下，是党的事业的一部分，当然不能脱离政治，但‘文艺为政治服务’的提法是不科学的，文艺不是一种可以受政治任意摆布的简单的工具，也不应该把文艺简单化地仅仅当作阶级斗争的工具。”②1979 年 3 月，陈恭敏在《戏剧艺术》上发表了《工具论还是反

---

① 徐庆全在《文坛拨乱反正实录》一书的《解冻：拨乱反正的艰难步履》一章中详细记述了文艺界否定《部队文艺工作座谈会纪要》的曲折过程。参见徐庆全：《文坛拨乱反正实录》，第 55—92 页，杭州：浙江人民出版社，2004 年。

② 李业：《总结经验，把文艺理论批评工作搞上去——记文学理论批评座谈会》，《文艺报》，1979 年第 4 期。刘锡诚对此次会议参与者的发言有详细的记录。参见刘锡诚《在文坛边缘上——编辑手记》，第 238—249 页，开封：河南大学出版社，2004 年。

映论——关于文艺与政治的关系》[1]一文，指出："把文艺直接说成是阶级斗争的工具，显然是对文艺为政治服务的一种简单化、机械化的理解，是不符合艺术规律的。"文章认为，工具论对文艺为政治服务做了简单、狭隘、机械的理解。艺术的多种形式和题材都很难用"工具论"囊括。工具论很难真正从艺术的规律性上做出科学的解释。这是较早的一篇清理"文艺是阶级斗争的工具"及文艺与政治关系的文章。

1979 年 4 月，《上海文学》在显著位置上推出了该刊评论员文章——《为文艺正名——驳"文艺是阶级斗争的工具"说》，对多年来人们深信不疑的这一根本性的理论问题，提出了质疑。文章认为，我国文学艺术的公式化、概念化的"一个主要原因，就是创作者忽略了文学艺术的自身特征，而仅仅把文艺作为阶级斗争的一个简单的工具"。如果仅仅把"文艺是阶级斗争的工具"说限制在指某一部分文艺作品（对象）所具有的某一社会功能这个范围内，那么，它是合理的。如果把对象扩大，说全部文艺作品都是阶级斗争的工具，说文艺作品的全部功能就是阶级斗争的工具，那么，原来的合理就成了歪理。因为这种理论要求文艺创作首先从思想政治路线出发，势必导致"主题先行"，结果就会离开文艺的特性，忽视文艺的多样性与丰富性，离开真善美的统一，把文艺变成单纯的政治传声筒。文学艺术的基本属性、功能是"用具有审美意义的艺术形象来反映生活"，而不是长期以来认定的"阶级斗争的工具"。[2]

---

① 陈恭敏：《工具论还是反映论——关于文艺与政治的关系》，《戏剧艺术》，1979 年第 1 期。

② 《上海文学》评论员：《为文艺正名》，《上海文学》，1979 年第 4 期，此文的执笔者为李子云、周介人。

“文艺是阶级斗争的工具”，是《部队文艺工作座谈会纪要》所赖以生存的理论基础。正是因为“文艺是对资产阶级实行全面专政的工具”，才有了“文艺黑线”之类的提法，并由此形成“四人帮”所倡导的“三突出”“从路线出发”“主题先行”等一整套创作原则。文章旗帜鲜明地批驳了“文艺是阶级斗争的工具”这一长期统治着文学界、批评界的文学观念，从理论上清算了长期以来极“左”文艺路线的错误，极大地推进了文艺界的拨乱反正，从而揭开了文学界“思想解放运动”的序幕；理清了文艺与政治、文艺与生活、文艺与人民的辩证关系，为党在新时期纠正“文艺从属于政治”的错误观点，为文艺创作繁荣的多样化发展打开了理论通道。

这篇文章发表后，文学界纷纷召开座谈会，[①]7 月 23 日，新华

① 《为文艺正名》的发表，首先引起了上海文艺界的热烈讨论。上海师范大学中文系、复旦大学中文系、上海戏剧学院等单位，先后开会讨论。中国作家协会上海分会接连召开了四次座谈会，邀请持不同观点的人士参加讨论，《文汇报》与《解放日报》都编印了相关内部材料。《文汇报》编印的《理论探讨》还发表了一篇《讨论〈为文艺正名〉》的简报。中国社会科学院文学研究所陈荒煤将简报与张履岳、王一纲的《不妨看点文学史——读〈为文艺正名〉有感》复印给所内各研究室，要求大家讨论。该所编辑的《文学研究动态》第 12 期（1979 年 8 月 22 日出版）发表了王淑秧撰写的《当前报刊及简报上出现的文艺理论方面几个有争论的问题》，简述了围绕着“工具论”而出现的讨论。5 月 24 日，《长江日报》报道了武汉大学中文系关于这个问题的讨论，湖北文联和武汉市文联联合召开了讨论会。1979 年上半年《长江文艺》也就这一口号展开了讨论。参见刘锡诚《在文坛边缘上——编辑手记》，第 269—274 页，开封：河南大学出版社，2004 年。《湖北省讨论文艺如何为政治服务的问题》《武汉大学中文系讨论文艺是不是阶级斗争的工具》，见《上海文学》编辑部编《〈重逢〉和〈为文艺正名〉资料汇编（一）》，第 77—79 页，1979 年 7 月编印。另外，《湖南师院学报》和《四平师院学报》等刊也发表了争鸣文章，吉林等一些省市文联还纷纷召开讨论会。整个讨论持续了半年之久，涉及文学（转下页）

社就《上海文学》的文章发出电讯稿，进而在全国引起了长达半年之久的争论。从1979年第7期开始，《上海文学》辟《关于"为文艺正名"的讨论》专栏，刊登了大量讨论文章。在这场争论中，大多理论家都反对"文艺是阶级斗争的工具"，在肯定《为文艺正名》的同时，对坚持"工具论"的论者提出批评：不能因为某些革命前辈曾经间接或直接肯定过"工具论"这种观点，就全盘接受"工具论"。探讨这个问题的正确与否，应当从实际出发，用文艺实践来检验这一口号的科学性和实际意义。① 但也有一些理论家认为，列宁、毛泽东、鲁迅、瞿秋白曾使用过这一概念，认为"'文艺是阶级斗争的工具'这个口号，既符合于阶级社会中的文艺实际，也体现了历史唯物主义的思想，因而是一个科学的、马克思主义的口号"；② "文艺作品的认识作用、教育作用和审美作用都不是非阶级的和超阶级的，而是建立在阶级性的基础上的，而是带着阶级性的。所以，'文艺是阶级斗争的工具'乃是阶级社会中文艺的本质属性"。③ 徐中玉则针锋相对地指出，鲁迅的确曾经有过"工具论"的说法，但如果对鲁迅的文艺观作一整体的考察就会发现，鲁迅恰恰反对把文艺当

(接上页)这一意识形态的性质、功能、特征和发展规律等问题。《新时期文艺学论争资料(1976—1985)》一书对关于"文艺是阶级斗争的工具"这一讨论也有详细的记载。参见余世谦、李玉珍、陈家灼、胡荣祉、林琴书编：《新时期文艺学论争资料(1976—1985)》(上册)，第23—29页，上海：复旦大学出版社，1988年。

① 邱明正：《一个不精确的口号——评"文艺是阶级斗争的工具"说》，《上海文学》，1979年第8期。

② 吴世常：《"文艺是阶级斗争的工具"是个科学的口号》，《上海文学》，1979年第6期。

③ 王得后：《给〈上海文学〉评论员的一封信》，《上海文学》，1979年第6期。

作阶级斗争的简单工具，而更强调文艺自身的特征。[①] 随后，王云缦、文致和等人也撰文对之前赞同“工具论”的文章提出不同的意见。[②]

对“文艺从属于政治”这一提法，讨论者多以马克思主义的社会结构学说作为理论依据，认为文艺和政治同是建立在经济基础之上的上层建筑，它们之间是平行而非主从关系。当时较有影响的文章是刘纲纪的《关于文艺与政治的关系》和蔡厚示的《作为上层建筑的文学之特殊性》。[③] 由于“文艺从属于政治”缺乏坚实的理论基础，又从马克思主义原理中找到了反驳的有力论据，文论界的共识大于分歧。“文艺为政治服务”也是当时引起激烈争论的一个话题。有学者直接反对这种说法，如王春元的《“文艺为政治服务”是个错误口号》[④]一文就认为，“文艺为政治服务”这个口号在理论上是错误的，在实践中是有害的。对“文艺为政治服务”持肯定意见的学者则认为政治是经济的集中体现，政治在整个上层建筑中处于十分重要的位置，文艺要为政治服务。[⑤] 丁玲将政治概念泛化，认为“文艺为政治服务，文艺为人民服务，文艺为社会主义服务，三个口号是一样的，没什么根本的区别。只要是生活着的人，就

---

① 徐中玉：《文艺的本质特征是生活的形象表现》，《上海文学》，1979 年第 11 期。

② 王云缦、陈敦德：《“文艺是阶级斗争的工具”是个反科学的口号》、文致和：《就“阶级斗争的工具”说和王得后等同志商榷》，分别载《上海文学》，1979 年第 9 期、第 11 期。

③ 刘纲纪：《关于文艺与政治的关系》、蔡厚示：《作为上层建筑的文学之特殊性》，分别载《文学评论》，1980 年第 3 期、第 4 期。

④ 王春元：《“文艺为政治服务”是个错误口号》，《文艺理论研究》，1980 年第 3 期。

⑤ 敏泽：《文艺要为政治服务》，《文艺研究》，1980 年第 1 期。

脱离不了政治，创作本身就是政治行动，作家是政治化了的人”。[①]这场大讨论，不仅从根本上颠覆了《部队文艺工作座谈会纪要》，而且促进了文艺界思想的大解放。1979年5月3日，中共中央批转解放军总政治部的请示，正式决定撤销了危害全国文艺界的《部队文艺工作座谈会纪要》。[②]

《为文艺正名——驳“文艺是阶级斗争的工具”说》一文不仅仅是对“四人帮”的理论的清算，而且重新肯定了十七年中的“写真实”“干预生活”等一些理论命题。但也正如洪子诚指出的：“《为文艺正名——驳“文艺是阶级斗争的工具”说》一文对于这一在中国左翼文学界长期流传的‘根本性’观念的质疑，也是在左翼文学的框架内，来反对把文艺变成单纯的政治传声筒，而寻求不离开文艺‘特性’的文艺的政治功用：它申明的是左翼文学中受压抑的派别（胡风、冯雪峰、秦兆阳等）的思想路线。因此，从某种意义上说，‘新时期’开端所处理的问题，展开的论争，是五六十年代，或更早时间发生于左翼文学的‘陈旧’话题，或是这些话题的延伸。这包括文学与政治的关系、‘写真实’、‘现代派’文学、人性和人道主义等。”[③]

---

① 丁玲：《作家是政治化了的人》，《文艺理论研究》，1980年第3期。

② 徐庆全：《文坛拨乱反正实录》，第91—92页，杭州：浙江人民出版社，2004年。

③ 洪子诚：《中国当代文学史》，第241—242页，北京：北京大学出版社，1999年。费正清也指出：“像周扬一样，其他一些文学评论家也折回到百花齐放时期争论的主要问题上。老问题又被提出，有时提出问题的还是过去那些人——如果他们从‘文化大革命’中幸存下来的话。”参见罗德里克·麦克法夸尔、费正清主编，金光耀等译：《剑桥中华人民共和国史(1966—1982)(下)》，《1976年和“伤痕文学”的出现》一节，第697页，上海：上海人民出版社，1992年。

所以说，20 世纪 70 年代末思想解放运动的开端预示着一个新时期的中国，开始艰难探索自己的发展出路。同时在这个出路中又必须能够重塑现代中国，并建立起世界和未来中国的多种想象。就主流意识形态而言，重新确立的国家理想并不仅仅是当时国家决策层对克服政治障碍而推导出的决策性反驳，而是仍然有它的历史延续性。①

尽管在这些问题的具体讨论中，作为知识界之一的文学界仍然有着程度不等的焦虑性情绪，但就讨论的整体框架而言，已比过去松弛了许多。作为观察文艺命运的文艺批评虽然仍有着包括"文革"思维与语体在内的文章存在，但就评判思想价值的政治范畴而言，文艺已经开始在反思自身在社会层级结构中的恰当身份了。"革命的最后目的表现为经济和文化（人民的物质生活和文化生活），从这个意义上说，政治只是手段而不是终极的目的"②，并在对文学艺术的评价中，渐渐提高了"文学性"所占的分量。③

胡乔木在 1979 年 10 月 29 日中共中央政治局召开的会议上指出，"文艺为政治服务，文艺从属于政治"的提法，在理论上是站不住脚的，不要再用了。④ 周扬的观点则更加明确，他在指出"列

---

① 洪子诚还认为："从 80 年代前期的中心问题看，所要'复活'的，主要是'五四'提倡的'科学、民主'的启蒙精神和以'五四'为旗帜的、在 50 至 70 年代被当作'异端'批判的文学思潮。"参见洪子诚：《中国当代文学史》，第 241 页，北京：北京大学出版社，1999 年。

② 参见胡乔木：《如何把握中国当代文学史的研究对象》，选自《胡乔木文集（第三卷）》，第 64 页，北京：人民文学出版社，1994 年。

③ 参见张光年日记中对诸多"伤痕"作品的评价。张光年：《文坛回春纪事》，深圳：海天出版社，1998 年。

④《胡乔木同志谈文艺与政治——在一次会议上的发言》，《文艺情况》，1979 年第 1 期。

宁说过，作家写什么，怎么写，有他的自由”之后说：“但是我们是共产党人，对文艺事业也不能袖手旁观，我们要加以指引。”①这场关于文艺和政治关系的讨论，最终还是通过政治的方式加以解决。邓小平在《在中国文学艺术工作者第四次代表大会上的祝辞》②中指出：“党对文艺工作的领导，不是发号施令，不是要求文学艺术从属于临时的、具体的、直接的政治任务，而是根据文学艺术的特征和发展规律，帮助文艺工作者获得条件来不断繁荣文学艺术事业，提高文学艺术水平，创作出无愧于我国伟大人民、伟大时代的优秀文学艺术作品和表演艺术。”③周扬在第四次文代会上的讲话对其进行了进一步的阐释：“党对文艺工作的正确领导，应当是依靠群众包括尊重专家的群众路线的领导，应当是力求由外行变为内行，按照艺术规律办事的实事求是的领导，而绝不应当是只凭个人感情和主观意志发号施令的家长式的领导。作家写什么和怎样写，应有自己的自由，领导不要横加干涉，而要善于诱导；要鼓励不同意见的相互讨论和争辩，要允许犯错误和改正错误，允许批评和反批评。”④《人民日报》在社论中正式提出了“文艺为人民服务，为社会主义服务”的口号，这一口号“比孤立地提为政治服务更全面、更

---

① 周扬：《关于文艺和政治的关系》，《中国新文艺大系（1976—1982）理论一集（上）》，第102页，北京：中国文联出版社，1986年。

② 1979年10月30日至11月16日，中国文学艺术工作者第四次代表大会召开，朱寨称这次会议为“文学上的历史性转折”。参见朱寨：《文学的新时期》，《十月》，1983年第2期。

③ 邓小平：《在中国文学艺术工作者第四次代表大会上的祝辞》，《文艺报》，1979年第11—12期。

④ 周扬：《继往开来，繁荣社会主义新时期的文艺——一九七九年十一月一日在中国文学艺术工作者第四次代表大会上的报告》，《人民日报》，1979年11月20日。

科学。它不仅能更完整地反映社会主义时代对文艺的历史要求，而且更符合文艺的规律”。① 这一理论的提出清除了“左”的理论影响，是我国文艺政策的一大突破。② 至此，关于文学与政治之间关系的争论也告一段落。③

---

① 《文艺为人民服务，为社会主义服务》，《人民日报》，1980年7月26日。这篇社论提出：“作为学术问题，如何科学地解释文艺与政治的关系，人们完全可以自由展开讨论，但作为政策，党要求文艺事业不要脱离政治，坚持正确的政治方向，但并不要求一切文艺作品只能反映一定的政治斗争，只能为一定的政治斗争服务。”徐庆全在《文坛拨乱反正实录》一书中详细记述了这一口号的产生过程。参见徐庆全：《文坛拨乱反正实录》，第321—334页，杭州：浙江人民出版社，2004年。胡乔木还从文学的“党性”“人民性”的角度出发论证了这一口号的合理性。参见胡乔木：《关于文艺与政治关系的几点意见》，《胡乔木文集》第2卷，第536页，北京：人民出版社，1993年。早在1978年2月，文艺界的“双百”方针政策也得到重新恢复和确立，在五届人大审议通过的新宪法中，“双百”方针也被写进《宪法》。

② 李扬认为，这次论争“对新时期的文艺繁荣起到了不可替代的作用，但这是一次并不彻底的论争，人们只是注意到了从政治上彻底清算‘左’的思想影响，但文学艺术自身的本质特性并没有得到充分的重视，以至于人们刚刚摆脱‘从属论’的阴影，便马上陷入了‘反映论’的误区。”参见李扬：《中国当代文学思潮史》，第104页，上海：上海社会科学院出版社，2005年。显然，李扬秉持的是纯文学的理想。

③ 论新时期文学与政治关系的新建构的进一步发展，首先要提到的是刘再复的《论人物性格的二重组合原理》《文学研究应以人为思维中心》《论文学的主体性》等文章，他在文学研究中建立了以人为本的基本价值取向，用之反思文学与政治关系，突破了文学政治学的视野而进入了文学人本学的范畴。如刘再复强调人的自身的复杂性，要恢复人的主体性，是不满于把复杂的人性简化为阶级性，想用“复杂性格”这一概念重新唤起人们对于人的复杂性的认识与理解。不可否认，相对于仅仅只是运用政治术语来图解文学的习惯性思维来说，刘再复的立意是新颖的。但试图用“任何一个人，不管性格多么复杂，都是相反两极所构成的”这个公式来言说文学并作为打开人性迷宫的一把钥匙，则又失之偏颇。参（转下页）

1980年邓小平在《目前的形势和任务》一文中再次指出:"不继续提文艺从属于政治这样的口号,因为这个口号容易成为对文艺横加干涉的理论依据,长期的实践证明它对文艺的发展利少害多。但是,这当然不是说文艺可以脱离政治,文艺是不可能脱离政治的。任何进步的、革命的文艺工作者都不能不考虑人民的利益、国家的利益、党的利益。培养社会主义新人就是政治。"①1981年8月,胡乔木在中宣部思想战线问题座谈会上所作的《当前思想战线的若干问题》的报告也指出,《在延安文艺座谈会上的讲话》"关于文艺从属于政治的提法,关于把文艺政治标准作为衡量文艺作品第一标准的提法,关于把具有社会性的人性完全归结为人的阶级性"等提法,"是不确切的,并且对于建国以来的文艺的发展产生了不利的影响"。② 文艺与政治的一元化关系在讨论中被打破,文艺从政治的"工具论""从属论"和"服务论"中解放出来,"文艺为人民服务、为社会主义服务"成为"新时期"文学创作的主流思想。

虽然文艺与政治关系的讨论还存在诸多分歧,"但其真正价值不在于到底得出了什么样的结论,而在于这样的讨论为深入探讨《在延安文艺座谈会上的讲话》中的其他问题开了头,表明《在延安文艺座谈会上的讲话》不再是理论禁区,也使得人们在《讲话》的思维空间之外另辟新的论域成为可能。以今天的眼光来看,当时的

(接上页)见李春红:《文学与政治关系的新建构》,《文艺争鸣》,2007年第5期。

① 邓小平:《目前的形势和任务》,《邓小平文选》第2卷,第255—256页,北京:人民出版社,1994年。

② 胡乔木:《当前思想战线的若干问题》,《红旗》,1981年第23期。

讨论显得不深入，但如果就他们在思想已经极度板结的状态下开辟一小块自由思考的园地而言，那时迈出的这一小步，却是极具理论勇气的大跨越”。① 通过文学与政治关系的讨论，人们在抛弃“文艺为政治服务”口号的同时，大致达成以下几个方面的共识：一是文艺与政治同属于上层建筑的意识形态，二者之间不是隶属关系，而是相互联系、相互影响的并列关系；二是从文艺反映社会生活的层面来看，由于社会生活是丰富多彩的，文艺不能单一地反映政治斗争和阶级斗争。从文艺对社会生活的反作用来看，文艺也不是单一地仅对政治发生影响，而是应当满足人民群众多方面的精神需求和审美需求。

从表相上看，“新时期”的文艺政策是建立在对“十七年”和“文革”文艺政策反思和批判的基础之上，文学自身的发展规律从政治的地表下逐渐浮出，“新时期”文学具有了较为宽松和弹性的话语空间，但“二为”的潜在话语表明，文学仍然没有摆脱国家意识形态的视域，“文革”期间“政治—文学”关系的一元化表述，在“新时期”演变成“政治—人民—社会主义—文学”的表述，在政治与文学之间添加了“人民”和“社会主义”的中介，但“人民”的身份属性和“社会主义”的政治属性，仍然以国家意识形态划分标准为准则。所以，“新时期”初期国家意识形态对文学话语规范制定的中心焦点是对文学合法性的垄断，尤其是对文学主流话语权利的垄断，特别是党对文艺和社会主义的精神价值取向的领导。②

当然，“新时期文学”与“政治”这两个概念的内涵与外延都在

① 李春红：《文学与政治关系的新建构》，《文艺争鸣》，2007 年第 5 期。

② 杨丹丹：《新时期以来小说中的“‘文革’叙事”》，吉林大学博士论文，2010 年。

不断地变化中。20世纪80年代初,人们所指称的政治多指党派和阶级政治[①]。在文学与政治的讨论过程中,传统的政治观念居于人们认识的主导地位,而文学则积聚着全部的能量,试图从"政治的工具"这一地位上摆脱出来,以获取自身的独立性。在"新时期"进程中,"阶级斗争"这一政治的意识形态从原来政治的中心位置逐渐演变为受批判的对象。这一时期的政治中心,由"文革"时期的阶级斗争逐渐转变为以实现"四个现代化"为目的的"社会主义现代化建设"。"在80年代的历史语境中,社会现实的最大方面便是高歌猛进的'社会主义现代化建设'及'社会主义改革',而这正是'文革'后中国最大的政治实践。"[②]"新时期文学"对抗"工具论"的一个有力的武器就是文学的审美性,文学被认为是独立于现

① 在第四次文代会上周扬在其报告中提道:"文艺和政治的关系,从根本上说就是文艺和人民的关系。我们的文艺要反映人民的生活,反映人民在各个革命时期的需要和利益。我们所说的政治,是指阶级的政治,群众的政治……文艺反映生活的真实,就应当适应一个历史阶段的政治的需要。在今天来说,就是社会主义现代化建设的需要。"参见周扬:《继往开来,繁荣社会主义新时期的文艺》,《文艺报》,1979年第11、12期合刊。从周扬的思维来看,政治内涵一经放大,思路也随之活跃起来,终于合乎逻辑地舍弃了数十年间始终坚持的"文艺为政治服务"的口号。参见庄锡华:《论新时期周扬的文艺思想》,《北京社会科学》,1996年第1期。李扬也认为:"(周扬)将文艺与政治的关系等同于文艺与人民的关系,尽管只是一个词语的置换,但其内涵却发生了很大的变化,文学的人民性成为作家最高的政治,也就是说,只要能够反映最广大人民的呼声,文艺就完成了它的使命,就会对革命作出伟大的贡献,这样,文艺就摆脱了'配合'党的政策、成为政治的奴仆的尴尬地位,使作家的创作进入了一个更为广阔的天地。"参见李扬:《中国当代文学思潮史》,第93页,上海:上海社会科学院出版社,2005年。

② 朱晓进等:《非文学的世纪——20世纪中国文学与政治文化关系史论》,第393页,南京:南京师范大学出版社,2004年。

实政治之外的语言实践，与政治处于互不干涉的平等地位。在这样的历史语境中，“纯文学”的实践得到了有力的展开。但是，文学经历了80年代中期的“向内转”[①]，从为了反对政治而策略性地进行的“纯文学”实践发展到今天的个人化写作，文学在脱离了原有的集体性话语，确立和获得了某种自主性以后反而变得有些迷茫和失重。80年代“重返自身的文学”虽以对抗的方式回应政治，但仍然没有与政治脱离关系。随着“现代派”这类“纯文学”的发展，它逐渐远离了其历史语境而开始精心维护某种所谓的文学“本质”，抵制与反抗的性质开始减弱、变异，在90年代后期转而与消费文化合流。

阿尔都塞所谓的“没有历史的”无所不在的意识形态的政治丰富了我们对政治的理解。政治不仅指向以阶级、政党、领袖等为核心的政治组织和政治运动，更多指向处在“权力”话语纠葛中所有的文化实践。也许文学与政治的关系并非像70年代末80年代初的这场争论中体现的那样水火不容。文学与政治之间的关系是复杂的。二者之间或呼应或疏离或对抗，无论是共谋还是裂隙，冲突还是和解，总归都是相互渗透，文学从来没有离开过政治。西方新马克思主义代表人物特里·伊格尔顿认为，并不存在一种脱离政治意识形态的文学，他说：“文学，就我们所继承的这一词的含义来说，就是一种意识形态。它与社会权力问题有着最密切的关系。”[②]或许，打破那种非此即彼的二元对立模式，从原来的“工具论”（文学与政治之间的关系被形象地喻为父子关系）和“平行论”

① 鲁枢元：《论新时期文学的“向内转”》，《文艺报》，1986年10月18日。

② 特里·伊格尔顿：《二十世纪西方文学理论》，伍晓明译，第25页，西安：陕西师范大学出版社，1987年。

（指"新时期文学"强调文学的审美独立性，认为文学与政治处于平行的地位，是兄弟关系而非父子关系）的二元对立框架中摆脱出来，①对我们理解今天消费主义时代的文学不无裨益。

---

① 赖洪波：《召唤与应答——略论"新时期文学"与政治的关系》，《文艺理论与批评》，2006年第2期。

第三章　拯救:批判与共谋

1978年5月27日到6月5日，全国文联第三届委员会第三次扩大会议在北京召开。这是粉碎“四人帮”以来，文学艺术界第一次盛会，也是自1960年第三次文代会以来文艺工作者的第一次大会师。[①] 柯岩在《我们这支队伍》一文中写道：“经历了十载的风雨，经历了肃杀的秋天，经历了严寒的冬季，这些幸存下来的人因遭受折磨和凌辱，有的断肢残臂，如夏衍；有的已经失去用语言表达的能力，如方纪；有的已经病入膏肓，如周立波……这样一支残破队伍，使接待他们的服务员也忍不住难受落泪：‘开了这么多大会，你们文艺界最惨，不像队伍，倒像是伤病医院……’”[②]即便如

① 这次会议主要讨论恢复文联及作协等各协会工作，并声讨“四人帮”。但是这种声讨，在“两个凡是”风行的大环境下，不免有些小心翼翼——肯定“文化大革命”，以“文艺黑线专政”论为靶子，至于在文艺界带有根本性问题的“文艺黑线”论则噤若寒蝉，不敢提及。而对文艺政策如何调整，会议所做出的探索也很有限。参见徐庆全：《文坛拨乱反正实录》，第209页，杭州：浙江人民出版社，2004年。

② 柯岩：《我们这支队伍》，《人民日报》，1979年11月16日。

此，“文革”后对“文艺专制”感到憎恶的大多数作家怀着“第二次解放”的感觉，普遍认为自己在新的起点上进入了艺术生命的“春天”。当时有中国作家“盛况空前”的“五世同堂”的描述。①

在进入“新时期”以后，文学与政治的关系总是一个持久的问题，而文学界格局的调整和思想艺术目标上的分化增加了问题的复杂性。很快，在“创作自由”口号下短暂的一致性便被不同文学主张的作家之间的分歧所代替。从80年代初开始，各种争论、冲突时有发生，也开展了一些批判运动。② 而关于“伤痕文学”的论争则是其中较为引人注目的。文学以沉重的倾诉和愤懑的发泄作为叙事的主要能指，就整个当代中国而言，这还是第一次。③ 因而，这一文学的新形象引来的非议也就尤其多。

---

① 1979年11月举行的第四次全国文代会上，盛况空前的“五世同堂”，是对当时文艺界的普遍性描述。参见《中国文学艺术工作者第四次代表大会文集》，成都：四川人民出版社，1980年。徐庆全在《文坛拨乱反正实录》一书的“一个极为重要的里程碑：第四次文代大会”一章中对第四次文代会的召开经过有极为详尽的描述。他也称这次会议为“五代同堂”和“海内外共聚”，成为我国文艺界的一个极为重要的里程碑，而且也必将成为新时期社会主义文艺的伟大转折。参见徐庆全：《文坛拨乱反正实录》，第245—280页，杭州：浙江人民出版社，2004年。关于这次会议的情况还可参见荣天屿：《胡耀邦与四次文代大会的召开》，载杨志今、刘新风主编：《新时期文坛风云录(上)》，第37—38页，长春：吉林人民出版社，1999年。

② 争论的问题，涉及对“伤痕文学”“朦胧诗”“现代派文学”的评价，对“异化”“人道主义”和“主体性”等理论和创作问题的看法。在这期间，1981年对电影《苦恋》、中篇小说《飞天》《在社会的档案里》和话剧《假如我是真的》(又名《骗子》)的批判，1983年开展的“清除精神污染”，对“异化”“人道主义”的讨论和批判，以及1987年的“反对资产阶级自由化”等，是80年代在思想文化，也是文学领域发生的重要事件。参见洪子诚：《中国当代文学史》，第227页，北京：北京大学出版社，1999年。

③ 孟繁华：《1978激情岁月》，第3页，济南：山东教育出版社，1998年。

第一节　“歌德”与“缺德”

1978年12月，广东省召开文艺创作座谈会，应广东省委书记任仲夷的邀请，周扬、林默涵、张光年、夏衍等文艺界领导人出席了会议。11日，周扬在会上作了“关于社会主义新时期的文学艺术问题”的报告。这是新时期以来周扬第一篇高屋建瓴的文艺理论文章。回到北京后，周扬将广东方面整理的两万字讲话稿进行修改后，分送给张光年、沙汀、陈荒煤等人征询修改意见。在吸收了他们的意见后，2月23日、24日在《人民日报》连载发表。在这个报告中，周扬从“社会主义新时期文学艺术的任务”“歌颂和暴露的问题”“社会主义文学和它的同盟军”“艺术的形式和风格问题”“学术上自由讨论的问题”“文学艺术的领导问题”六个方面，全面论述了新时期文学艺术的发展趋向。在谈到“歌颂与暴露问题”时，周扬谈道：“歌颂不等于不要批判。有两种批判：一种是对敌人的批判，这就是彻底暴露和无情打击；另一种是对自己人的批判，是自我批判，这就具有完全不同的性质。这种批判，对社会主义文学来说，是必不可少的，十分需要的。有歌颂就有批判，歌颂之中也必然有批判。……在人民内部，在革命队伍里，还有各色各样、大大小小的官僚主义者，他们利用职权，专横跋扈，瞒上欺下，蛮不讲理，他们也是我们社会主义国家的祸害。我们的社会主义文学，对这些祸害也要无情地加以暴露和抨击。在社会主义时期的阶级斗争中，还出现了像《于无声处》中的何是非那样的新叛徒。……《于无声处》第一次写了大胆反抗‘四人帮’的新英雄，也写了无耻投靠‘四人帮’的新叛徒。这就是这个戏的重要贡献。它受到观众热烈的欢迎是应该的。此外，像话剧《丹心谱》、短篇小说《班主任》等作品也受到了群众的欢迎，应该给予充分的评价。对这类作品，即使其中有某些缺点和不足，轻率地称它们是‘伤痕文学’、‘感伤主义的文学’或‘暴露文学’，而对之采取贬低或否定的态度是不恰当的。我们还需要有更多更好地揭露林彪、‘四人帮’的作品。否则，我们怎么能表现我们这个时代的尖锐复杂的阶级斗争，并从中吸取深刻的教训呢？”①同时，周扬也强调了分寸问题。他认为：“这种批判，应当是积极的，而不是消极的，要维护人民的根本利益，要掌握分寸，尽量避免副作用，因为我们的文艺任何时候都要有益于而不能有害于人民。”②

陈荒煤在周扬文章发表之前的修改意见稿中也写道：“上周学习总理1961年讲话时，就有青年作者谈，现在流传很多，说强调四个现代化之后，传写揭批‘四人帮’的作品不需要了。还有人说强调安定团结就要少去揭‘伤痕’！这真是奇谈！十年法西斯统治，能够不写吗？不能彻底暴露‘四人帮’，能前进吗？能早日实现现代化么？每前进一步，难道不都在和‘四人帮’余毒作斗争吗？我希望你登高一呼！决不能把揭批‘四人帮’的作品置之度外，这是远远没有完成的历史任务！不能回避，不能不写，而且要大写，这正是为了向前看！你在谈到暴露批判时，强调‘要注意分寸，分清主次，尽量避免副作用’，这是必要的，但需要多说几句，以免误会。我是不同意笼统地说没有任何‘禁区’的。你大概记得我去年自昆

① 周扬：《我国社会主义新时期文学艺术问题》，《人民日报》，1979年2月23、24日。

② 周扬：《我国社会主义新时期文学艺术问题》，《人民日报》，1979年2月23、24日。

明回来向你汇报时哭了，就是我没有想到‘四人帮’危害如此之烈，人民受害之深，实在难过。至今我看《人民日报》内刊群众来信，反映人民痛苦，还是感受到难以忍受。有些情况真是骇人听闻，能写吗？当然不能写。但为了避免，也教育人民，绝不容许这段历史重演，有些东西摆在一定的地位，掌握分寸，还是应该写的！……此外，谈暴露批判问题，我深深感到，要强调一下，既然党有此优良传统，批评与自我批评，我国文艺作品应该大大提倡文艺应起此作用，批评我们工作中的缺点和错误，这不是什么暴露。另外，最好谈几句，歌颂与暴露的辩证关系，没有纯粹的百分之百的歌颂。歌颂之中就必然有批判，也必须有批判。批判也正是为了肯定和歌颂。”①

周扬和陈荒煤作为新的现代化历史进程的承担者和组织者②，对“伤痕文学”的肯定反映了主流意识形态的导向性③。文学要对“四人帮”更多更好地揭露，对现实要有分寸有选择地批判，有

① 陈荒煤的意见稿写于1979年1月20日。参见徐庆全：《文坛拨乱反正实录》，第233—234页，杭州：浙江人民出版社，2004年。

② 广东文艺座谈会后，周扬开始了在文艺界的领导工作，担任中宣部副部长。中国作协领导机构中，张光年担任党组书记，因其生病，工作由陈荒煤代理。此后，陈荒煤虽仍身兼文学所副所长职务，但把主要精力放在了作协。

③ 当然，“由于对党的文学方针和文学政策及上级领导的指示精神在理解和执行上的偏差，也由于各自独特的工作经验、工作方法甚至个性特征，文学领导干部们在实际工作中，往往会有一定的也是正常的意见分歧，这些分歧，如果仅仅局限于他们的内部，自然不会影响文学创作实践，但是，作为文学发展的体制性空间，这些分歧一旦通过会议和媒体等渠道在文学界以及整个社会进行扩散，便会形成所谓的‘乍暖还寒’和时紧时松的社会文化氛围，并且直接影响作家的创作心态，对于刚刚走出‘文革’、文学工作者还心有余悸的当时的文学界，情况更是如此。”（转下页）

节制地倡导，最终走向是建立人民认同和现代民族国家的国家认同。而是否能和文艺界一起为"伤痕文学"欢呼，也成为衡量一些文艺界领导人或者批评家是否赶得上思想解放潮流的指标之一。[①] 何言宏已经对"新时期"的文化领导权是如何运用其制度体系来实现自己的话语激励和话语规约进行了详细而精彩的研究。[②] 我们则回到历史现场，看看当时关于"伤痕文学"的争论本身，探究一下"伤痕文学"这一主流话语如何在与其他异质话语的冲突中逐渐增势。

1977年10月，在《人民文学》编辑部召开的短篇小说创作问题

(接上页)参见何言宏:《中国书写:当代知识分子写作与现代性问题》，第31页，北京:中央编译出版社，2002年。

① 徐庆全在谈到官复原职的文化部副部长林默涵，批评其在当时的思想跟不上时代潮流时写道:"在我有限的视野中，林在真理标准讨论这样的大是大非面前，在文艺界为之欢呼的'伤痕文学'面前，所谈似乎都很少……"参见徐庆全:《文坛拨乱反正实录》，第237页，杭州:浙江人民出版社，2004年。在1978年12月的广东省文学座谈会上，林默涵在《总结经验，奋勇前进》(《作品》，1979年第4期)一文中也鼓励了《于无声处》等"伤痕"作品对于"禁区"的突破。转引自何言宏:《中国书写:当代知识分子写作与现代性问题》，第67页，北京:中央编译出版社，2002年。1979年3月，《文艺报》编辑部召开了文艺理论批评工作座谈会上，林默涵却认为要防止感伤主义。参见刘锡诚《在文坛边缘上——编辑手记》，第245—246页，开封:河南大学出版社，2004年。可见，林默涵对待"伤痕文学"的态度是暧昧而犹疑的，但这和主流意识形态对"伤痕文学"的态度无疑是一致的，既要一定程度上予以鼓励，又在强调分寸问题。

② 何言宏在《中国书写:当代知识分子写作与现代性问题》第二章第二节《同质话语的激励机制》一文中指出，在对"伤痕""反思"小说的激励之中，整个的文化领导权体系均都充分运作，党和国家的文化意志也都得到了很好的贯彻和执行。参见何言宏:《中国书写:当代知识分子写作与现代性问题》，第37—48页，北京:中央编译出版社，2002年。

座谈会[①]上，文艺工作者对“文化大革命”结束后沉闷的创作现状进行了分析，表示了要突破公式化、概念化的强烈愿望。在这样的倡导下，11 月 20 日，刘心武的短篇小说《班主任》发表在《人民文学》第 11 期上。1978 年 8 月 11 日的《文汇报》发表了短篇小说《伤痕》。复刊不久的《文艺报》，作为中国作协的机关刊物，1978 年 9 月上旬，在北京、上海分别召开大型短篇小说座谈会，着重研讨当时的“伤痕文学”，并在第四期以 15 页的篇幅发表了关于这两次会议的报道。两次座谈会充分肯定了粉碎“四人帮”以来短篇小说创作的新成就、新突破，赞扬以刘心武的《班主任》为代表的一批以揭露“四人帮”给人民造成严重内伤为内容的作品，对“伤痕文学”予以公开提倡。会议认为，这些作品提出并回答了千百万人民群众所关心的社会问题，因而深受群众的欢迎。会后，不少地区和文艺部门编印了座谈会上提到的 17 篇小说，广为推荐和宣传。这在全国范围内产生了较大的影响，对推动文学创作起到了重大的推进作用。[②]当然，对“伤痕文学”批评的声音也是有的。双方争论的焦点是社会主义能否出现暴露文学和悲剧。对于《伤痕》这部小说，北

---

① 刘锡诚在《短篇小说座谈会》一文中对此次会议详细的记述。参见刘锡诚:《在文坛边缘上——编辑手记》，第 23—36 页，开封：河南大学出版社，2004 年。

② 当时，充分发挥自己的组织功能，为“伤痕”“反思”小说推波助澜的文学媒体并非仅有《文艺报》一家，《人民文学》和《诗刊》便曾与《文艺报》一起，联合召开了被称作是“为‘伤痕文学’鸣锣开道”的“编委联席会议”，这一会议对“伤痕文学”的推进作用甚至更加巨大。详见刘锡诚:《真理标准讨论与新时期文学命运——〈人民文学〉〈诗刊〉〈文艺报〉1978 年 10 月编委联席会议纪要》，《红岩》，1999 年第 1 期。在这次会议上，作为《文艺报》编委的陈荒煤发言时大力支持“伤痕文学”。

京文艺界的领导人士之间也是存在分歧的。后来在理论上上升为歌颂或者暴露的争论,争论一直持续到1979年第四次文代会。①

这场争论,发展到1979年初,又导致了“文学向前看”和“歌德”与“缺德”的讨论。1979年4月,广东文艺界开展了关于文艺“向前看”还是“向后看”的大讨论。黄安思(即黄文俞,时任广东省委宣传部副部长)把新时期产生的描写“伤痕”的作品称之为“向后看”的文艺,认为应该“提出向前看的口号,提倡向前看的文艺”。②

---

① 参见刘锡诚:《在文坛边缘上——编辑手记》,第102—109页,开封:河南大学出版社,2004年。文学研究所副所长陈荒煤在“伤痕文学”遭到批评时,以《〈伤痕〉也触动了文艺创作的伤痕》为题,对“伤痕文学”进行了系统的论述。陈荒煤认为,“伤痕文学”的历史功绩在于冲破“两个凡是”的禁锢,触及了我们自身多年来的“伤痕”——社会伤痕和文学伤痕。在触及社会伤痕方面,小说旗帜鲜明地率先向极“左”路线发起挑战,否定“文化大革命”并进而从事实上否定了“两个凡是”。在触及文学伤痕方面,小说反对假、大、空,率先呼唤文艺创作的真实和真诚本色。参见陈荒煤:《探索与回顾》,第46页,北京:中国社会科学出版社,1982年。《〈伤痕〉也触动了文艺创作的伤痕》一文原载《文汇报》,1978年9月19日。

② 作者把近两年来的文艺作品分为三类:一类是描写大胆反抗“四人帮”的英雄,如《于无声处》;一类是揭露“文化大革命”产生的社会问题,如《班主任》;一类是诉说“四人帮”肆虐下的个人的悲惨遭遇。作者认为,这三类作品是“向后看的文艺”,不利于鼓舞人民“团结一致向前看,团结一致搞四化”,因此应该“提出文艺向前看的口号,提倡向前看的文艺”。参见黄安思:《向前看呵!文艺》,《广州日报》,1979年4月15日。文章发表后,立即引起争论。4月中旬以后,《广州日报》《南方日报》《作品》等刊物就这篇文章进行了热烈讨论。争论很快越出广州,引向全国。

这场讨论很快就引起了全国的注意。[1] 1979年5月25日，在《文艺报》的编辑部评论组的会上，雷达在汇报四川文艺界的情况时说：杜新远说，《四川文学》从第4期起不再发表“伤痕文学”了。郑兴万（石泉）在编辑部会议上汇报情况时说：《山东文学》编辑部的同志说，他们也不再发表“伤痕文学”作品了。有人认为，短篇小说揭露“四人帮”过了头，应该收了。[2]

1979年6月的《河北文艺》在显著的位置上推出了李剑的文章《“歌德”与“缺德”》。[3] 文章对“伤痕文学”作了显然是不合时宜

---

① 《文艺报》编辑部编辑的内刊《文艺情况汇报》1979年第1期（7月25日）发表了曾炜的《广东省文艺界关于〈向前看呵！文艺〉争论的一些情况》。简报中称黄安思在两个月内连续在《南方日报》和《广州日报》上发表了六篇文章，企图把这次争论压下去。《人民日报》7月2日报道了广州开展的这一讨论及《文艺报》第6期的评论员文章，对广东文艺界鼓舞很大。《向前看呵！文艺》的出现，并非偶然，而是一种思潮的代表。作者是在3月底4月初一阵否定三中全会的风气中，突然积极执笔为文的。他的观点带有非常明显的政治性。参见刘锡诚《在文坛边缘上——编辑手记》，第278—279页，开封：河南大学出版社，2004年。1979年6月5日的《四川日报》，在题为《四川省八院校在南充举行文艺真实性问题讨论会》的报道中，也有类似黄安思的看法：“社会主义文艺应当是以写光明为主，暴露黑暗只能成为整个光明的陪衬，文艺的真实性必需置于这个基点至上。”最令报道者担心的是，一旦揭批文学大量涌出后，很容易会使大家“对歌颂光明的作品怀疑其未必真实，对揭露阴暗面的作品，则信其一定真实。”

② 刘锡诚：《在文坛边缘上——编辑手记》，第302页，开封：河南大学出版社，2004年。

③ 同期刊出的还有淀清的《歌颂与暴露》一文。淀清的文章虽然引用毛泽东《在延安文艺座谈会上的讲话》以支持其“歌颂人民，暴露敌人”的大道理，但其基调和主意与李剑文章大抵一致并形成互相应和之势。该文指责现在有人不是把暴露的矛头指向敌人，对着林彪、“四人帮”而是对着社会主义，对着无产阶级专政，对着共产党的领导，对着马列主义毛泽东思想的基本原则。并宣称甘做“歌德派”，反对“缺德派”。

的批判，把写“伤痕”、揭露社会主义时期生活中的阴暗面的作品斥责为“形形色色的邪气浊气”，是“对社会主义制度的恶毒攻击的人”“用阴暗的心理看待人民的伟大事业”，是“缺德”之行，并进而狭隘地主张社会主义文学只能是“歌德”。作者之所以要“歌德”，是因为现代的中国人“并无失学、失业之忧，也无无衣无食之虑，日不怕盗贼执杖行凶，夜不怕黑布蒙面的大汉轻轻叩门。河水泱泱，莲荷盈盈，绿水新池，艳阳高照”。[①]《向前看呵！文艺》与《“歌德”与“缺德”》虽立论不同，但就基本倾向而言，仍然没有摆脱“工具论”的阴影。这两篇文章明显对“伤痕文学”表示不满，担忧过分提倡这类揭批黑暗面的“悲剧”文学，会动摇社会基础，在年轻人中间产生“命运之难测，前途之渺茫”的悲观主义。文章发表后，立即引起了争论。

不断暴露“文化大革命”的消极面是否明智的问题时不时被提出来。当时的争论分为两派。《人民日报》《光明日报》《红旗》等重要报刊，很快发表了一系列文章，对李剑的观点进行了批驳。7月16日，《人民日报》发表署名阎纲的文章，率先作出反应。文章指出：“现在还是放得不够”，不是放得太过头了。文章批评有些人“以为中央重申四项基本原则就是文艺界反右的信号，因而又操起棍子准备打人了”。李剑文章的蛮横态度和强盗逻辑被人称为“春天里刮来的一股冷风”。夏衍认为，“冷风毕竟只是冷风，它阻挡不住春天的到来”。他指出：“文艺是反映生活的，生活中有的，它都

---

① 非常有意思的是，同一个李剑，一年之后又在《湛江文艺》上发表了小说《醉入花丛》，书写了发生在人间地狱“八里沟”的悲惨故事。这篇小说恰恰属于他自己所批判的“缺德”一类的文学。参见黄树森：《自家酿的苦酒——评李剑的〈醉入花丛〉及〈谁酿的苦酒〉》，收录于《手记·叩问》(下)，第838—846页，广州：花城出版社，2001年。

应当从马克思主义的立场反映出来，不管是美的、丑的、正确的、错误的，它都可以反映……我们的现实生活中阴暗面是有的，而且特别是现在这个特权、官僚主义，不暴露一下，我看不行。”[①]周扬也说道，延安《讲话》提出了确实可行的行动准则，但不应教条地去理解。与上海座谈会不同，他强调了文学创作的特殊性：“领导经济工作，不能违反经济规律……领导文艺工作，也应当按照艺术规律办事。”[②]肖高的《流毒不低估　真理辨益明——从文艺界对〈“歌德”与“缺德”一文的争论谈起》一文认为：“这些观点，同粉碎‘四人帮’以来我国文艺界的斗争实践和创作现状很不相符，同党的三中全会提出的解放思想、实事求是的方针背道而驰，因而是片面的、错误的。正如报刊上有的文章所指出的那样，它是‘春天里的一股冷风’。在这股冷风的后面，可以明显地感觉到文艺界极‘左’思潮的影响是不能低估的。对此，有必要引起重视，开展讨论，明辨是非，统一认识，以利于社会主义文艺的进一步繁荣。”[③]其他参与讨论的文章还有很多，何西来直接指出“歌颂文学”的无生命力[④]，黄

---

① 夏衍：《解放思想，勤学苦练——在北京市文联业余作者座谈会上的讲话》，1979 年 7 月 23 日，参见《夏衍近作》，第 22—31 页，成都：四川人民出版社，1980 年。

② 周扬：《也谈党和文艺的关系》，载《红旗》，第 27 页，1979 年第 11 期。尽管周扬没有就“艺术规律”做进一步阐述，但很显然，在党性和典型化的紧张关系之间，他准备重点强调艺术创作和“典型化”。参见罗德里克·麦克法夸尔、费正清主编：《剑桥中华人民共和国史（1966—1982）（下）》，第 696—697 页，上海：上海人民出版社，1992 年。

③ 肖高：《流毒不低估　真理辨益明——从文艺界对〈“歌德”与“缺德”一文的争论谈起》，《红旗》，1979 年第 9 期。

④ 何西来：《说“鉴”》，1979 年 11 月，参见《文艺大趋势》，第 184—190 页，长沙：湖南文艺出版社，1987 年。

树森指出“向前看”“向后看”这两个概念是不科学的，并肯定“伤痕文学”的社会意义①等等。参与讨论的范围不断扩大，河北、北京、上海、山东等各界都纷纷发言。② 此间，《人民日报》也刊发了系列争论文章。

为了授予“伤痕”“反思”小说的合法地位并且扩大它的影响，据何言宏统计，1978年第1期到第6期的《文艺报》共有14篇肯定“伤痕”“反思”的文章。如以洪的《是“暴露文学”吗？》（1978年第2期）、洁泯的《革命的现实主义力量——读近来的若干短篇小说》（1978年第2期）、朱寨的《对生活的思考——谈刘心武的〈班主

① 黄树森：《“文艺向前看”杂识》，《南方日报》，1979年5月25日。其他较有代表性的文章还有：洁泯的《关于“向前看文艺”》（《光明日报》，1979年8月21日），孔之见的《几点质疑》，蘅果的《从“歌德派”想起的》，何西来与田中木的《革命变革时期的文学》以及《真实是艺术的生命》，顾骧的《对〈向前看啊，文艺！〉的意见》，李基凯的《关于歌颂与暴露》，钟汉的《文艺创作与向前看》，于晴（《文艺报》副主编唐因，笔名于晴）的《如此“歌德”》（1979年《文艺报》第8期），于逢的《“向前看”、“向后看”剖析》（《光明日报》，1979年8月25日），于晴、苏中的《一个必须丢弃的荒谬公式》，王朝闻的《伤痕与〈伤痕〉》（《文汇报》，1978年10月31日），尹建之的《一定要破除当代迷信》，陈登科的《认识真理的代价》，林默涵的《文艺的歌颂与暴露》，刘叔成的《读〈伤痕〉，话题材》（《文汇报》，1978年9月26日），王蒙的《礼炮与警钟》，萧殷的《他们用的是什么武器？》（《文艺报》，1979年第9期），夏康达的《也谈歌颂与暴露》（《新港》，1979年第9期），肖滂的《“缺德”与“歌德”》（《雨花》，1979年8月），曹平的《文艺要讲真话》（《解放军报》，1979年8月）等。

② 《“歌德”与“缺德”的讨论：意识形态阵地的沦陷》一文对各地的论争文章有详细的梳理。《新时期文艺学论争资料（1976—1985）》一书对关于“歌德”与“缺德”“向前看呵！文艺”“歌颂与暴露”等问题的讨论有详细的资料记载。参见余世谦、李玉珍、陈家灼、胡荣祉、林琴书编：《新时期文艺学论争资料（1976—1985）》（上册），第160—179页，上海：复旦大学出版社，1988年。

任〉》及两篇肯定“伤痕文学”的读者来信[①]。1978 年的《人民文学》也发表了关于“伤痕”“反思”小说的“创作谈”和“读者来信”。[②] 1979 年的《人民文学》还发表了一些为“伤痕文学”辩护的文字。如第 2 期发表的齐戈的“文艺短评”《时代、生活和人民》，认为“伤痕”小说写出了历史的真实。第 9 期楼栖的“创作谈”《灵魂的雕塑》反驳了一些认为“伤痕”小说是“向后看”的指责。第 10 期顾骧的“文艺随笔”对于这种指责的批评更加严厉，认为《“歌德”与“缺德”》文章的出现是“对抗革命现实主义创作的暗流”，是一些“左倾教条主义的老调子”。第 12 期张啸虎的《说“讳疾”》也认为，这些指责“是同文学现实主义原则格格不入的”。[③] 但是，也有另一种声音，就是为李剑文章叫好。[④]

无论是褒之者称“伤痕文学”为“真实”，还是贬之者称之为“暴露”“向后看”，实际上都与多年来独尊“歌颂”专斥“暴露”的革命文

---

① 两封“读者来信”分别见《文艺报》1978 年第 4、6 期。

② 何言宏：《中国书写：当代知识分子写作与现代性问题》，第 42—43 页，北京：中央编译出版社，2002 年。

③ 何言宏：《中国书写：当代知识分子写作与现代性问题》，第 44—47 页，北京：中央编译出版社，2002 年。

④ 在大报刊上也时常能见到：有人认为李剑的文章是正确的，文艺界的思想解放已经引起了“思想混乱”，走上了“否定毛主席文艺路线”的道路，搞得不好，“会出现五七年反右派前夕的那种状况”；甚至指责文艺界的领导同志大都是“欧洲 18 世纪文学的染缸里染过的”。详见 1979 年 5 月 18 日文化部电影局编印的《电影工作简报》第 10 期的一篇指责冯牧的内部文稿。这场斗争详见刘锡诚：《风雨伴君行》，载高洪波、李迪主编的《远行的冯牧》，第 527—614 页，北京：华龄出版社，1999 年。还可参见刘锡诚：《在文坛边缘上——编辑手记》，第 311—314 页，开封：河南大学出版社，2004 年。1979 年第 8 期《河北文艺》刊登的署名陈良运的读者来信《关于歌颂领袖的问题》也持此论调。

学范式乃至样板文学程式所养成的从创作到理论的政治思维定式直接相关。这一时期的争论被看作是“40年代初(延安)和五六十年代有关‘歌颂’和‘暴露’,有关‘写真实’等争论的延续”。[①] 在当时的历史语境中,“现实主义”和“革命现实主义”显然是具有威力的强势话语。论争双方都不乏上纲上线的历史印记。李剑的文章显然是用一种极“左”的大批判的语言给“伤痕文学”戴上了“缺德”的帽子。在文艺界大力提倡“伤痕文学”,极力与极“左”划清界限,人们的审美心理和文学观念已经发生了变化的时期,这篇文章就必然又成为人们不断强化的“批左”这一元话语的又一讨伐对象。李剑的朴素的阶级感情显然不能够引起大多人的共鸣,被很多人批评为“抵制十一届三中全会的贯彻执行”。[②]

《“歌德”与“缺德”》一文在全国引起了广泛的讨论和批评,具有关方面统计,到1979年7月4日止,全国有29个省区市的报刊发表了批评和讨论文章。1979年8月24日,在香港出版的《大公报》,刊出了巴金的《随想录》第二十七篇。在这篇撰于8月5日的特约稿里,巴金以凌厉的笔锋还击《河北文艺》的“帮”调,对所谓“并无失学、失业之忧,也无衣食之虑”的说法,直斥为“白日做梦信口开河”。又指责这篇文章的“用意无非是拿起棍子打人”。巴金又说:“那位作者当然不是傻瓜。他有他的想法。就有这么一伙人,有的公开发表文章,有的在角落里叽叽喳喳,有的在背后放暗箭伤人,有的打小报告告状。他们就是看不惯‘文学艺术创作的自

① 洪子诚:《中国当代文学史》,第256—274页,北京:北京大学出版社,1999年。

② 如崔承运的《要鼓励作者大胆创作》(《河北日报》,1979年7月22日)和周岳的《抵挡不住春天的脚步》两文都如此批评李剑。

由'，他们就是要干涉这种'自由'。"而对于那些"希望有一个'文艺法'来保护自己""给蛇咬过，见了绳子就害怕的人"，巴金在文末奉劝说："道理非常简单：要维护自己的合法权利（按：指创作权），也必须经过斗争。"①

《"歌德"与"缺德"》一文也引起了中宣部的注意。胡耀邦决定在北京召开一次小型座谈会，统一思想认识，为当时的文学作品的方向作了定论。参加座谈会的有河北省委宣传部、省文联的负责人及河北省的著名诗人、作家田间，梁斌和李剑等 11 人；还有全国文联、作协的有关部门的负责同志林默涵、陈荒煤、冯牧、李季和中宣部有关部门及文艺局的同志等共 20 余人。会议由中宣部副部长廖井丹主持，从 1979 年 9 月 4 日至 6 日共开了 3 天②。胡耀邦 6 日与与会同志座谈，并发表了循循善诱的讲话。

在讲话中，他提倡使文艺上的争论纳入健康的轨道上来，主张要保护各条战线上的社会主义积极性，化消极因素为积极因素，并对李剑的文章提出了批评，鼓励和组织大家大胆创作，使文艺更好地满足人民的需要，满足社会主义四个现代化建设的需要。胡耀邦在发言中把《"歌德"与"缺德"》引起的事件，称为是粉碎"四人帮"三年以来，文艺战线上第一个较大的风波。他说，《"歌德"与"缺德"》这篇文章，确有缺点毛病，毛病错误就是同毛主席主张的

① 转引自高上秦主编：《中国大陆抗议文学》，第 495—496 页，台北：时代文化出版公司，1979 年。

② 徐庆全：《文坛拨乱反正实录》，第 312 页，杭州：浙江人民出版社，2004 年。据刘锡诚记述，这次会议的时间是 1979 年 9 月 4 日—10 日。参见刘锡诚《在文坛边缘上——编辑手记》，第 293 页，开封：河南大学出版社，2004 年。

“百花齐放，百家争鸣”的方针相违背。特别是党中央一再声明要在一切战线，包括文艺战线上拨乱反正，把林彪、“四人帮”歪曲了的东西端正过来，把搞乱了的加以澄清。要保护各条战线上的社会主义积极性。化消极因素为积极因素。文章的毛病就出在与中央的方针不合拍。李剑同志的调子不合时宜。青年人犯点错误没有什么了不起。要采取教育的方法，诚诚恳恳帮助他，这是我们党的历史传统。我们要用历史唯物主义的观点，分析文章产生的历史原因和环境。今年春天，恰恰是十一届三中全会开过不久。三中全会跨的步子较大。在重大的历史转折关键，一些人容易转向，对新的东西接受不了。所以我们要破除老框框，要解放思想，思想不要僵化。这个问题必须在思想上、理论上引起全党同志的注意。[①] 胡耀邦的讲话平息了这场争论。

李剑作出了自我批评，并进而摆脱了被追究责任的局面。河北省委宣传部及文联表示，要在提高认识的基础上，准备以《河北文艺》的名义，写一篇由《“歌德”与“缺德”》所引起的争论而吸取教训的文章。1979 年 9 月 5 日，第 9 期《河北文艺》编发了冯键男等人的署名批评文章，编者按说：林彪、“四人帮”的极“左”路线，对我们的毒害很深。为了进一步贯彻三中全会的方针，要排除“左”“右”干扰，特别要深入批判林彪、“四人帮”的极“左”思潮，彻底肃清其流毒。本刊今年第六期发表的《“歌德”与“缺德”》等文艺短文，引起了全国强烈的反响，提出了许多批评意见，指出它是极“左”思潮的反映，其观点是有错误的，文风是不端正的。对此，我

① 详见徐庆全：《文坛拨乱反正实录》，第 312—315 页，杭州：浙江人民出版社，2004 年。

们表示热烈的欢迎。实践是检验真理的唯一标准。艺术和认识的是非问题，应当通过讨论和实践去解决。要坚持百花齐放、百家争鸣的方针，坚持“三不主义”。在讨论中发展正确意见，克服错误意见，推动文艺创作和文艺理论的繁荣和发展。本期从大量的来稿中选发了四篇文章，希望大家就歌颂与暴露等问题展开讨论。通过讨论，帮助我们纠正缺点错误，端正思想路线，把大家的思想统一到三中全会和五届人大二次会议精神上来。①

1979年10月召开了中国文学艺术工作者第四次代表大会（简称第四次文代会），邓小平代表中共中央到会致祝辞，在阐述党对文艺工作的领导时明确提出了“不要横加干涉”的意见，并且承认文艺创作是一种复杂的精神劳动，党不是要求文学艺术从属于临时的、具体的、直接的政治任务，而是根据文学艺术的特征和发展规律，帮助文艺工作者获得条件来不断繁荣文学艺术事业。②周扬在第四次文代会上的报告则显示出文艺界的大多数已在歌颂与暴露的问题上达到了一种新认识：“这些作品是我国当前思想解放运动的伟大潮流的产物，又反过来影响和推动着这个潮流的发展。这些作品很多出自较年轻作者的笔底，他们以敏锐的观察，大胆探索的勇气，真实地描述了他们的亲身经历和体会。他们要控诉，要抗议，要呐喊，因为他们的经历充满了辛酸和血泪、愤懑和悲痛、也有识破欺骗后的觉醒和斗争。他们以泼辣的风格突破成规戒律，抒写了自己的深切感受和许多令人震惊的所见所闻。这些

① 王慧敏：《关于两个座谈会的回眸》，载杨志今、刘新风主编：《新时期文坛风云录》（上），第64—67页，长春：吉林人民出版社，1999年。

② 邓小平：《在中国文学艺术工作者第四次代表大会上的祝辞》，《文艺报》，1979年第11—12期。

作品反映了林彪、'四人帮'给人民生活上和心灵上所造成的巨大的创伤，暴露了他们的滔天罪恶。决不能随便地指责它们是什么'伤痕文学''暴露文学'。人民的伤痕和制造这种伤痕的反革命帮派体系都是客观存在，我们的作家怎么可能掩盖和粉饰呢？作家们怎么能在现实生活的种种矛盾面前闭上眼睛呢？……我们需要文艺的力量来帮助人民对过去的惨痛经历加深认识，愈合伤痕，吸取经验，使这种悲剧不致重演。"他同时指出："我们当然不赞成自然主义地去反映这些伤痕，由此散布消极的、萎靡的、虚无主义的思想和情绪。"①

党内高层始终关注着这场争论，并把这场争论提高到总结党领导文艺工作的经验、促进文艺创作的繁荣的高度来认识，着力倡导一种健康的文艺批评。"伤痕文学"的论争过程也是文学争取艺术民主和艺术自由的过程，论争本身对党的文艺政策的调整同样有着巨大的推动作用。中央高层和文化组织者周扬的参与，显示出意识形态对"伤痕文学"有意识地规划和建构。"伤痕文学"这一文学史命名背后有着强大的意识形态和权力机制。文艺要保护社会主义的积极性，满足人民的需要，满足社会主义四个现代化建设的需要，新的历史逻辑在"伤痕文学"这一话语的形成过程中发挥了主导作用。"伤痕文学"在为自己取得合法性的过程中也把国家话语权力释放了出来。"伤痕文学"②最初是带有贬斥含义的称

① 周扬:《继往开来，繁荣社会主义新时期的文艺》,《文艺报》,1979年第11、12期合刊。

② 值得注意的是，在"伤痕文学"概念确立和普及的过程中，出现得更早、应用得更广的其实是另一个术语"暴露文学"。1978年第二期《文艺报》刊载以洪的《是"暴露文学"吗?》一文，再度引发在中国当代文学(转下页)

谓。这些作品的感伤的、悲剧性的情感基调以及揭露性的取材趋向，被一些批评家看作是五六十年代“暴露文学”“写阴暗面”等在80年代的重演。冯牧曾说道：“一批曾被不公正地指责为‘伤痕文学’的作品接连出现了……怎么能够把这些可以使人警醒起来、感奋起来的作品称作是‘伤痕文学’呢？难道把这些伤痕掩盖起来（也就是把那些令人发指的罪行掩盖起来），反而对人民更加有利吗？”[①]可见，“伤痕文学”一词原是贬义词，是批评“伤痕文学”的批评者发明的话语。而在争论的过程中，主流意识形态逐渐淡化了其蕴含的贬义的阶级批判色彩，“伤痕文学”一词成为文艺界对新时期初期小说创作的命名。围绕着“伤痕文学”所发生的文学论争，充分显示了政治文化及不同的制度性因素是如何进入文学领域进而左右着文学论争的发生、发展、规模与基本走向的，也充分显示出文学论争中的文学主体是如何在政治文化语境的覆盖与压力之下从事着自己的话语生产的，而且，这种话语生产与变异的基

(接上页)史上十分敏感的“歌颂与暴露”的问题。到1979年春，在黄安思、李剑的文章发表之前，伴随着“伤痕文学”概念的确立，有关“暴露文学”的讨论已经进行得很热烈，随后也讨论得很深入，有大量文章发表在大专院校学报和专业理论刊物上。到1980年10月，《外国文学动态》报道《苏〈文学报〉载文评我国“暴露文学”》，同样显示了中国当代文学的这一波新变所引发的国际关注。《剑桥中华人民共和国史》将“暴露文学”描述为“伤痕文学”的后续阶段，大致对应于国内文学史著通称的“反思文学”阶段。参见罗德里克·麦克法夸尔与费正清主编：《剑桥中华人民共和国史(1966—1982)(下)》，《毛以后的时代》一节，第914页，上海：上海人民出版社，1992年。

① 冯牧：《对于文学创作的一个回顾和展望——兼谈革命作家的庄严职责》，《新时期文学的主流》，第6页，北京：人民文学出版社，1981年。

本原因及其所导致的话语主体的精神焦虑，也都得到了相当充分的揭示。“文革”后中国的文学论争就是这样与政治文化发生着纠缠不清的复杂关系。

洪子诚还指出了这一命名本身的简约化和钳制功能以及这一命名本身对于其他文体的遮蔽：“对于70年代末到80年代初的文学创作，当时文学界曾以‘伤痕文学’‘反思文学’和‘改革文学’等概念来指称。这些概念被广泛接收和使用。它们的出现，既表现了当代批评家热衷于文学潮流的类型概括的‘传统’，也反映了当时创作的实际状况。因而在用来描述这一时期的创作上相当有效。当然，对文学潮流的这种描述，又同时参与了对文学走向与秩序的制约。‘伤痕文学’等概念指称的创作，主要是小说，尤其是中短篇小说，因此，在许多情况下，它们也与伤痕小说、反思小说、改革小说等概念等同。”①在“伤痕文学”概念的形成过程中，不同的利益群体做出了在自己视域里的评判，而事实上每一个评判都可看成福柯的话语理论中的“衍射点”，它们应具有相同的地位却又互相排斥，提供了各种的可能性，但最后却只有一种被权力话语的策略所安排的呈现，而历史化的还原这一命名过程，则可以回到历史现场，达到去蔽的目的。

第二节　追认中的经典：《班主任》与《伤痕》

从对“歌德”与“缺德”的论争的详细考察中，我们可以看到，“伤痕文学”思潮是在从民众到知识分子再到党内高层各方的不断

① 洪子诚：《中国当代文学史》，第256页，北京：北京大学出版社，1999年。

争论中被塑造的。而对于作为个案的“伤痕文学”的经典文本来说，作者、编辑、批评家和文学史在文本发表后又不断予以追认，小说评奖制度又把这种“追认”制度化和等级化。下面我们来从细部考察一下当时整个社会对《伤痕》和《班主任》这两个经典文本的“追认史”。也就是它们在当时如何被排斥，被承认，而又在后来被重述的情况。

刘心武的短篇小说《班主任》[①]（《人民文学》1977 年 11 期），通常被认为是“新时期文学”的开山之作。[②]《剑桥中华人民共和国史》也认为：“在新作家里，刘心武是第一个批判性地触及‘文化大革命’的不良后果的作家，他的短篇小说《班主任》（1977 年）引起了全国的注意。他涉及了‘文化大革命’给作为其受害者的青年人

---

① 刘锡诚认为贾大山的《取经》（《河北文学》1977 年第 3 期）也是“伤痕文学”的开山之作之一。参见刘锡诚《在文坛边缘上——编辑手记》，第 60 页，开封：河南大学出版社，2004 年。

② 被视为“三只报春的燕子”（吴秀明主编：《当代中国文学五十年》，第 152 页，杭州：浙江文艺出版社，2004 年）之一的《班主任》通常被看作新时期文学开端的标志。而文学史往往这样处理这一开端：以“伤痕文学”为标志的开端，开始背离了“50—70 年代”文学，并从它的“政治性”下逃脱出来，走向“艺术性”的康庄大道。而《班主任》这样的作品就仿佛是一个“历史中间物”，它有着旧时代的污垢（与政治的勾结），又点燃新时代的火种。这些火种，在陈思和的表述中是“知识分子精英化意识和五四新文学传统”；在洪子诚那里则是对个人的关注和作家主体意识的自觉。参见陈思和主编：《中国当代文学史教程》，第 189 页，上海：复旦大学出版社，1999 年；洪子诚：《中国当代文学史》，第 240 页，北京：北京大学出版社，1999 年。这样一种将“文学性”本质化的叙述，总是是以“真理复归”或以“人的觉悟”的面貌出现。参见谢俊：《可疑的起点——〈班主任〉的考古学探究》，《当代作家评论》，2008 年第 2 期。

正常生活带来的不良影响和综合后果。”①在《毛以后的时代》一节里，则说：“‘伤痕文学’的第一次表露，也是实际上的宣言，应推刘心武 1977 年 11 月发表的《班主任》。”②刘心武也说：“这篇作品是‘伤痕文学’中公开发表最早的一篇。”③据刘锡诚记载，《班主任》是由崔道怡提供并初审，刘剑青审阅同意，张光年决审，是在 1977 年 10 月的《人民文学》编辑部召开的短篇小说创作问题座谈会上做出的安排，发表在《人民文学》第 11 期上。④ 刘心武自己回忆，

① 罗德里克·麦克法夸尔与费正清主编：《剑桥中华人民共和国史(1966—1982)(下)》，《1976 年和“伤痕文学”的出现》一节，第 696 页，上海：上海人民出版社，1992 年。

② 罗德里克·麦克法夸尔与费正清主编：《剑桥中华人民共和国史(1966—1982)(下)》，《毛以后的时代》一节，第 914 页，上海：上海人民出版社，1992 年。

③ 刘心武：《关于〈班主任〉的回忆》，摘自刘心武：《我是刘心武——60 年生活历程之回忆》，第 157—164 页，天津：天津人民出版社，2006 年。

④ 参见刘锡诚《在文坛边缘上——编辑手记》，第 24 页，开封：河南大学出版社，2004 年。当时担任《人民文学》杂志小说组负责人的涂光群回忆说，编辑部内部对《班主任》形成了两种意见。《班主任》的责任编辑崔道怡认为，小说暴露社会阴暗面太尖锐，恐怕不便发表。但涂光群认为，小说提出的问题很深刻，而且很合时宜。邓小平在这一年 7 月复出之后，几次讲话都提出了要拨乱反正，要完整准确地理解毛泽东思想，恢复实事求是的优良传统。《人民文学》处于文学期刊的潮头位置，应该“闻风而动”，发表这篇作品。涂光群在当时签发《班主任》的稿签上写明了自己的意见：第一，小说并不全是暴露社会阴暗面，张老师采取热情的态度，治疗、帮助受“四人帮”毒害的孩子，这个形象表现了我们生活中的积极因素。第二，小说从更深的层次揭批“四人帮”，暴露他们的罪恶，这是正确的，必要的。总之，它符合文教战线拨乱反正、恢复实事求是优良传统的总精神，可以发表。面对不同意见，当时编辑部负责人刘剑青“没有把握”，于是把小说送给主编张光年定夺。张光年看完稿子之后的一天下午，把编辑部的审稿人都约到自己家中开会。涂光群现在仍然(转下页)

虽然投稿时他很犹豫，但是小说发表还是非常顺利的。[①]值得注意的是，《班主任》发表时也做过一些修改，张光年当时定稿时就指出，如果说还需修改，也就是小说人物描写的分寸要掌握更准确。他特别指出，对谢惠敏描写的分寸掌握准确是重要的；另外，对宋宝琦父亲——园林工人的描写分寸也可注意一下。[②] 最后，“小说

(接上页)清楚地记得张光年当时说的一句话：“不要怕尖锐，但是要准确。”显然，他肯定了《班主任》这篇小说揭批“四人帮”的尖锐性(同时含有深刻性)，这就解除了那些怕尖锐的编辑们的思想顾虑。而尖锐的前提就是准确，他基本上肯定了《班主任》的揭露或“暴露”是准确的……就这样，小说发表在《人民文学》1977 年 11 月号小说栏的头条地位。参见涂光群：《五十年文坛亲历记》，第 243—245 页，沈阳：辽宁教育出版社，2005 年。

① 刘心武：《关于〈班主任〉的回忆》，摘自刘心武：《我是刘心武——60 年生活历程之回忆》，第 157—164 页，天津：天津人民出版社，2006 年。《百年潮》，2006 年第 2 期也有刊载。刘心武回忆说，《班主任》发表后，读者反响强烈，看到这篇作品的人纷纷给他来信，尤其是当中央人民广播电台改编成广播剧播出后，影响就更大了：“当时文学界一些影响很大的人物，像张光年不消说了，正是他拍板发出了《班主任》这篇作品，此外像冯牧、陈荒煤、严文井、朱寨等，都很快站出来支持。但反对的意见也颇强烈，有人写匿名信，不是写给我和编辑部，而是写给‘有关部门’，指斥《班主任》等‘伤痕文学’作品是‘解冻文学’(这在当时不是个好谥号，因为苏联作家爱伦堡曾发表过一部叫《解冻》的长篇小说，被认为是配合赫鲁晓夫搞‘反斯大林’的修正主义政治路线的始作俑者之作。‘伤痕文学’既然属于‘解冻文学’，自然就是鼓吹在中国搞‘修正主义’了，这罪名可大了)。更有文章公开发表，批判这些作品‘缺德’，我还接到匿名的来信，针对我之后发表的《这里有黄金》(那篇小说对反右有所否定)，警告我‘不要走得太远’(来信者称他曾犯过‘右派错误’，而那之后对他的批判斗争和下放改造都是非常必要的，收获很大，不容我轻易抹杀)。而同时，港、台及海外对《班主任》又大力介绍，有些言辞相当夸张，如说我是‘伤痕文学之父’等等。”

② 涂光群：《五十年文坛亲历记》，第 244 页，沈阳：辽宁教育出版社，2005 年。

经过刘心武再事推敲,小作修改(略略加强了石红那个女孩子的形象)”①发表了。1978年春天,《文学评论》为《班主任》专门召开了一次座谈会。后来《人民日报》发表了篇幅很长的评论员文章,对《班主任》、卢新华的《伤痕》和王亚平的《神圣的使命》等一大批“伤痕文学”所构成的文学现象予以了肯定,这应当算是“官方”的声音。正如海外有的研究这十年中国文学的人士所指出的,当时面对中国从沙漠上重新抽叶的文学,中国的“官方”、中国的文学界、中国的民众,达到了一种非常难得的互相肯定互相扶持的“共度蜜月”的状态,这是1949年以来罕见的现象。②

而卢新华《伤痕》的发表倒颇有些曲折。《伤痕》写成后,卢新华自我感觉很好,但请个别老师和少数几个同学看过后,他们却不以为然,并向他提出了一大堆让他深感困惑的理论质疑。他于是由十分自信转而十分灰心,将手稿锁进抽屉。最后为了交差在复旦大学中文系七七级文学评论专业班的《百花》墙报贴出。③《伤痕》贴出以后,《百花》墙报前便一直攒动着翘首阅读的人们,先是中文系的学生,继而扩展到新闻系、外文系以至全校,而众人面对

---

① 涂光群:《五十年文坛亲历记》,第245页,沈阳:辽宁教育出版社,2005年。

② 刘心武:《我与新时期文学》,参见刘心武:《我是刘心武——60年生活历程之回忆》,第144—156页,天津:天津人民出版社,2006年。又见刘心武:《十年琐忆》,《刘心武文集》第8卷,第120页,北京:北京华艺出版社,1993年。谢俊认为刘心武及其创作是作为“改革派”的战士而进入了历史的现场。参见谢俊:《可疑的起点——〈班主任〉的考古学探究》,《当代作家评论》,2008年第2期。

③ 卢新华:《〈伤痕〉得以问世的几个特别的因缘》,选自《学术中国·古今》,2008年7月。

着一篇墙报稿伤心流泪的场景，也成了复旦校园的一大奇观。复旦大学学生对《伤痕》这篇小说展开了讨论。大家议论纷纭、毁誉互见。当时很多人的思想仍被拘囿在长期所灌输的极“左”思想中，有的同学认为《伤痕》与教科书上的东西不相符。①

上海《文汇报》编辑钟锡知得到这个信息后，凭着他对新闻独有的敏感，马上托人向卢新华要去一份手稿。《文汇报》在要去卢新华手稿后的两个多月时间里，没有给过他任何的允诺。卢新华有感于《伤痕》手稿自从进了《文汇报》便“泥牛入海无消息”，他的一些要好的同学就建议他向《人民文学》投稿，还帮他整理了一份介绍《伤痕》在复旦校园引起轰动的信函，并一个个认真地署了名。他依稀记得的有李辉、颜海平、李谌、周章明以及同寝室的唐代凌、吴秀坤等。遗憾的是一个多月后收到的却是《人民文学》一纸铅印的退稿信。当年责编《伤痕》的《文汇报》高级记者钟锡知回忆说：“我和卢新华在文艺部办公室见了面。一开始卢新华就告诉我，两个月前他向北京《人民文学》编辑部投寄了这篇小说，但前几天他收到了一封铅印的退稿信。他说他并不遗憾，相信小说会有问世的一天。我跟他说，你的想法会得到支持，《文汇报》会冲破阻力发表你的小说。”他还说：“小说《伤痕》的发表，也给文坛带来了整整一代‘伤痕小说’和‘反思文学’的兴起，其意义远远超出我们的初衷。”②

《文汇报》没有给卢新华回音的原因与当时的政治形势密切相

① 卢新华的小说在中文系的墙报上发表后曾引起不同议论，当时中文系一年级同学正在学习《文学概论》，同学们用课本的定义和结论来对照分析《伤痕》，发现两者对不上号，产生了歧义。参见马达：《〈伤痕〉发表前后》，《湖北档案》，2005 年 1 月。

② 钟锡知：《小说〈伤痕〉发表前后》，《新闻记者》，1991 年第 8 期。

关。当时思想解放的方针还没有提出,“四人帮”虽然已经受到批判,但这些批判仍旧充斥着和大批判同样的语调,对“文革”不仅没有触动,而且还像过去一样加以肯定,极“左”思想仍盛行不衰。当钟锡知读完《伤痕》后,感到不同凡响,便向《文汇报》总编辑马达汇报了此事。他们当时打出了小样,在上海文艺界反复、广泛地征求意见,此后又借开会之机去北京征求意见。火车的软卧包厢里,上海文联主席钟望阳先生和他同行,再番谈到《伤痕》,钟望阳先生说:“如果你们《文汇报》不方便发表,就给我们用在复刊后的《上海文学》第一期吧。”①据《文汇报》总编辑马达先生回忆②,小说发表前,他曾将小说的大样送呈市委宣传部副部长洪泽批示。他们是好友,“文革”中曾一起蹲过牛棚,对时事有着许多相近和相同的看法。他希望能得到他的支持。而很快,洪泽先生也就批示“同意发

---

① 钟锡知:《小说〈伤痕〉发表前后》,《新闻记者》,1991年第8期。

② 马达在《伤痕发表前后》一文中回忆说,我还考虑,这篇作品不是一般地批判“四人帮”罪行,更重要的是,促使人们重新审视“文化大革命”……但是,我的这些想法,却和现实状况产生了矛盾。那时,“两个凡是”盛行,华国锋和中央发表的文件和讲话,口口声声要“坚持无产阶级专政下继续革命的理论”,“坚持以阶级斗争为纲”,“要把无产阶级‘文化大革命’进行到底”。那时打开报纸,一篇又一篇揭批“四人帮”罪行的新闻、讲话,都是布置好的大会发言,是由领导机关按统一的宣传口径整理发表的。其中固然揭露出“四人帮”破坏生产、摧害人民生活的种种罪行,但读者仍然会想:这一切是怎么发生的?难道“四人帮”的滔天罪行仅仅是物质的损失吗?人们在思索,在沉思……《伤痕》是一篇小说,不是政治论文,它包含的内容,毕竟和新闻评论不一样。但是为慎重起见,我还是写了封信给市委宣传部副部长洪泽。第二天晚上,老洪打电话给我,他在电话中说:“这篇文章我看了,很好,我完全同意你的看法。”8月11日,小说《伤痕》以一个整版的篇幅发表了。参见马达:《〈伤痕〉发表前后》,《湖北档案》,2005年1月。

表”了。所以，也可以这样说，洪泽先生的批示，是促成了《伤痕》最终发表的“临门一脚”。[①] 之后，1978 年 8 月 11 日，《伤痕》被作为“笔会”头条登出来，当时还配发了一篇陈思和的评论《艺术地再现生活的真实》。《伤痕》发表后很快在全国范围内引起了巨大而热烈的反响。北京《文艺报》开了一个专栏讨论过《伤痕》，《文汇报》也开辟了专栏讨论这篇小说。[②] 小说被全国二十多家省区市广播电台先后播发。新华社、中新社先后播发新闻，法新社、美联社的驻京记者对外报道说：“《文汇报》刊载《伤痕》这一小说，说明中国

---

① 详见卢新华：《〈伤痕〉得以问世的几个特别的因缘》，选自《学术中国·古今》，2008 年 7 月。《文汇报》老领导张煦棠在 2006 年 12 月 27 日《文汇报》上撰文回忆小说《伤痕》发表经过，现摘录如下：钟锡知说：“当时，我的心别别地加快了跳动，我感觉到这件事的分量。”因为那年月，“天安门事件”还未平反，小平同志和大批老同志尚未复出，两个“凡是”观点甚嚣尘上。小说作者、中文系一年级学生卢新华曾将他这篇小说寄给《人民文学》，不久就收到退稿信。钟锡知明确地告诉他：我报会冲破阻力，发表你的小说。一个星期后，钟锡知作为上海唯一的记者，随上海代表团赴京参加“文革”后复会的中国文联扩大会议。他袋子里装着这篇小说，在火车上，迫不及待地向一起赴会的上海文联负责人钟望阳和市委宣传部文艺处长刘金谈起《伤痕》，当场把小说交他们看。第二天清晨，刘金告诉他：“我看这是一篇好小说，完全应该发表。”德高望重的钟望阳更明确表示：“如果你们《文汇报》发不出，可以给我们《上海文学》。”这下，更坚定了信心。会议结束后，钟锡知正式向总编辑马达报告了这件事。马达看了小说，决定全文发表。于是，他和主管文艺的副总编唐海共同定稿，于 1987 年 8 月 11 日在“笔会”版（当时还叫“新长征”）以一个版的篇幅，发表了小说《伤痕》。作品引起社会震动，开创了“伤痕文学”“反思文学”的先河。

② 《文汇报》8 月 22 日发了一整版的文艺评论，在《评小说〈伤痕〉——来稿选登》的大标题下，选登了 10 篇短文，作者都是群众读者。其中有陈思和的《艺术地再现生活的真实》一文、马勇前的《这是否也是一种“伤痕”》、翁思再的《悲剧是禁区吗?》等。上海的《信稿动向》第 48 期（8 月 18 日），以《小说〈伤痕〉反响强烈，获得广泛好评》为题，发表了文艺部整理的三篇读者反映综述，从不同角度评价和肯定了这篇小说。

出现了揭露‘文革’罪恶的‘伤痕文学’。”①这样，小说《伤痕》的社会影响越来越大，很多人便开始有意去模仿，形成了当代的“伤痕文学”样式，若干年后，卢新华的同学陈思和回忆说，《文汇报》发表卢新华小说后，竟然连作者本人也难以买到当天的报纸。

当时的《人民文学》，应该正处于发表《班主任》带来的兴奋中。虽然当时的政治形势还在“两个凡是”笼罩之下，此时的中国社会及其思想文化领域正处在由否定“文革”摆脱极“左”向解放思想、开创“新时期”的急剧变革之中。《人民文学》杂志在当时冒着政治风险发表了《班主任》，九个月后却拒绝了《伤痕》。而《人民文学》拒绝《伤痕》的原因可以从《文汇报》钟锡知对《伤痕》的修改意见中窥见一二。据卢新华回忆，当时的修改意见大约有十六条。重点是小说第一句说除夕的夜里，窗外“墨一般漆黑”，有影射之嫌；故后来改成“远的近的，红的白的，五彩缤纷的灯火在窗外时隐时现”，同时加一句“这已是一九七八年的春天了”；又有车上“一对回沪探亲的青年男女，一路上极兴奋地侃侃而谈”，亦遵嘱修改成“极兴奋地谈着工作和学习，谈着抓纲治国一年来的形势”；一直给王晓华以爱护和关心的“大伯大娘”，则改成“贫下中农”；而最后，因为据说感觉着太压抑，需要一些亮色和鼓舞人心的东西，于是又有了主人公最后“朝着灯火通明的南京路大踏步地走去”的光明结尾。现在看来，这些修改意见尽管折射出那个时代人们思维的某种局限，却也真实地反映出《文汇报》同仁在冒着巨大的政治风险来发表《伤痕》时，所表现出的一种极其细致和负责的精神。②

---

① 参见马达：《伤痕发表前后》，《湖北档案》，2005年1月。

② 卢新华：《〈伤痕〉得以问世的几个特别的因缘》，《学术中国·古今》，2008年7月。

期刊作为塑造国家想象共同体的媒介之一，担任着主流意识形态“守门人”的任务。所以，对文本中异质因素的处理很多是通过期刊编辑这一意识形态的执行者来实现的。在“伤痕文学”作品发表前，大都经过了编辑们甚至是文化领导人的打磨装饰，以符合意识形态的需要。五彩缤纷的灯火、春天、抓纲治国、贫下中农、结尾的希望原理①，这些修改无一不显示出革命现实主义原则对文艺创作的限制和勘定，显示出主流意识形态对文本的规训和打磨。尤其是结尾修改颇有意味，主人公大踏步走向南京路，显示了王晓华在重获爱情之后，投身新的历史进程的巨大冲动。正如卢新华所言：“我感到需要王晓华这样的形象，帮助人民总结广泛的社会问题，澄清林彪、‘四人帮’在我们思想上造成的混乱——而这一点对于目前这样一个处于历史转折时期的我国社会更为必要。”②这无疑执行了新的意识形态的合法性功能。

再如王亚平的《神圣的使命》③这篇小说。《神圣的使命》讲述了一位在公安战线多年工作的老警察王公伯，顶着“四人帮”强大压力，坚持为一位善良的知识分子平反冤、假、错案的故事。据涂光群回忆，当时编辑们让王亚平三次改写《神圣的使命》，却因作品的幼稚和反映问题的敏感（涉及冤假错案的平反、专政机关内部存在的缺点和高级领导机关的矛盾）而不被录用。最后，经涂光群、

① “伤痕”“反思”小说的结尾基本上都遵循着这种“希望原则”，对此何言宏有详细分析。参见何言宏：《中国书写：当代知识分子写作与现代性问题》，第235—239页，北京：中央编译出版社，2002年。

② 卢新华：《谈谈我的习作〈伤痕〉》，选自牟钟秀：《获奖短篇小说创作谈（1978—1980）》，第24—25页，北京：文化艺术出版社，1982年。

③ 王亚平：《神圣的使命》，《人民文学》，1978年第9期。

刘剑青、李季、冯牧、陆石、张光年、王朝垠等的重重审阅，编辑部几乎组织了一个新的创作组替作家重写了作品。最后由张光年来审阅决定修改意见。张光年在基本肯定小说之后，提出了一条具体建议，这就是将小说原写的主要反派人物、“四人帮”的爪牙、省委书记兼省革委会主任徐润成改为仅仅是省革委会副主任。而这一政治身份的改动隐含着意识形态领导人的危机治理意识。张光年说：“这几年共产党的形象已经被‘四人帮’在社会上糟害得够苦的了，一些青年人产生信仰危机，笔下留点情吧。”而王亚平也表示，“信赖、感谢编辑们对他的作品所做的努力”。① 于是，一篇符合历史趋势、时代大潮、人民呼声的“潮头”作品应运而生，发表在《人民文学》1978 年第 9 期。1978 年首届全国优秀短篇小说评奖，《神圣的使命》名列第二。

《班主任》尽管所做的改动并不明显，但是在《人民文学》的编辑授意下完成的。② 就在《班主任》发表的两年前，刘心武在 1975 年写过并出版了一个中篇小说《睁大你的眼睛》，在这个少年儿童读物中，我们发现小说中的主人公“方旗”——一个领导一群孩子和流氓

---

① 涂光群：《五十年文坛亲历记》，第 249—250 页，沈阳：辽宁教育出版社，2005 年。

② 涂光群在《刘心武创作〈班主任〉》一文中提道：“1977 年 7 月，邓小平同志复出，主动抓科学、教育工作。7 月 21 日，8 月 8 日，9 月 19 日，他几次讲话提出了完整准确的理解毛泽东思想，恢复实事求是的优良传统，教育战线要拨乱反正，正确对待知识分子（包括教师）等等这样一些非常重要的思想观点。这对文艺战线的拨乱反正、解放思想，包括恢复文学创作的革命现实主义传统，产生了不可估量的广泛而深远的影响。作为处在“潮头”刊物位置的《人民文学》编辑，我们可以说是“闻风而动”。我们很想通过短篇小说、报告文学，反映科学、教育战线的拨乱反正，以便多少尽一点文学推动生活的责任。要写这样的题材、主题，第一得（转下页）

教唆犯斗争的“小神仙”似的人物，和《班主任》中的谢惠敏是如此相似，然而前者是作家肯定和歌颂的人物，后者却是需要改造和挽救的靶子。作者对同一形象，在不到两年的时间里就产生了截然不同的态度，这如果不从制度环境上考虑实在很难得到完满的解释。①

1978年，中国作家协会举办了全国第一届优秀短篇小说评奖，《班主任》获第一名，《伤痕》也榜上有名。《班主任》和《伤痕》的文学史地位和“文革”后国家的政治文化策略、意识形态症候紧密相关，是“文革”后文学一体化的出版、批评、流通、评奖诸体制共同打造的明星效应。② 而费正清更为直接地指出：“这个短篇小说（指《伤痕》——引者注）获了奖，后又在一个相当引人注目的短篇小说集中重版③。卢新华的小说成了‘伤痕文学’的典范，这类作品描写了‘文化大革命’期间正直人所受的苦难。不管这类暴露文学的真正动机如何，它再次显示出它们是服务于某个政治目的：它支持彻底消除‘文化大革命’后果的邓小平派。”④

（接上页）物色合适的作者，第二得物色合适的采写对象（如果是写报告文学）。我们想到了一位投稿者刘心武。……一位编辑遂将编辑部近期的意图同刘心武说了。大约过了些日子，心武拿来一篇小说新作。这篇题为《班主任》的作品，立即在编辑部范围内引起了震动。参见涂光群：《五十年文坛亲历记》，第243页，沈阳：辽宁教育出版社，2005年。

① 濑户宏：《试论刘心武——到〈班主任〉止》，朱家信、黄裳裳、朱育颖等编：《刘心武研究专辑》，第323页，贵阳：贵州人民出版社，1988年。

② 程光炜等：《讨论〈班主任〉和〈晚霞消失的时候〉》，《海南师范学院学报（社会科学版）》，2006年第6期。

③ 卢新华：《伤痕》，《1978年全国优秀短篇小说评选获奖作品集》，第244—258页，北京：人民文学出版社，1980年。

④ 罗德里克·麦克法夸尔、费正清主编，金光耀等译：《剑桥中华人民共和国史（1966—1982）（下）》，第696页，上海：上海人民出版社，1992年。

第三节 “伤痕”文本内外的共谋与异质

我们毫不怀疑《伤痕》和《班主任》突破“禁区”的勇气，[①]也毫不怀疑“伤痕文学”的历史意义。而正如费正清指出的，“伤痕文学”之所以能够被不断追认，还有很大的原因就是在文本内部体现了与意识形态的合作与共谋。就《班主任》而言，这种共谋性体现在：文本在对知识分子和老干部平反的同时，对揭批“四人帮”这一元话语进行循环论证；对十七年和“五四”的革命价值的认同与挪用；意识形态对文本中的阶级意识进行规约。

“伤痕文学”这一文学史命名背后有着强大的意识形态和权力机制。新的历史逻辑在“伤痕文学”这一话语的形成过程中发挥了主导作用。写伤痕的文学作品反抗的都是已经过去的政治秩序，控诉的是“文革”和以“文革”为代表的强权话语。值得注意的是，“伤痕文学”的作者们也和他们的论敌一样，严格区分着“里面”和“外面”，强调“疾病”的“外来性”，是因为跟“四人帮”的连结而沾染的。这就是“新时期”所划定的抗争和质疑的政治范围。有论者进一步指出，“伤痕文学”是通过对“四人帮”的控诉而表达对阶级斗争的厌恶，暗中攻击着凡是派的保守政策。这种以与改革派结盟

① 王元化认为：“《伤痕》可以说是突破这种极‘左’思潮禁区的最早文艺作品之一。发表这篇作品是不容易的，其经历值得我们回顾。一九七八年四月间，复旦大学中文系办的《百花》墙报上，出现了这篇不同于时流的小说，立刻引起反响，《伤痕》的发表，不仅直接触动了‘文革’本身，而且，对文艺界的这些禁区（即暴露黑暗是不可以的，人性论是反动的，悲剧性是违背革命乐观主义精神的）开始有所突破。”参见王元化：《马达自述·序》，上海：文汇出版社，2004年。

为标志的政治性,几乎可以被认为是以《班主任》为代表的“伤痕文学”的最重要的特性。①

《班主任》避开了对“文革”进行政治层面上的简单否定,为迎合新的历史叙事,批判“四人帮”的文化专制主义及愚民政策②。但是这种反思仅仅是提出一个悬而未决的问题点到为止,转而提倡知识分子式的启蒙叙事,这无形中就削弱了文本内在的政治控诉的因素。张老师热爱祖国、热爱四化建设,是一个有着强烈的革命认同的人民教师。当张老师对宋宝琦的家访结束的时候,原文这样写道:

> “我们不该看这黄书”——这句话像鼓槌落到鼓面上,使张老师的心“咚”地一响。怪吗?也不怪——谢惠敏那样品行端方的好孩子,同宋宝琦这样品质低劣的坏孩子,他们之间的

---

① 谢俊详细分析了新时期以改革派为主体的官方政治对《班主任》矛盾而复杂的评定以及《班主任》一文与改革派的共谋性。参见谢俊:《可疑的起点——〈班主任〉的考古学探究》,《当代作家评论》,2008 年第 2 期。陈思和先生在他的《中国当代文学史教程》中也谈到过这个问题,见陈思和:《中国当代文学史教程》,189 页,上海:复旦大学出版社,1999 年。

② 当时,揭露林彪、“四人帮”们的“制造偶像崇拜、宗教仪式,提倡封建伦理、愚民政策”、要求人们“摆脱一切落后于时代的陈腐思想,如官僚主义和小生产者习惯势力的束缚”(参见周扬:《三次伟大的思想解放运动》,《人民日报》,1979 年 5 月 7 日)、“抵制封建残余思想的影响”(参见胡乔木:《当前思想战线的若干问题》,1981 年 8 月 8 日,《红旗》,1981 年第 23 期)、批评“一部分工人、农民”中的“落后意识”(参见胡耀邦:《在鲁迅诞生一百周年纪念大会上的讲话》,1981 年 9 月 25 日,《中国新文艺大系:1976—1982(理论一集·上卷)》,第 56—61 页,北京:中国文联出版公司,1988 年)等“反封建”话语,都是主流话语的重要内容。夏衍在第四次文代会的闭幕词中也指出:“我认为,反对一切形式的封建主义,如家长制、特殊化、一言堂、裙带风、官僚主义等等,同反对资产阶级个人主义、无政府主义和形形色色的派性一样,都应当归于我们文艺创作的重要任务之一。”参见《文艺报》,1979 年 11、12 合刊。

差别该有多么大啊，但在认定《牛虻》是“黄书”这一点上，却又不谋而合——而且，他们又都是在并未阅读这本书的情况下，“自然而然”地作出这个结论的。这是多么令人震惊的一种社会现象！谁造成的？谁？

当然是“四人帮”！

一种前所未及的，对“四人帮”铭心刻骨的仇恨，像火山般喷烧在张老师的心中。截至目前为止，在人类文明史上，能找出几个像“四人帮”这样用最革命的“逻辑”与口号，掩盖最反动的愚民政策的例子呢？

望着低头坐在床上，两只肌肉饱满的胳膊撑在床边，两眼无聊地瞅着互相搓动的、穿着白边懒鞋的双脚，拒绝接受一切人类文明史上有益的知识和美好的艺术结晶的这个宋宝琦，张老师只觉得心里的火苗扑腾扑腾往上窜，一种无形的力量冲击着他的喉头，他几乎要喊出来——

救救被“四人帮”坑害了的孩子！①

接下来小说就用整整一节篇幅的声讨式语言，让张老师在公园里的思绪完成了对“四人帮”的愚民政策之恨与对祖国的无限之爱。正如有论者指出的：“刘心武在《班主任》中，对‘四人帮’在宋宝琦、谢惠敏思想形成中责任的分配和消费有着明确的政治内涵和伦理指向：第一，契合国家民族主体重建的内在要求，为新时期国家政权对‘文革’的历史清理提供合法性论证，并以此作为重建现代民族国家主体的起点；第二，为民众的宣泄欲望，设置足够的话语

① 刘心武：《班主任》，原载《人民文学》，1977年第11期。

想象空间，并使其具有强烈的审美快感；第三，造成‘文革’与新时期在历史本质上的差别和断裂，并把时间指向现代性的未来。”①

我们还可以看到，这里对“四人帮”的指责仅仅局限于教育文化领域，这和拨乱反正首先从教育界开始这一政治形势密切相关。邓小平 1977 年 8 月 8 日在北京科学教育工作座谈会上的讲话即“八八讲话”首先从教育、科技界对“两个凡是”提出了公开的挑战，开启了教育科技界拨乱反正的步伐。

团支部书记谢惠敏身上重叠着一系列经典形象，我们从中可以隐约辨认出吴琼花（电影《红色娘子军》）、李铁梅（京剧《红灯记》）、刘胡兰（雕塑《刘胡兰》）、李双双（小说《李双双小传》）……她们苦大仇深，勇敢坚定，本能式地拥有阶级觉悟，而且不同程度地淡化了女性特征（“不爱红装”）。这是一个“党的女儿”的系列，这个系列在“十七年”和“文革”时期的革命文艺传统中，是英雄人物形象的最主要、最基本的类型之一。可是，在“80 年代”的这个文学起点上，通过刘心武笔下的谢惠敏，这个经典的“党的女儿”的形象系列，被解构了。刘心武笔下的谢惠敏具有“强烈的无产阶级感情、劳动者后代的气质”，感情爱憎分明，性格泼辣倔强；另一方面却“单纯地崇信”，愚昧无知，思想“左”倾，用作家本人的话说，她是“‘四人帮’给我们教育战线造成的内伤”的一个标本式人物。② 这充分说明，革命伦理已经慢慢开始减势逆行。

班主任张俊石对谢惠敏有同情、有惋惜，却从来没有难以处理的关于世界观的交锋。这种回避矛盾的叙述策略无疑弱化了小说

① 杨丹丹：《新时期以来小说中的“‘文革’叙事”》，吉林大学博士论文，2010 年。

② 祝东力：《80 年代的那些事》，《中国教育报》，2007 年 7 月 5 日第 7 版。

的批判和反思力度。意识形态通过种种“技术处理”，把文本中的异质因素减弱甚至遮蔽。这种技术手段让各种力量在文本内部或躲闪或彰显。被压抑与被转向的、被排斥与被拒绝的因素，在与“四人帮”的决绝断裂中隐现，造成文本的种种裂隙。而解读这些裂隙，可以让我们窥见种种历史挣扎的迹象。谢惠敏和张老师在关于《牛虻》的评价问题上存在着分歧，谢惠敏认为《牛虻》是黄书，而文本通过叙述策略回避了两种价值观的尖锐对立：“张老师翻动着那本饱经沧桑的《牛虻》。他本想耐心地对谢惠敏解释为什么不能把它算作‘黄书’，但这本书是从宋宝琦那儿抄出来的，并且，瞧，插图上，凡有女主角琼玛出现，——一律野蛮地给她添上丁八字胡须。又焉知宋宝琦他们不是把它当成‘黄书’来看的呢？生活现象是复杂的。这本《牛虻》的遭遇也够光怪陆离了。对谢惠敏这样实际上还很幼稚的孩子，分析过于复杂的生活现象和精华糟粕并存的文艺作品，需要充裕的时间和适宜的场合。”想到这些，我们的张老师便把破旧的《牛虻》放入书包，和蔼地对谢惠敏说：“关于这本书的事儿，咱们改天再谈吧。看，快五点了，咱们赶紧听听石红写的‘号角诗’吧，听完分头按计划行动。”这个矛盾被文本处理为没有充裕的叙述时间和适宜的场合来解释复杂的生活现象和精华糟粕并存的文艺作品，《牛虻》为什么不是黄书这个问题就被悬置了，而听迎合新的政治意识形态的“号角诗”即使再忙也是有时间的，听完才能“行动”。刘心武极其小心又非常刻意地“缝合”了张老师与主流意识形态之间可能产生的偏离。最后，“石红念的诗，谢惠敏一句也没装进脑子里去。她痛苦而惶惑地望着映在课桌上的那些斑驳的树影。她非常、非常愿意尊敬张老师，可张老师对这样一本书的古怪态度，又让她不能不在心里嘀咕：“还是老师呢，怎么会这样啊?! ……”

《牛虻》是英国女作家艾捷尔·丽莲·伏尼契出版于1897年的歌颂意大利革命党人牛虻的小说，是一部反抗强权、争取自由的世界现代革命小说。牛虻参与了反对奥地利统治者、争取国家独立统一的斗争，最后为之献出了生命。牛虻有着从一个虔诚的信仰基督教的小资产阶级成长为一个革命者的传奇经历。“在《班主任》中刘心武其实还调动了《牛虻》一个隐而未彰的因素，即它是由《国际歌》开创的‘世界革命文学’一部分，对《牛虻》的态度，某种意义上也就是对‘革命’的态度。”[①]谢惠敏认为《牛虻》是黄书，用革命伦理来批判人道伦理(谢惠敏见《牛虻》里头有外国男女讲恋爱的插图)。而宋宝琦也从中读到了爱情，窥探到了牛虻和琼玛小资产阶级爱情(算命看谁先交上女朋友)，也认为《牛虻》是黄书。在这里，《牛虻》一书中的革命性是张老师批判谢惠敏、宋宝琦以及“四人帮”的武器。而对于《牛虻》中的人道伦理尤其是爱情，张老师无法解释，叙述者用“他们又都是在并未阅读这本书的情况下，‘自然而然’地作出这个结论的”这样含混和模糊的语句来避开这个问题。

这一颇有意味的情节出自作者刘心武的精心虚构：“有关《牛虻》的情节也是虚构的，为了这一情节我颇费了一番心思。但这一情节又确实产生于我所熟悉的生活，我把一系列生活中亲历的事加以综合、概括、集中，再加以想象，写出了这一段情节。”[②]刘心武对这一情节的精心虚构，让叙述者张老师为《牛虻》正名，革命和恋爱都各自归属到十七年以来的主流文化谱系中。正如有论者已经

① 罗岗：《“读什么”与“怎么读”——试论“重返80年代”与“中国当代文学”》，《文艺争鸣》，2009年第8期。

② 刘心武：《生活的创造者说：走这条路》，《文学评论》，1978年5月。

指出的，以《牛虻》为代表的外国文学阅读谱系在此刻的重新确立，既是对“文革”“文化专制”的有力批判，也是向“十七年”文化秩序的致敬，“对以《牛虻》为代表的文学阅读知识谱系的恢复”，表露出“某种‘向后看’”，对于“过去”（“十七年”代表的秩序与传统）的怀念之情。① 也有论者指出：“《牛虻》是一部不同于俄苏文学——如《班主任》中也提到的《表》——的欧美文学作品。对《牛虻》归属的文学版图的暗示，偷渡了‘新时期文学’即将表露的‘走向世界文学（欧美文学）’的愿望，对应着即将到来的‘改革时代’就是向‘西方（欧美）’开放……‘向后看’和‘向前看’两种姿态其实相当微妙地杂糅在一起。”②

但无论是“向后看”还是“向前看”，“《班主任》对于《牛虻》的巧妙运用，贯通了它兼具‘西方’和‘革命’的双重身份，进而打开‘人性’与‘阶级’之间的对话空间”。③ 张俊石再次成为意识形态话语的中介。新时期批判“文革”以批判“四人帮”为历史批判的元话语，对“文革”运动所形成的对人性的专制与压抑的批判也是新时期政治实践的重要一环，“恢复人们对自由恋爱的追求，既是对‘文革’的有力批判，也是知识分子向新时期意识形态所建构的新的现代性的文化秩序致敬，恋爱在文学的重新确立具有意识形态的合法性。但批判‘文革’所形成的文化体系，仅仅依赖现代性文化图

① 项静：《遭遇“西方”——1980年代文学中“现代”故事的几种叙述方式》中对《班主任》的分析，上海大学博士学位论文，2009年。
② 罗岗：《“读什么”与“怎么读”——试论“重返80年代”与“中国当代文学”》，《文艺争鸣》，2009年第8期。
③ 罗岗：《“读什么”与“怎么读”——试论“重返80年代”与“中国当代文学”》，《文艺争鸣》，2009年第8期。

景的构想是远远不够的，所以重新激活革命这一宏大叙事及其所涵盖的革命激情，并将其规范到个人的精神价值领域和日常生活中，就成为意识形态的迫切需要。而张俊石在小说中，对《牛虻》隐而未彰的革命因素的再叙述，也就成了对意识形态话语在文学领域的延伸。”①

较为有趣的是，张俊石对“人性论”其实是批判的，但是这种批判仅仅是一种空泛的去革命化②的修辞。张老师认为“资产阶级标榜‘自由、平等、博爱，讲究‘个人奋斗’‘成名成家’，用虚伪的‘人性论’掩盖他们追求剥削、压迫的罪行”。但是我们看到，《牛虻》和《青春之歌》本来是试图用“阶级论”(革命)来克服人性论(爱情)，宋宝琦从其称之为黄书《牛虻》中读到了牛虻和琼玛的爱情，谢惠敏读其称之为黄书的《青春之歌》而“心跳神乱”(虽然只是随便翻检了几页)，宋宝琦、谢惠敏都从革命加恋爱的成长小说中读到了正常的个人欲望话语，尤其是对自由恋爱的追求。而张老师批判的虚伪人性论，却通过其非常赏识的石红得以肯定。石红认为《青春之歌》“可带劲啦”。所以，革命伦理在张俊石这里是只是一种去革命化的修辞。《班主任》所要艰难表达的，还是新的注重个人才智的

---

① 杨丹丹：《新时期以来小说中的“‘文革’叙事”》，吉林大学博士论文，2010 年。

② 革命认同也是新时期的元话语之一。主要体现在“右派作家”如王蒙等知识分子的“文革”叙事中。“革命叙事”在新时期的文学中再现，是知识分子和国家意识形态共同签署的契约。知识分子就在这种对革命的想象和意识形态的庇护下，完成了自我主体历史的重建。通过高度的革命认同，知识分子与中国革命的历史总体性保持了高度的精神共振。参见杨丹丹：《新时期以来小说中的“‘文革’叙事”》，吉林大学博士论文，2010 年；何言宏：《中国书写——当代知识分子写作与现代性问题》，第82—91 页，北京：中央编译出版社，2002 年。

人道伦理，这恰恰是新时期由革命伦理向人道伦理让渡的开始。

《班主任》中的宣传委员、“小书迷”石红受过良好的家庭教育，平常嗜读文艺作品。她仪表脱俗，穿“带褶短裙”，在谢惠敏看来，是“沾染了资产阶级作风”的同学。在小说中，石红聪敏好学，乐观开放，处处与谢惠敏形成对照，最受“班主任”的青睐与器重。她体现着80年代人文知识分子所瞩目的一系列价值，是“党的女儿”系列形象终结之际，取而代之的一种理想形象。① 我们从文本中得知，石红的爸爸是区上的一个干部，妈妈是个小学教师，是一个典型的知识分子后代。

而“小流氓”宋宝琦的父亲宋宝简在园林局苗圃场工作，每天下班后不回家，“这些年他养成了个坏习惯：下班的路上经过月坛，总要把自行车一撂，到小树林里同一些人席地而坐，打扑克消遣，有时打到天黑也不散，挪到路灯底下接茬打，非得其中有个人站起来赶着去工厂上夜班，他们才散”。这是一个缺乏丰富而有意义的精神生活、更不会教育自己孩子的父亲。至于宋宝琦的售货员母亲，“从她含怨的叙述中，不难看出她是怎样自食了溺爱与放任独子的苦果”。唯一让这个家庭有点亮色的，就是“两张镶镜框的毛主席、华主席像，却已端正地并排挂到了北墙，并且，一张稍小的周总理像，装在一个自制的环绕着银白梅花图案的镜框中，被郑重地摆放在了小衣柜的正中。这说明这对年近半百的平凡夫妇，内心里也涌荡着和亿万人民相同的感情波澜”。

在作者笔下，有着文化修养（读文学作品）和政治修养（读马列主义、毛泽东著作）的干部和知识分子家庭的后代是正确而积极

---

① 祝东力：《80年代的那些事》，《中国教育报》，2007年7月5日第7版。

的，并有着较好的文化传承和政治觉悟，得到老师的喜爱。而工人阶级家庭的后代“小流氓”宋宝琦①作奸犯科，是所谓“教育内伤”的另一种类型，需要治疗和改造。

原文是这样描写宋宝琦的外貌的：

> 现在我们可以仔细看看宋宝琦是个什么模样了。他上身只穿着尼龙弹力背心，一疙瘩一疙瘩的横肉和那白里透红的肤色，充分说明他有幸生活在我们这个不愁吃不愁穿的社会里，营养是多么充分，躯体里蕴藏着多么充沛的精力。唉，他那张脸啊，即便是以经常直视受教育者为习惯的张老师，乍一看也不免浑身起栗。并非五官不端正，令人寒心的是从面部肌肉里，从殴斗中打裂过又缝上的上唇中，从鼻翅的神经质扇动中，特别是从那双一目了然地充斥着空虚与愚蠢的眼神中，你立即会感觉到，仿佛一个被污水泼得变了形的灵魂，赤裸裸地立在了聚光灯下。

在这里，张老师将宋宝琦进行了戏谑化、妖魔化的描述：虽然营养丰富、精力充沛（社会好），但有着暴力留下伤痕的“上唇”、神经质扇动的鼻翅，充斥着空虚与愚蠢的眼神、被污水泼得变了形的灵魂。宋宝琦身上不仅有一种道德上的肮脏，更有着更为邪恶的精神本质，在叙述者对宋宝琦由外貌到灵魂的一步步刻意的嘲讽

① 祝东力认为，宋宝琦代表第三种价值及其相应的时代。受到国家机器和知识分子意识形态的双重压抑，远离书面文化，游荡在社会边缘。但是，他由此也获得了对生活的独特观察和经历。参见祝东力：《80年代的那些事》，《中国教育报》，2007年7月5日第7版。

和贬低中，我们看到的是一个德（“缺乏起码的革命政治觉悟”）、智（“知识水平大约只相当初中一年级程度”）、体（“别看有着一身犟肉，实际上对任何一种正规的体育活动都不在行”）都处于缺失状态的“小流氓”形象。对工人阶级后代的妖魔化描写，一方面，作家窥探到了中国民众所具有的普泛性的道德心理和二元对立思维模式，以此来为新时期民众批判与其所代表的政治文化观念相对立的“四人帮”所产生的高亢的政治热情和狂躁情绪寻找一个载体和宣泄物，以供民众把在“文革”中淤积的怨恨情绪淋漓尽致地喷发、释放；另一方面，更为重要的是源于在对其进行嘲讽的过程中体现出来的一种无法替代的知识分子宣泄痛苦的“生理快感”。这种“造鬼”运动是以张老师为代表的知识分子的启蒙式的“驱邪”仪式的前奏，为新时期知识分子重新确立自己的革命阶级身份提供了一种逻辑模型。反映出作者为老干部和知识分子正名的政治无意识，也反映出工人阶级地位的减势与逆转，即“革命化”的伦理秩序走向了解体，新的注重个人才智的人道伦理逐渐形成了新的话语格局。①

在小说最后一节，张老师和谢惠敏仿佛是要正面交集了，但最终还是没有进行交锋。张老师“用不着思索，蹬上自行车以后，他自然而然地向谢惠敏家里驰去。说实在的，当他同石红和那几个小姑娘议论时，谢惠敏无时不在他的心中；他疼爱谢惠敏，如同医

---

① 在当时，作为口号的“为工农兵服务”还是存在的。邓小平在《在中国文学艺术工作者第四次代表大会上的祝辞》中提出：“继续坚持毛泽东同志提出的文艺为最广大的人民群众、首先为工农兵服务的方向，坚持百花齐放、推陈出新、洋为中用、古为今用的方针，在艺术创作上提倡不同形式和风格的自由发展，在艺术理论上提倡不同观点和学派的自由讨论。”邓小平：《在中国文学艺术工作者第四次代表大会上的祝辞》，《文艺报》，1979年第11—12期。

生疼爱一个不幸患上传染病的健壮孩子；他相信，凭着谢惠敏那正直的品格和朴实的感情，只要倾注全力加以治疗，那些‘四人帮’在她身上播下的病菌，是一定能够被杀灭的”。张老师和谢惠敏的关系就是启蒙与被启蒙者，教育与被教育者的关系。而“救救孩子”的启蒙角色的定位更是让人联想到鲁迅的“疗救者”的启蒙身份认同，这是一种对“五四”的想象性的重唤和调用。[①]而怎样进行治疗呢？张老师刹住车，在谢惠敏家门口站定了，压抑着心中掀起的激昂的感情波澜，在这个“严格”的春天里，心中有了一个“明朗”计划：开展阅读活动，进行知识教育。[②] 有论者指出，宋宝琦和谢惠

① 阎纲指出，六十年前，鲁迅在忧忿深广的《狂人日记》里呐喊一声“救救孩子”，为的是提醒疗救者的注意，把无辜的一代从吃人的旧礼教里解救出来。“四人帮”的极“左”路线也是礼教，是吃人的筵席。为了孩子，必须“扫荡这些食人者，掀掉这筵席”，把宋宝琦们改造过来，把谢惠敏们搭救出来。参见阎纲：《谨防灵魂被锈损——兼评〈班主任〉》，朱家信、黄裳裳、朱育颖等编：《刘心武研究专集》，第 385 页，贵阳：贵州人民出版社，1988 年。

② 原文这样写道：“不仅要从这件事入手，来帮助谢惠敏消除‘四人帮’的流毒，而且，还要以揭批‘四人帮’为纲，开展有指导的阅读活动，来教育包括宋宝琦在内的全班同学……他决定明天一早就去请示党支部，会获得支持吗？他眼前浮现出老曹在支部会上目光灼灼地发言的面影：‘现在，是真格儿按毛主席的思想体系搞教育的时候了！’他正是要‘真格儿’地大干一场啊，一定会得到组织支持的！他心中又闪过了一些老师可能发出的疑问，于是，他决定，要争取在教师会上发言，阐述自己的想法：现在，我们不仅要加强课堂教学，使孩子们掌握好课本和课堂上的科学文化知识，获得德、智、体全面发展；不仅要继续带领他们学工，学农，把理论和实践结合起来；而且，还要引导他们注目于更广阔的世界，使他们对人类全部文明成果产生兴趣，具有更高的分析能力，从而成为社会主义革命和社会主义建设的更强有力的接班人……这时，春风送来沁鼻的花香，满天的星星都在眨眼欢笑，仿佛对张老师那美好的想法给予着肯定与鼓励……”参见刘心武：《班主任》，原载《人民文学》，1977 年第 11 期。

敏在小说中的初始亮相是“小流氓”和“思想僵化青年”的受害者形象，但在小说结尾的时候，他们完成了身份的转换，“成为社会主义革命和社会主义建设的更强有力的接班人”。但在完成身份转换之前，他们要“获得德、智、体全面发展”。“现在，是真格儿按毛主席的思想体系搞教育的时候了！”党、毛泽东思想、社会主义、共产主义这些思想概念被重新提及，并将青少年的发展和教育纳入这些思想谱系之中，都凸显了“接班人”要具有正统、纯粹的政治血统。由此，才可以获得合法的历史地位和意识形态的认同，并起到一种示范的作用。①

小说在这个计划成形后戛然而止，张老师在文本中并没有进谢惠敏的家门，而已然明朗的计划仿佛已经在张老师的想象中实施了，读者也不会怀疑作为启蒙者的张老师对谢惠敏的“疗救”的必要和效果。因为“春天”与“花香”、“星星”与“欢笑”，就是对启蒙知识分子的“鼓励”与“肯定”。这种启蒙角色的自我陶醉陶醉了一代知识分子。很久以来，作为“盗火者”和“拯救者”的知识分子形象已经从文学作品中剔除了，知识分子正是在疗救社会、疗救谢惠敏们②的过程中疗救了被打压到底层的自己，重新成为拯救者和

① 杨丹丹：《新时期以来小说中的“‘文革’叙事”》，吉林大学博士论文，2010年。

② 谢俊对谢惠敏的形象变迁史以及其代表的价值类型进行了分析。他指出谢惠敏可能就是当年揪斗知识分子甚至毒打他们的“红卫（小）兵”。在新的权力秩序中，谢惠敏们自然继“四人帮”之后成为新的替罪羊。通过“谢惠敏”们的发泄，知识分子疏解了对“国”的怨恨，也疏解了对“自己”的怨恨。于是他们重新愿意不计前嫌地拯救蒙昧的谢惠敏们。参见谢俊：《可疑的起点——〈班主任〉的考古学探究》，《当代作家评论》，2008年第2期。

言说者，恢复了启蒙者的崇高感，重建了自己和民族国家的认同感，重新获得了文化身份和话语权，找到了自己重新思考和参与国家的现代化进程的合法性。所以说，《班主任》正是知识分子话语与当时国家政治文化的主流叙事第一次“共谋”的产物。

与《班主任》形成对比的是赵振开的《波动》中林东平和肖凌的一段世界观的交锋：

> “青年人在感情上的波动是一时的。”
>
> “林伯伯，您体验过这种一时吗？”
>
> “我们有过许多惨痛的经验。”
>
> “所以您拿这些经验来教训青年人。告诉他们也注定失败，对吗？”
>
> “我不希望悲剧重演。”
>
> “悲剧永远不可能重演，而重演的只是某些悲剧的角色，他们相信自己在悲剧中的合法性。”
>
> “你指的是我？”
>
> “也就是说，您相信这种合法性喽？”
>
> “肖凌，我是为你们好。”
>
> “我们小时候去看电影，总有大人告诉我们好坏之分。可在今天，我不知道这种词还有什么意义？”

肖凌毫不掩饰自己挑战的锋芒，而这种深刻的对父辈价值观和生存方式的怀疑以及内心的彷徨迷失在与主流意识形态共谋的《班主任》中是不被允许甚至是刻意回避的。

《班主任》在揭批林彪、“四人帮”用封建的愚民政策毒害青少年的同时，饱含社会主义信仰，小说中作为教育工具的书籍恰恰都是在“十七年”文学中合法的知识。[①] 围绕小说《牛虻》的评价，谢惠敏持有“现在”的读书标准，凡不是报上推荐的、书店出售的、图书馆外借的书全是黄书；而张老师则持有过去的经验和标准[②]：“他回忆起自己中学时代的情况。那时候，团支书曾向班上同学们推荐过这本小说……围坐在篝火旁，大伙用青春的热情轮流朗读过它；倚扶着万里长城的城堞，大伙热烈地讨论过‘牛虻’这个人物的优缺点……这本英国小说家伏尼契写成的作品，曾激动过当年的张老师和他的同辈人，他们曾从小说主人公的形象中，汲取过向上的力量……也许，当年对这本小说的缺点批判不够？也许，当年对小说的精华部分理解得也不够准确、不够深刻？……但，不管怎么说——张老师想到这儿，忍不住对谢惠敏分辩道：‘这本《牛虻》可不能说成是黄书……’”越过“文革”中的苦难，直接回到“文革”

---

① 在当时的文坛，如何评价十七年是争论的热点问题之一。重返历史一方面可以作为意识形态的策略，调动起大众的集体的怀旧记忆，以想象的方式获得集体精神疗治的作用。另一方面，谢冕就认为，“人们的目光投向过去的文艺，人们重新向着那个曾经造成窒息的文艺范式认同。”参见谢冕：《文学的绿色革命》，第58页，贵阳：贵州人民出版社，1988年。“伤痕小说”先期兴起于中国共产党的十一届三中全会对于“十七年”时期“左”倾错误的正式否定之前，所以，一些“伤痕”小说作家囿于当时历史语境的限定，不仅未对属于“十七年”时期的政治权威进行质疑，相反，却在为它笼统地辩护，如刘心武的《没有讲完的课》，便对“十七年教育路线”进行辩护而对“四人帮教育路线”进行批判，只有在“三中全会”以后，“伤痕”“反思”作家才对“十七年”时期“左”的错误进行批判与反思。参见何言宏：《中国书写：当代知识分子写作与现代性问题》，第140页，北京：中央编译出版社，2002年。

② 李扬：《中国当代文学思潮史》，第130页，上海：上海社会科学院出版社，2005年。

前温馨的文化记忆成为张老师肯定《牛虻》的依据，同样，《青春之歌》《红岩》等这些谢惠敏认为的“黄书”，也被班主任和石红所肯定。这些书都是十七年成名的小说。《班主任》正是通过对十七年乃至五四时期[①]文化资源的认同，强调知识分子的能动作用，从而将文本中很难避免的政治控诉转化为文化控诉。正是《班主任》这一“准确性”谋合了政治意识形态的正确性，而这一弱化批判性的谋合正符合张光年在决定《班主任》是否要发表时所谓的“不要怕尖锐，但是要准确”。

所以，在“伤痕文学”作品中，知识分子和老干部在权力场域中的位置往往处于有利态势。日本佛教大学副教授吉田富夫发表了《粉碎“四人帮”后的中国文学界》一文，他认为粉碎“四人帮”后的许多作品像盖了图章似的千篇一律。他以 1977 年《人民文学》发表的作品为例指出，杜斌的《今天》、萧育轩的《心声》、胡万春的《序幕》、叶文玲的《雪飘除夕》等，都把六十多岁的老干部作为反“四人帮”的主要人物，技术员都站在老干部一边，而“四人帮”的走狗却是不学无术的青年干部，并有中央首长派来的联络员为其撑腰，攻击他们的办法也都是破坏生产和写大字报。[②]“文革”后，积极的国家形象的获知是通过粉碎“四人帮”—— 摧毁“文革”中最具权威的人物及其象征，建立新的对知识分子和老干部价值的肯定性倾向显示出来的。而知识分子和老干部作为新的历史进程的当然组织者和承担主体（如《天云山传奇》中的罗群），永远是被损害的

---

① 关于 80 年代与五四传统的关系，贺桂梅有着精彩的论述。参见贺桂梅：《挪用与重构——80 年代文学与五四传统》，《上海文学》，2004 年第5 期。

② 吉田富夫：《粉碎“四人帮”后的中国文学界》，《朝日评论》，1978 年第 1 期。

善良的人们，在正义的法庭上对邪恶进行着道德审判。①

其他“伤痕文学”作品如徐迟的报告文学《哥德巴赫猜想》，直接为知识分子在“文革”中的遭遇鸣不平，正面表达出对文化知识的尊重和对知识分子的赞美。小说《眼镜》，女主人公爱上了一个绰号为“眼镜”的知识分子，知识分子从中似乎感受到了身份失而复得的满足和喜悦。这些小说，与其说体现的是爱情的位置，不如说是知识分子对权力的位置的不同想象。1979 年 6 月刘心武发表了《我爱每一片绿叶》，故事中心意象是主人公藏在书桌中的一张女人的照片……刘心武将藏匿的照片这一象征物，触目惊心地暗喻为知识分子的“自留地”②。张洁的《爱，是不能忘记的》也被

① 许子东在其《为了忘却的集体记忆：解读 50 篇“文革”小说》一书中对灾难故事的模式特点进行了分析，他认为在灾难故事中，绝大多数的主人公都是纯粹的受害者，几乎不犯错，甚至还在受难期间做很多好事。这也是民间视野的“文革”故事与其他类型的“‘文革’叙述”的一个重大区别。灾难来临之前，百姓身份的主人公，最多有些生活情感上的难言缺憾(胡玉音盼子；薛子君两地分居；盘青青情感被压抑)，单主人公本身并无过失。灾难降临时主人公自然惊慌。但即使有失误，也不是道德上的过错，而是环境所迫或为人太善良太软弱，如薛子君一度轻生，胡玉音错信旧情人满庚哥，或石义海不敢向格格求爱等等。最严重的“过失”，要数王晓华和叛徒母亲划清界限，以及飞天被军区谢政委诱奸。前者其实也是听了母亲的话(母亲不是要女儿首先听党的话吗?)，后者一则因为药物，二则也是出于对领导的信任。总之，主人公在这类故事中总是弱者、善良、无辜、可怜、受欺骗。这些主人公(指知识分子和老干部身份的主人公——引者注)是男性(多数是老人)，则不仅仅没有道德过错，而且大都在难中有所作为。参见许子东：《为了忘却的集体记忆：解读 50 篇“文革”小说》，第 178 页，北京：生活·读书·新知三联书店，2000 年。

② 其他强调对科学技术及其承担者知识分子的重视的作品还有陆文夫的《献身》中的卢一民，中杰英的《罗浮山血泪祭》中的科学工作者，冰心的《空巢》，邓友梅的《双猫图》，毋国政的《我们家的炊事员》《中年人》《傍晚，我们别离的时刻》，石言的《黑色羽毛》等。

认为是“伤痕文学”的代表作。女作家钟雨终其一生爱的是一位老干部，这一被人忽略的细节是意味深长的。老干部的性权力是某种政治权力的隐喻，政治权力的回归通过性与爱情的占有加以体现，这就暗合了老干部的地位得到了恢复，并要求占主导地位的政治无意识。《于无声处》的主人公则从“天安门的孩子”这个原型升华为文本中的“老干部的儿子”欧阳平，①这一艺术加工更是体现出“伤痕文学”作品对老干部身份的确认和加冕。正如有论者指出的，在新时期以“讲述‘文革’”为主要内容的小说中这种“复位模式”常常由原初—劫难—复位三个维度构成。知识分子在“文革”期间的命运际遇成为国家意识形态对“文革”政治运动违反历史常规秩序进行阐释的最重要的历史证词，知识分子的身份结构在线性时间的维度上以“文革”为时间界限，按照新与旧、黑暗与光明、反革命与革命进行重新划分，并赋予其鲜明的政治感和目的论色彩。由于意识形态所提供的“文革”历史是一种混乱无常、道德失范的图景，所以，知识分子的解放是建立在国家、民族、阶级解放的基础之上，是国家和党对知识分子进行了救赎，党成为知识分子命运转折的主宰者，这才是意识形态所规范的这些小说所具有的真正的话语功能。②

---

① 据宗福先回忆，天安门事件爆发的第二天，一位从北京赶来的朋友向宗福先描述了天安门广场上百万人悼念周总理、反对“四人帮”的场面。后来他就再也没有见过那位朋友。宗福先：《写在〈于无声处〉发表的时候》，《人民日报》，1978年11月18日。其他强调老干部的政治身份转换的文学作品还有《小镇上的将军》中的将军、《犯人李铜钟的故事》中的李铜钟等。

② 杨丹丹：《新时期以来小说中的“‘文革’叙事”》，吉林大学博士论文，2010年。

在国家意识形态的规约下,《班主任》和《伤痕》中还贯穿着阶级斗争的思维逻辑惯性。1978年3月,报纸上还刊登出当时最高领导人的讲话精神,强调"两个凡是",强调要"继续批判邓小平的右倾翻案风",甚至强调"文化大革命"的必要性和"伟大战果"(只是说"这一回"的"文化大革命"结束,而以后必要时还要搞),还说"四人帮"是"极右",以此阻挠党内外批极"左"的强烈要求。① 这些言论都产生于《班主任》(1977年11月)发表之后。所以,《班主任》中的"号角诗""抓纲治国"等语汇以及宋宝琦家的华主席像透露出其对当时政治意识形态的谄媚之处。

《班主任》中的谢惠敏不穿短袖和裙子(谢惠敏把这看成是"沾染了资产阶级作风"),只用读报来进行组织生活,这都被勇于治疗"文革"创伤的张老师批评,并建议组织生活可以去爬山,女孩子夏天当然可以穿漂亮的短袖和裙子。张老师表面上表现出的是对"物"的提倡,但是这种提倡是非常有限而谨慎的。② 当张老师面对宋宝琦的恶作剧行为(看《牛虻》和朋友算命,看谁先交上女朋友,并恶作剧似的在插图上凡有女主角琼玛出现的地方,一律给她

① 《关于〈班主任〉的回忆》,摘自刘心武:《我是刘心武——60年生活历程之回忆》,第157—164页,天津:天津人民出版社,2006年。

② 再如《被爱情遗忘的角落》中的姐姐送给存妮的"毛衣"常被看成走向日常生活的表征。但"伤痕""反思"小说对日常生活的肯定是非常有限的。如刘心武的《穿米黄色风衣的青年》、张笑天《公开的内参》、董会平的《寻找》,仍然将"风衣""珍珠霜""花露水""长头发""牛仔裤""跳舞"等作为堕落、放荡和精神空虚的重要指标进行指责。关于"伤痕""反思"小说中对于日常生活描写,可参看何言宏:《中国书写:当代知识分子写作与现代性问题》,第176—185页,北京:中央编译出版社,2002年;孟繁华:《1978激情岁月》,第68—74页,济南:山东教育出版社,1998年。

添上丁八字胡须），便断定他身上有着“封建时代的‘哥儿们义气’以及资产阶级在没落阶段的享乐主义一类的反动思想”。批评谢惠敏的张老师，一转头却和谢惠敏用同样的标准来衡量宋宝琦，启蒙者和被启蒙者有着同样的阶级斗争的思维逻辑惯性。又如当谢惠敏找到张老师汇报说，因宋宝琦的到来，引起同学们的惊慌时，张老师认为：“格外需要团支部配合工作，便问谢惠敏：‘你怕吗？你说该怎么办？’谢惠敏晃晃小短辫说：‘我怕什么？这是阶级斗争！他敢犯狂，我们就跟他斗！’张老师心里一热。一霎时，那在泥泞的大车道上奔走的背影活跳在记忆的屏幕上。他亲热地对谢惠敏说：‘你赶紧把团支部和班委会的人找齐，咱们到教室开个干部会！’”在这里，“阶级斗争”不但让张老师心里一热，而且还要开个干部会以获得团支部的支持。

再如《伤痕》中，作者把政治悲剧转化为家庭伦理悲剧。王晓华下乡后八年与家中不通音信；林彪自我爆炸后，苏小林提出她母亲可能是受迫害的，而王晓华却一口回绝；及至平反后，病重的母亲写信渴求与女儿见面，王晓华起初犹豫不决等等，处处表现出王晓华在极“左”（革命）伦理和血亲伦理之间摇摆的伦理困境以及前者对后者的压抑。王晓华的这些现在站在人道伦理的立场来看是有悖常理和人情的行为，在当时的历史语境中却是“合情合理”的。“同自己的母亲一刀两断，陷于一种只有冷酷而没有热血的政治空间，个体感受到空前的孤独。而这种孤独恰恰成了寻求真理、确立身份的代价。一个有血有肉的个体完全丧失了感性的身份而成为政治意识形态的奴隶，没有家园和亲情可言。在个体孤独漂泊的苦难旅途中，一切都被体验为异己的命运。在这种冷酷的实在的绝对统治下，个体空前赤贫，既无爱又无所可爱。在这里，政治意识形态作为一种残酷的合法偏见内化在个体心灵深处，主宰着个体在人伦关系之中的定位。”①

这篇小说在一些重要的情节上，对人物内心矛盾的描写，也往往做简略处理。如王晓华在离家之前，因母亲受害而遭遇的种种压力和挫败所带来的屈辱感，以及她离家出走时内心的愤恨、懊丧、犹豫、不安……人物的种种心理矛盾斗争的过程，作者往往匆匆带过，对人性的深入描摹和挖掘往往不是作者写作的着力点。如果文本中人物的动机不能用心理活动来解释，那么，小说家就必须使其动机被社会和经济因素（阶级意识）决定。

“伤痕文学”作品中的阶级意识②是当时意识形态的规约，一旦某些文学作品溢出这一规约，表现出阶级意识的淡化甚至消失，便会遭到批评，会被认为在“人情”的外衣下，过分醉心于感情上的满足，表现“超阶级的人性”。如《人啊，人！》《离离原上草》《晚霞消失的时候》和《第二次握手》等阶级意识淡化的作品就遭到了批评。

---

① 任翔：《中国当代文学体验结构的整体性考察——以伤痕文学为例》，《天津社会科学》，2011年5月。

② 有论者指出：在新时期国家意识形态的话语结构内阶级斗争已经由马克思阶级理论中物质层面上的意义转化为一场道德戏剧性的行动，用来代表着“善”的知识分子革命力量与代表着“恶”的“四人帮反革命集团”的阶级敌人之间的对抗成为“重归阶级斗争”的主要形式。但这种对抗的实施不同于“文革”时期的思想规训和暴力专政，而是一种道德的夺权，通过道德中介来完成对“四人帮”敌对阶级的批判和否定，国家意识形态对“四人帮”在道德境界上的界定和贬损成为知识分子“讲述‘文革’”的成规。知识分子通过对道德伦理话语的操作和运用来实现知识分子自身的话语功能：一，为国家脱罪。二，为知识分子辩护。三，重建阶级身份。杨丹丹：《新时期以来小说中的“‘文革’叙事”》，吉林大学博士论文，2010年。

《离离原上草》的作者张笑天检讨自己的错误在于"把阶级斗争的历史写成了人性现实、人性胜利的历史"，在于其所塑造的正面人物形象杜玉凤"成为抽象的人性、博爱、良知的化身，成为一种可以代替、抹杀阶级对立的、超然物外的、爱神般的力量，这就贬低和歪曲了我党领导的阶级斗争，包括它的最高形式——人民战争的历史作用"，并且表示他在组织的教育和关怀下，提高了对于"文艺作品中必然体现着一定的阶级的要求和利益"的认识。①

① 张笑天：《永远不忘社会主义作家的职责——关于〈离离原上草〉的自我批评》，《人民日报》，1984 年 1 月 9 日。关于《人啊，人！》《离离原上草》和《晚霞消失的时候》所受到的批评，何言宏有较为详细的分析。参见何言宏：《中国书写——当代知识分子写作与现代性问题》，第 133—134 页，北京：中央编译出版社，2002 年。关于作家检讨书的分析，还可参见孟繁华：《1978 激情岁月》第 202—212 页，济南：山东教育出版社，1998 年。而正是某些受批评的作品，如《晚霞消失的时候》中的南珊心灵荒原的不可修复等，代表着"伤痕文学"作品反思"文革"所能达到的深刻程度。

第四章　控诉:愈合机制

1979年《人民文学》第9期楼栖的"创作谈"《灵魂的雕塑》一文反驳了一些认为"伤痕"小说是"向后看"的指责:"有人把揭露'四人帮'罪恶的某些文字列为'向后看'的文学……无数事实证明,吃苦水、诉苦情、忆苦思甜的教育,激发中国千千万万人民对旧社会的仇恨,提高阶级觉悟,参加革命斗争。为什么反映类似题材的创作,却要受到'向后看'的指责呢?这是奇怪的逻辑!"楼栖把"文革"后的"伤痕文学"对苦难的书写与十七年的诉苦运动相提并论,认为诉苦可以"提高阶级觉悟,参加革命斗争"。有论者已经指出,发掘和引导"苦难"意识对于整个社会改造具有巨大的潜力。主流意识形态运用"控诉"的种种"技术"将"文革"中的"苦难"提取出来,并与更宏大的"国家""社会"的话语建立起联系。①

① 孙立平对诉苦运动在农民国家观念和阶级认同形成过程中的作用进行了十分详尽的社会学分析。参见孙立平:《诉苦:一种农民国家观念形成的中介机制》,选自《现代化与社会转型》一书,第405页,北京:北京大学出版社,2005年。本书认为,在"文革"后的历史语境中,诉苦,本书称其为"控诉",在塑造人们的国家认同方面也同样功不可没。

值得注意的是，“文革”后对“苦难”的控诉和十七年诉苦运动已经有了很大的不同。十七年的诉苦运动的目的是塑造农民的阶级以及阶级斗争的意识，从而形成农民的国家观念，而“文革”后所诉的“四人帮”之苦是为了愈合历史伤痛。既然极“左”思潮以“文化大革命”这样一种灾难性的政治文化实践宣告了它的现代性设计的彻底破产，以“四个现代化”为目标的，建设一个高度文明、高度民主的现代化国家的新的现代性工程，便在“文革”后重新启动。① 制度的延续性与合法性要求受难者进行一种较为“安全”的叙述，在这样一种“安全”或是“准确”的要求下，创伤记忆的原始情景就会被掩盖起来。而这样一种掩盖的过程就是使“苦难”的控诉合法化的路径②。从对苦难控诉的动机出发，结果往往是对苦难的遗忘或者赞美，人们渴望从这些创伤叙事的讲述中，看到自己的经验记忆，或者通过阅读，重新建构自己的经验记忆，从而完成对一个时代和生存于这一时代的“自我”的想象——“当一个人觉得自己的生活变得破碎不堪时，当我们的生活想象遭到挫伤时，叙事让人重新找回自己的生命感觉，重返自己的生活想象的空间，甚至重新拾回被生活中的无常抹去的自我。”③意识形态指导下的受难者以及创伤叙事或主动或被动的创伤治愈过程就是本章所谓的“愈合机制”。这种愈合无疑也是与体制的共生共谋行为。

---

① 何言宏：《中国书写——当代知识分子写作与现代性问题》，第 130 页，北京：中央编译出版社，2002 年。

② 贺桂梅在《80 年代的书写——苦难的合法化：补偿抑或合谋》一文中对 80 年代知识分子如何把 50 年代的反右运动中的苦难崇高化和合理化有详细分析，其中右派作家张贤亮较为典型。参看《人文学的想象力》，第 217—221 页，开封：河南大学出版社，2005 年。

③ 刘小枫：《沉重的肉身》，第 3 页，上海：上海人民出版社，1999 年。

第一节　"揭露"的辩证法:《枫》的命运

1980年1月《上海文学》刊发了洁泯的《在革命现实主义的道路上——谈一九七九年若干中短篇小说》一文。洁泯在文中谈道:"这几年来出现的揭批林彪、'四人帮'的文学创作受人欢迎,是合乎规律的现象。重要的是在文学上开始了揭露社会生活中黑暗的东西,这是建国以后文学艺术发展史上一个重大的突破,突破了过去不允许写生活中任何阴暗面的禁区。革命的现实主义文学如果不能批评生活现象,不能对丑恶现象进行揭露和批判,那么,文学也就不能表达一切美好的崇高的感情。生活表明,美总是揭露丑而存在,崇高由蔑视卑下而得到升华。"①这段在革命现实主义逻辑里的论述阐明了"揭露"的辩证法。在"控诉"式的"揭露"对"禁区"的不断突破的过程中,对国家和党的"崇高"的体认会在对"四人帮"的蔑视中得到升华。通过对苦难的揭露和诉说,改变"文革"期间形成的常规性的"以阶级结构为核心"的社会秩序观等思维惯式,以此来愈合历史创伤。正如桑塔格所分析的:"容忍一定量的非理性('迷信''狂热'),是理性的,而严厉的压制措施却可能使混乱恶化,而不是使其得到整治,实际上把本来不过令人厌恶的东西恶化成了一场灾难。对政体不应该过度施以药石;不应该为每一种混乱都寻找到一剂药。"②通过"非理性"的控诉与宣泄,苦难可

① 洁泯:《在革命现实主义的道路上——谈一九七九年若干中短篇小说》原载《文艺报》,1978年第2期,又载《上海文学》,1980年1月。

② 苏珊·桑塔格:《疾病的隐喻》,第70页,上海:上海译文出版社,2003年。

以升华为崇高，灵魂也会在受难中得到净化。[1]

我们来关注《枫》[2]的命运。小说《枫》描绘了这样一个故事，1966年，一对正在热恋的青年学生卢丹枫和李红钢，热血沸腾地投入红卫兵运动。两个人因观点对立，卢丹枫参加了井冈山派，李红钢参加了红旗派，成了你死我活的敌人。担负红旗派作战部长的李红钢，被井冈山派俘虏，卢丹枫设法放走了他，但事后又谴责自己对“革命”不忠。逃回去的李红钢，一面部署血洗井冈山派的战斗，一面又在为坚守据点的卢丹枫担忧。革命与爱情的矛盾，折磨着这一对单纯、幼稚的青年人。一天，残酷的武斗开始了。井冈山派寡不敌众，伤亡惨重。卢丹枫毅然对李红钢开枪。李红钢身负重伤，仍率众猛冲，攻下了井冈山派在高楼顶上的据点。李红钢在堆积的尸体中找到了昏迷的卢丹枫。这对恋人互感悲伤，却坚定地规劝对方投降。最后，绝望的卢丹枫高举井冈山派的战旗，跳下高楼。李红钢从此万念俱灰，当了逍遥派。谁知两年后井冈山派掌了权，李红钢作为谋害卢丹枫的反革命凶手，被处以枪决。后来，《枫》从小说改编成连环画，又从连环画改变成电影直到被禁，充分显示出意识形态对“揭露”的文艺类型、走向以及限度的规约。

---

① 把“揭露的辩证法”运用的最灵活的是被誉为“重放的鲜花”的右派作家，如王蒙、张贤亮等。他们用自己的文学创作（如王蒙的《布礼》等）创造了一个50年代知识分子受难圣徒的神话。这些作品的主人公无论何时何地都有着强烈的人民认同和革命认同。这方面孟繁华和何言宏都有论述。参见孟繁华：《1978激情岁月》，第94—105页，济南：山东教育出版社，1998年。见何言宏：《中国书写——当代知识分子写作与现代性问题》，第82—90页，北京：中央编译出版社，2002年。

② 郑义：《枫》，《文汇报》，1979年2月。

当郑义的小说《枫》被改编为连环画以后，它不得不开始了自己的艰难之旅。1979年《连环画报》第8期发表陈宜明、刘宇廉、李斌三人合作的同名连环画《枫》。① "改编自郑义同名小说的连环画，主题和人物的塑造遵循了原著，但给人的感受却更为鲜明强烈；这里表现出画家们自己的生活经验和对历史的认识，也显示出他们懂得回避绘画的局限和善于发挥绘画的优长。"②"连环画《枫》发挥了绘画的长处，再现了促成作品人物行动和悲剧结局的那个典型环境，通过广阔的画面形象，真实地再现了林彪、江青为了搞乱全国，乱中夺权，如何宣传、利用现代迷信和煽动极'左'思潮而掀起的那一场悲剧的'大乱'。在这点上，连环画比原著有更深刻之处。"③而且，连环画《枫》在人物和环境的处理上，安排了一些对比的戏剧性效果。如昔日宁静的学校，成了硝烟弥漫、充满杀机的战场；课桌、教具残破不堪，堆成了战斗的工事；60年代纤细的女学生穿着40年代不相称的戎装，微笑的"副统帅"像下躺着惨死的青年；等等。不但如此，连环画还用了很多的引人无限联想的标语口号，烘托出了产生这场革命与欺骗、青春与热血、爱情与死亡的悲剧的时代氛围。也许正是由于连环画这种诉诸视觉上和艺术上的真实而强烈的形象语言的冲击力，杂志推出三天即被文化部出版局勒令停止发行并追查责任——这几乎是出版界最重的刑罚。这组后来被评价为是"冲破文艺禁区"，并获新中国成立30周年全国美展一等奖的作品，当时引起争议和被批判的理由，可以在这年9月的《美术》杂志上刊发的郭宝和整理的《我们对连环画

① 陈宜明、刘宇廉、李斌：《枫》(连环画)，《连环画报》，1979年第8期。
② 迟轲：《连环画〈枫〉的时代意义》，《美术》，1979年第8期。
③ 迟轲：《连环画〈枫〉的时代意义》，《美术》，1979年第8期。

〈枫〉的意见》一文中找到："正当伟大转变的时刻，我们是多么需要安定团结的大好形势啊，安定团结向前看，一心一意搞四化，《枫》却让人们回顾大武斗……没有现实意义……第1、14两幅，江青、林彪的像描绘得那么庄重。林彪像是彩色的，江青像是照片似的，感到是正面形象，使人看了感情上不能接受。"①用李斌的话说，他们想做的无非就是"回到正常"，而这在当时是被视为不正常的。②

时任《连环画报》编辑部副主任的吴兆修还记得，《枫》的刊发，是经过编辑部全体讨论通过的，得到这种"待遇"的稿件并不太多。大家一致认可这是好东西，也想到可能会有风险，但是在"拨乱反正"的大环境下，他们还是觉得很有底气。"而且，这么好的东西如果不能推出去，对于编辑来讲，那是失职。"禁令下来后，编辑部开会认为不能接受，决定越级申诉，据理力争。他们直接致信中央某部说明情况。很快，吴兆修和另外4名编辑被召集到中央某部开会。会上，吴兆修表示，如果作品有问题，可以发表不同意见，"可以批判"，但禁止发行或者换掉重发不可取。而且，吴兆修还提出一点，画中对"反面人物"形象，也还是做了一定冷色调的处理的。③

《美术》杂志的副主编何溶也在1979年第8期的《美术》杂志上组织文章进行讨论。这些文章有：郭宝和整理的《我们对连环画〈枫〉的意见》、迟轲的《连环画〈枫〉的时代意义》、刘千的《"不良影

① 郭宝和整理：《我们对连环画〈枫〉的意见》，《美术》，1979年第8期。

② 冯玥：《终有一天见天日》，《中国青年报》，冰点特稿第557期，2005年9月7日。

③ 冯玥：《终有一天见天日》，《中国青年报》，冰点特稿第557期，2005年9月7日。

响"有感》①、栗宪庭的《现代迷信的沉痛教训——谈连环画〈枫〉对典型环境的刻画》②，而何溶自己则以《将人生有价值的东西毁灭给人看——读连环画〈枫〉和想到的一些问题》为题力赞《枫》的优点。文章说："肯定《枫》的和否定《枫》的意见针锋相对，《连环画报》编辑部说这是'有史以来少见的热烈反响'。肯定《枫》的意见说这套连环画是'"文化大革命"以来最有战斗力的作品'……否定这套连环画的，说：'打倒"四人帮"三年了，你们还为"四人帮"招魂呐喊，歌功颂德'，说这是'阶级斗争的现实反映'，表示'不能容忍'……我认为，《枫》的作者和发表这套连环画的《连环画报》，不仅为广大读者创作和提供了一件发人深思的好作品，而且就美术创作来说，以自己的艺术实践回答了一些多年纠缠不清的理论问题，也可以说是突破了禁区……为什么要做'伤痕'文学？张志新烈士为我们留下了十分宝贵的遗言。关于为什么要写悲剧，她说：'……有的人的经历本身就是一出悲剧，如能艺术地再现出来，一定能给人敲醒警钟，激励人战斗！'她本人，以自己的坚强意志就为我们谱写了一出'激励人战斗'的伟大悲剧。"③《文汇报》1979 年 9 月 6 号第三版发表了乘震、光羽的《再现历史的画面——评连环画〈枫〉》④一文，同时第二版刊发了《连环画〈枫〉在读者中激起强烈反响——《连环画报》编辑部就这套作品举行座谈展开热烈讨论》

---

① 刘千：《"不良影响"有感》，《美术》，1979 年第 8 期。

② 栗宪庭：《现代迷信的沉痛教训——谈连环画〈枫〉对典型环境的刻画》，《美术》，1979 年第 8 期。

③ 何溶：《将人生有价值的东西毁灭给人看——读连环画〈枫〉和想到的一些问题》，《美术》，1979 年第 8 期。

④ 乘震、光羽：《再现历史的画面——评连环画〈枫〉》，《文汇报》，1979 年 9 月 6 号第三版。

的报道。报道中说："最近，《连环画报》编辑部就这套作品邀请北京部分报刊，美术杂志、美术教学、研究单位和工厂、部队、农村的美术工作者连续举行了座谈，展开热烈讨论。"①《连环画报》还在1979年第10期和11期陆续发表了一些读者关于连环画《枫》的来稿来信，《工人报》《美术研究》等报刊也都相继刊发专题评论文章。在多方的努力下，连环画《枫》和《连环画报》总算渡过禁售难关，有惊无险。这期杂志得以顺利发行并且加印了10万份，并在之后的建国30周年全国美术展览评奖中获得了金奖。②

1980年第1期的《美术》发表了程宜明、刘宇廉、李斌谈创作连环画《枫》的体会文章《关于创作连环画〈枫〉的一些想法》。连环画《枫》的作者们深有体会地说："小说……把人们带回到那史无前例的年代……人们对这些是记忆犹新的，而和丹枫同样经历过这场红卫兵运动的这一代人，大概会尤其感到痛切……这可能就是我们这一代人的悲剧。在用绘画重新表现这个主题时，有一种很大的激情，促使我们竭力如实地去表现这一代青年在当时的纯洁、真诚、可爱和可悲，用形象和色彩，用赤裸裸的现实，把我们这一代青年最美好的东西撕破给人们看……渴望实事求是地、历史地去表现历史的美术家是不乏其人的。可是，不从理论上把这些问题讨论清楚，这种首先使美术工作者疾首痛心的现象，是无法解决的…… 刊登《枫》的《连环画报》一度停售之后，又重新发行了。可是美术创作中不少急需解决的问题还没有得到解决。就这组画本

① 《连环画〈枫〉在读者中激起强烈反响——《连环画报》编辑部就这套作品举行座谈展开热烈讨论》，《文汇报》，1979年9月6号第二版。

② 冯玥：《终有一天见天日》，《中国青年报》，冰点特稿第557期，2005年9月7日。

身而言，其实各方面都是很幼稚的……所谓涉到了‘禁区’，真实是这些年我们在现实主义的道路上越走越窄了。今天的创作，仍然需要时时检点，耗费大量的精力去修饰、回避，结果不得不瞻前顾后，欲言又止，因为不知道各级审查部门什么时候又会突然毫无理由地禁止。这和三中全会的精神和目前全国人民的要求距离是很大的。在当前正逐步深入进行的关于真理标准的讨论中，我们希望美术界能涉及诸多直接有关的问题，进行广泛的研讨，以此进一步解放思想，扫除障碍，这实在是繁荣我国美术创作的当务之急。”①

电影《枫》紧随连环画的脚步奔向同一个伤痕题材。四川峨眉电影制片厂最终得到了拍摄权。峨影厂专门把小说作者郑义接到四川担任编剧，由张一担任导演，于 1980 年将《枫》搬上了银幕。当时的演员徐枫饰卢丹枫、王尔利饰李红钢。电影《枫》除了配音和配乐的手法比较陈旧外，表现形式是非常多样化的。影片情节流畅，导演剪接娴熟。导演的创作激情犹如宣告着蒙太奇时代的来临，张扬、解放的快感源源不绝。自然光摄影坚持始终，从中我们可以看出影片作者与陈腐观念决裂的信念。镜头追逐阳光、血色黄昏以及暗夜的恐怖的渲染，种种创新无一不彰显出作者反抗的姿态。片中呈现了“文革”中“阶级斗争”“批判大会”“文攻武卫”等场景。人物形象既有着透入骨髓的自恋，背后又有着深刻的对时代的反省：英姿飒爽的青年男女集体顶礼膜拜超级偶像，沦为政治运动的殉道者。在明丽的青春之火的泯灭中，卢丹枫和李红钢的热情、勇气、理想和被“四人帮”所利用的宗教狂热同时如火红的

① 程宜明、刘宇廉、李斌：《关于创作连环画〈枫〉的一些想法》，《美术》，1980 年第 1 期。

枫叶般燃烧。浸透在爱情中的仇恨与交织在仇恨中的爱情之间的矛盾在影片中达到顶点。这种不可调和的尖锐冲突，就形成了强烈的撼动观者灵魂深处的深刻而有力的悲剧性。故事结束，突然插入林彪、江青等政治权威形象的蒙太奇手法异常大胆：在那著名的数十万红卫兵们激动地泪流满面，人手一本语录一遍遍高喊着“万岁”的集体朝拜镜头之后，接着是一列火车呼啸着在隧道里飞驰，画外音配的是林彪讲话现场声的录音，通篇是要打倒、打倒、打倒……列车轰隆隆不断开着，仿佛没有终点。在卢丹枫跳楼的场面中，血红血红的太阳，圣境里的光线，为理想流血牺牲的人们……灾难的阴影在复现的扩张、浸染中展示着一片苍白的血色，太阳完全突破了时空的束缚，作为生命的符号自由跳跃，生命变成了“革命”的献祭或者牺牲。“《枫》在演员表演和大方向的把握上难免留下鲜明的时代印记，比如演员的‘舞台腔’和结尾主人公关于‘春天来了’的咏叹，但今天看来这些‘负面成分’显然已经成为影片文献性质的一部分，作为反映时代精神的特殊文本，其历史价值无可替代。”①电影完成后，审查修改又是一番曲折，终于还是在全国公映了。但是，不久又被禁掉。

《枫》从小说到连环画到电影，意识形态对不同的文艺类型有着不同的规约范围，在审查制度、报刊编辑的共同“看护”下，对“苦难”的控诉和呈现总会适可而止。有意思的是，我们发现《枫》中红卫兵的形象发生了微妙的变化：《班主任》里作为红卫(小)兵的谢惠敏是被拯救和否定的对象，冯骥才的《铺花的歧路》②里的造反

① 参见李祥瑞：《被中国电影史彻底忽略的经典影片：〈枫〉》，http://blog.sina.com.cn/s/blog_5451a0c8010004ye.html。

② 冯骥才：《铺花的歧路》，《收获》，1979年第2期。

的红卫兵白慧因拷打知识分子需要以“绝笔信”来忏悔才能获原谅，而《枫》中的红卫兵们俨然是殉道者形象。他们纯洁而真诚、可悲而无辜，以青春祭奠理想，用生命捍卫革命，无需拯救也绝不忏悔。① 对红卫兵这一形象的“英雄化”渲染可能也是电影《枫》被禁的原因之一。

第二节 “控诉”的可能及其限度

文艺界围绕是否还要继续“控诉”也产生了一些争论。洁泯在《在革命现实主义的道路上——谈一九七九年若干中短篇小说》一文中谈道：“揭批林彪、‘四人帮’依然是当前创作中的重大主题。文学创作的这股潮流不可阻遏并非偶然的现象，郁结于人们心头的创伤，只有在不断不尽地倾吐之后才能得到愈合。至于人们内心中埋藏着的无数珍贵的崇高者的形象，正有待我们用笔去撕裂开‘四人帮’黑暗时期的帷幕，才能活生生地显现出来。那些在苦难的岁月里被迫害者的形象，就是这样闪烁在我们的眼帘之下。”②在洁泯看来，通过倾吐郁结于心的创伤，“四人帮”黑暗时期

① 这种“绝不忏悔”的知青认同在张承志的作品中有更加突出的表现。孟繁华对此有详尽的分析。参见《知青一代的乡村之恋》，孟繁华：《1978激情岁月》，第108—130页，济南：山东教育出版社，1998年。何言宏也对知青认同有较为仔细的分析。参见何言宏：《中国书写——当代知识分子写作与现代性问题》，第100—111页，北京：中央编译出版社，2002年。许子东的《“感谢苦难”与“拒绝忏悔”》（《上海文学》，1999年第1期）和《“红卫兵——知青”视角的“‘文革’记忆”》（《文艺争鸣》，1999年第6期）也对此有所分析。

② 洁泯：《在革命现实主义的道路上——谈一九七九年若干中短篇小说》，原载《文艺报》，1978年第2期，又载《上海文学》，1980年1月。

帷幕下的崇高者也就是新的意识形态的领导者与参与者才能闪烁出来。黄秋耘在《上海文学》1980年第3期发表了《致秦牧》一文，文中说："最近在2月19日《羊城晚报》上读到您那篇题为《十年》的散文，您写道：'这里我并不想多谈这些悲惨的往事（按：指发生在十年浩劫中那些悲惨的往事）。这些事我们讲得喉咙也发痛了，听得耳朵也起茧了，看得眼睛也冒火了。'对于您整篇文章的用意——促进青年们振作起来，勇猛向上，我是非常赞同的。但对于您以上这几句话，我倒有点不同的看法。我以为，对这'十年浩劫'中悲惨的往事，还是应当多谈一些，多听一些，多看一些，多写一些……我们号召作家要写自己最熟悉的、感受最深切的题材，对于我们大多数人来说（包括作者和读者），最熟悉的、感受最深切的，难道不正是'十年浩劫'和它所造成的后遗症吗？……写悲惨的往事……是要激发人们的义愤，引起人们的同仇敌忾，仇恨林彪和'四人帮'，群策群力，彻底肃清他们的余毒。……让诗和其他形式的文艺作品都从档案袋里跳出来吧，发挥它们的战斗功能！"[①]黄秋耘笔下的文学仍然处于审美想象与政治想象同一的社会主义现实主义逻辑之中。"十年浩劫"留下的"伤痕"记忆不是轻易可以淡化的，那就用对"四人帮"持续不断地冷静地"恨"来确认自己对"那些在苦难的岁月里被迫害者的形象"和"文革"后现存制度的"爱"，"控诉"可以帮助人们"正确"理解"文革"的经历，从而确立现存制度现代化建设的历史合法性。比如《重逢》[②]关于"谁之罪"的讨论

① 黄秋耘：《致秦牧》，《上海文学》，1980年第3期。

② 金河：《重逢》，《上海文学》，1979年第4期。

的最终结果，除了论证反“左”[1]这一元话语外，就是重新确立了现代化建设的新的组织者和领导者老干部。

《重逢》讲的是，地委副书记朱春信和红卫兵叶辉在“文革”中曾是“战友”，“文革”后叶辉因为曾参加武斗成了犯罪分子，又和自己曾保护过的副书记朱春信在地区公安局的预审室第二次重逢。《上海文学》1979 年第 6 期刊发了关于《重逢》的一组评论文章和来信，这些文章有包承吉的《对短篇小说〈重逢〉的异议》[2]，张胜友、张锐的《谁之罪》[3]，唐代凌的《一篇实事求是的小说》[4]；第 7 期又刊登了姜洪海的《一个重大的社会问题——读〈重逢〉》[5]、黄安国的《〈重逢〉浅议》[6]、杨石则的《真实，感人》[7]；第 8 期刊登了金河的《我为什么写〈重逢〉》[8]一文。而在这期间，6 月 22 日的《文汇报》上刊登了署名为杜哉（据刘锡诚考证，杜哉为刘金的化名[9]）的

---

① 关于“伤痕文学”中“反左”这一元话语的分析，参见何言宏《中国书写——当代知识分子写作与现代性问题》，第 127—144 页，北京：中央编译出版社，2002 年；杜蒲：《极“左”思潮的历史考察》，郑州：河南人民出版社，1992 年。

② 包承吉：《对短篇小说〈重逢〉的异议》，《上海文学》，1979 年第 6 期。

③ 张胜友、张锐：《谁之罪》，《上海文学》，1979 年第 6 期。

④ 唐代凌：《一篇实事求是的小说》，《上海文学》，1979 年第 6 期。

⑤ 姜洪海：《一个重大的社会问题——读〈重逢〉》，《上海文学》，1979 年第 7 期。

⑥ 黄安国：《〈重逢〉浅议》，《上海文学》，1979 年第 7 期。

⑦ 杨石则：《真实，感人》，《上海文学》，1979 年第 7 期。

⑧ 金河：《我为什么写〈重逢〉》，《上海文学》，1979 年第 8 期。

⑨ 刘锡诚：《在文坛边缘上——编辑手记》，第 296 页，开封：河南大学出版社，2004 年。

批评文章《到底谁该受审判？——评短篇小说〈重逢〉》①，措辞十分严厉。7 月 5 日，《文汇报》又发表了一篇宫常的《也评〈重逢〉》②，是与杜哉的文章商榷的。这些文章对小说、特别是对人物的处理，发表了不同意见。不难看出，这些文章在小说评价上存在着分歧或者对立，有的可以说是严厉的批判。

其中，包承吉的《对短篇小说〈重逢〉的异议》一文中谈道："文章写到这里，本想结束了，但是，细一想，又觉得在《重逢》中反映的是当前文艺创作中的一些不良倾向。我们要反对一味追求猎奇，单纯出冷门的恶劣文风，我们革命的文艺创作就是要讲求科学性和准确性，反对自然主义的倾向。我认为，不仅在《重逢》中有自然主义的因素，其他一些作品中也有。如《文汇报》一九七九年二月十一日第四版刊登的短篇小说《枫》，也犯有类似毛病，而且巧得很，《枫》竟可以称作《重逢》的姐妹篇，这两者都对武斗的场面进行过分渲染，对'四人帮'缺少深刻的批判，对武斗的凶手采取姑息、原谅，甚至赞美的态度。那个'双手沾满井冈山人的鲜血——刽子手'的李红钢的动机和叶辉一样的'真诚'，可不同的是前者有一段爱情的插曲，后者则是患难之交的'重逢'。在主题的处理上，两者都提出了'谁是罪犯'的问题，但是《枫》提得隐蔽些，同时，又多少能归因一部分于'四人帮'和杀人者本身，而《重逢》却是直截了当地将责任完全推在那个极不真实的人物——老干部朱春信身上。这样，我们就不能认为这篇小说是成功的作品了。"很明显，包承吉

① 杜哉：《到底谁该受审判？——评短篇小说〈重逢〉》，《文汇报》，1979 年 6 月 22 日。

② 宫常：《也评〈重逢〉》，《文汇报》，1979 年 7 月 5 日。

对《枫》①和《重逢》的评价几乎不是从文学的立场出发，而是站在道德评判的法庭上，从“文革”中造反派红卫兵、“四人帮”以及老干部孰是孰非上立论。他对两篇作品都颇有微词，因为这两部作品都有“自然主义因素”，“都对武斗的场面进行过分渲染，对‘四人帮’缺少深刻的批判，对武斗的凶手采取姑息、原谅，甚至赞美的态度”。尤其是《重逢》对老干部朱春信的批判更使包承吉不满，甚至让他因此认为《重逢》是失败的作品。也许当时在他看来，对老干部这样的重新登上历史舞台的体制内官员，只能给予如钟雨般的爱恋（张洁，《爱，是不能忘记的》②），却不能给予如《重逢》中的良心审讯。虽然包承吉仍然是一种源于“文革”的基于政治立场上的概念式的文学评判方式，握着某种“既定标准”（如老干部的标准，造反派的标准）对文学作品中的人物加以指责，但这却是和主流意识形态相迎合的共谋话语。当然还有很多人不同意包承吉的观点。张胜友、张锐的《谁之罪》就认为：“那么，谁是罪犯呢？有人指责小说的描写实质上是将武斗的罪责栽赃到老干部朱春信头上，把老干部歪曲、丑化成了‘挑起武斗的罪魁祸首’。我们认为这种说法是极端片面而毫无根据的……他同样是林彪、‘四人帮’反革命极“左”路线的受害者……那么，到底是谁在导演这幕悲剧呢？毫无疑问，正是江青祭起那面‘文攻武卫’的破旗，给八亿中国人民带来了空前浩劫，林彪、‘四人帮’是破坏无产阶级‘文化大革命’的罪魁祸首，是挑起武斗的最大元凶，他们才是真正的历史罪人！虽然，小说作者没有直接说出这个主题，然而，正是通过叶辉、朱春信

① 郑义：《枫》，《文汇报》，1979年2月11日。
② 张洁：《爱，是不能忘记的》，《北京文艺》，1979年第11期。

活生生的人物形象的刻画和他们悲欢离合的命运的描述，有力地对林彪、'四人帮'的滔天罪行作了血泪控诉，这就是短篇小说《重逢》具有深刻的社会意义和强烈的艺术感染力的原因所在。"虽然《对短篇小说〈重逢〉的异议》和《谁之罪》这两篇文章在《重逢》中老干部朱春信这一人物形象是否有罪的问题上存在着分歧，但从根本上来讲，他们显然一致认为老干部不是造成历史创伤的罪魁祸首，老干部也是受害者（张胜友、张锐），甚至是不能被指责的（包承吉），而"四人帮"则是他们毫无疑问的一致的控诉对象。刘锡诚则认为："至于我对《重逢》的评价，查阅我过去所写的文章，我虽然没有写过专文，却是在文章中提到过此作，并且给予了肯定性评价。小说《重逢》是一篇不错的作品，作者在小说里对艺术作品如何反映刚刚过去的'文化大革命'，做了大胆探索，应予以肯定，将这样的小说一棍子打死，显然是不足取的。"①不能"一棍子打死"也代表了文艺界一部分人的观点，这是对"文革"极"左"批判方式的警醒，以达到团结作家的目的。"伤痕文学"思潮内部的自我调节机制巧妙地在反对"四人帮"与肯定老干部的价值之间游移，但是无论游移到哪一端，目的都是要让知识分子在话语的商讨中建立一种对现存体制的认同。

配合着制度的改革和完善，"伤痕文学"思潮以批判极"左"路线为核心，但极"左"路线与当时的制度又有一种非常复杂的联系。因此，从批判极"左"转向和引出制度质问又是符合逻辑的。叶文福

① 刘锡诚：《在文坛边缘上——编辑手记》，第 296 页，开封：河南大学出版社，2004 年。

了对于现实问题的冷峻剖析，对历史的封建性指认代替了对产生官僚主义问题的现代体制的思考，"伤痕文学"对极"左"路线的深入批判受到了消解。

对这些作品所显示的思想倾向和社会效果的批评和责难，引起了有关领导的关注。就是在这样的社会背景下，中央才决定以中国戏剧家协会、中国电影家协会和中国作家协会的名义，于1980年1月23日在京召开"剧本创作座谈会"，以期通过讨论的方式对青年作家们进行一些正面引导，同时，也平息一些大人物的责难和回答来自"左"的"上纲"与攻讦。会议实际上由中央宣传部直接组织和主持，不仅由当时任党中央秘书长、中央宣传部部长的胡耀邦做主题报告，而且全部会务与文件起草工作，都是由中宣部副部长贺敬之主持操办的。胡耀邦同志《在剧本创作座谈会上的讲话》第三部分"如何对待我们社会生活中的阴暗面"中，主要阐述了党中央对这一问题的基本立场。胡耀邦指出，"现在争议最多的大概是如何看待官僚主义、特殊化。我们的国家有没有官僚主义、特殊化呢？有，而且有的地方相当严重。……要不要揭露？当然要揭露，当然要批评"，但在追溯其原因时，他又强调指出，"还有一个很重要的问题：官僚主义、特殊化究竟从哪里来的。这个问题必须研究清楚。是不是我们社会主义社会固有的？说官僚主义、特权者，就是我们社会主义根本制度本身产生的，我不赞成这个意见"，因此他认为主要"还是旧社会遗留下来的影响"，是"从旧社会带来的"、"终究会得到克服"的"丑恶现象"①。在第五部分"关于干预生活和写真实"中，他还认为，"这个时期（注：1977—1980年）

① 胡耀邦：《在剧本创作座谈会上的讲话》，《文艺报》，1981年第1期。

写暴露林彪、'四人帮'的东西多一点，反映了我们时代的特征……但是，还有一些不成功，或者说是不成熟的东西，或者叫社会效果不够好"①。从《剧本座谈会情况简述》(第2期)的字里行间里，可以看出会议主持者的一片苦心，既要向那些责难者和攻讦者做出妥协和交代，又要对青年作者们做出批评和引导，既要指出他们的偏激，但也不想挫伤他们揭示新的社会矛盾、表现新的社会生活的积极性。但这次座谈会的后果却事与愿违，这是那些好心的主持者们所万万没有想到的。②

萧卒的《忧虑与期望》③一文对《骗子》《在社会的档案里》和《女贼》的批评处理表示了忧虑和担心。萧文说："随着剧本创作座谈会精神的贯彻，有关领导同志在会上的重要讲话都陆续发了下来，报刊上呼吁作家要重视社会效果和以《档案》等作品为分析例证的文章也日渐增多。为了了解业余作者执行创作计划、完成创作任务的情况，我在同业余作者们的个别接触中，竟听到了几乎是一致的反映；看来现在是在'刹车'了。于是出现了三种情况：对形势还是吃不透，拿不准，看一下再说；避开'容易引起麻烦'的现实题材，纷纷争写民间传说、神话故事或历史题材；磨平矛盾冲突，或把具有强烈现实主义的题材背景硬推到'四人帮'时期，以求保险。"海外同样关心这一问题："大家关心国家，关心文艺，为文代会所表现的民主气氛、春天景象而高兴。但是也有人不大放心，不大

① 胡耀邦：《在剧本创作座谈会上的讲话》，《文艺报》，1981年第1期。
② 刘锡诚：《在文坛边缘上——编辑手记》，第384页，开封：河南大学出版社，2004年。
③ 萧卒：《忧虑与期望》，《文艺情况》第6期，1980年5月8日。

有信心，怀疑春天是不是已经真的到来，或者来了是不是能够持久。”[①]

中国作协委托《诗刊》编辑部举办“1979—1980 年全国中、青年诗人优秀诗歌评奖”活动。在编辑部送交评委会的初选名单中，一度有过很大争议的部队青年诗人叶文福的政治抒情诗《将军，你不能这样做》[②]被列入。而在评委会讨论时，却发生了严重的分歧。刘白羽给评委会写了一封信批评叶文福的诗作。《诗刊》回信给作协党组，拒绝刘白羽的评价。中国作家协会党组、书记处于 1981 年 5 月 5 日举行联席会议讨论中篇小说、报告文学、新诗三项评奖问题。叶文福的《将军，你不能这样做》一诗，最终并没有列入获奖名单，而将他的另一首诗《“祖国啊，我要燃烧”·夙愿》选入。[③] 虽然没有获奖，但它“得票最多”，《将军，你不能这样做》仍然为诗歌和诗人赢得了巨大的声誉。一年以后，诗人又发表了另一首引起争议的作品《将军，好好洗一洗》[④]，虽然诗歌《将军，好好洗一洗》仍将将军的堕落归因于其个人道德上的堕落，但是“当意识形态希冀的批判完成以后，文学亦转向对现实的批判时，主流话语便明确地表示了干预与不满”。[⑤] 我们注意到，这首诗发表在胡耀邦同志《在剧本创作座谈会上的讲话》对“反官僚主义”的定位之后。这首“违时之作”几乎同时在《解放军报》《解放军文艺》《文艺

---

① 罗承勋：《不必怀疑春天已经真正到来》，《文艺报》，1980 年 10 月。

② 叶文福：《将军，你不能这样做》，《诗刊》，1979 年第 8 期。

③ 刘锡诚：《在文坛边缘上——编辑手记》，第 564—570 页，开封：河南大学出版社，2004 年。

④ 叶文福：《将军，好好洗一洗》，《莲池》，1981 年第 1 期。

⑤ 孟繁华：《1978 激情岁月》，第 146 页，济南：山东教育出版社，1998 年。

报》等遭到了批判。

面对大量的描写知识分子[1]和老干部在"文革"中的"伤痕"的文学作品，韩石山在《上海文学》上发表了名为《多看看我们的工人和农民》的文章。他说："眼下'伤痕文学'是最时髦了，但以我之见，这不过是一时的风尚，稍冷下去，还是要扎扎实实地写些反映工农兵的东西。四害时期，罪恶不在写工农兵，而在丑化了工农兵，我国反映民间疾苦，为民请命的东西委实太少了。题材扩大，'伤痕文学'是一支，但中国的文学决不会变为'市民文学'的。还是眼睛向下，多看看我们的工人和农民，看看他们的思想、生活、遭遇，这才是文艺家的天职！"[2]而周泉生则在《上海文学》上发表了《不平则鸣》一文，文中指出："眼下有人把'伤痕文学'说成一时风尚，颇为不公，常言居安思危，林彪、'四人帮'在十年漫漫长夜里所造的孽还少吗？面还小吗？全国人民都是深受其害的，如果作品写了几位可歌可泣的老前辈和年轻人，就不算民间疾苦，可为错矣！让这些可敬的同志重新归入人民行列，是天公地道的事。四害时期丑化工农兵是事实，难道出现过美化老革命和知识分子的作品吗？……相信此风(作者按：指'伤痕文学')不会'冷'，刚出土

---

① 知识分子作为许多"伤痕文学"作品中的主人公而起着重要作用，这就取代了工农兵是当然主人公的小说创作局面。从60年代中期以来，中间人物带着他们的缺点和动摇，首次重现于作品，好人也重新为悲剧性命运所折磨。结局通常还是乐观的；不过，仍然存在着对革命光辉前程充满信心的某种公式化表现。如曹冠龙的《三个教授》等。参见罗德里克·麦克法夸尔、费正清主编，金光耀等译：《剑桥中华人民共和国史(1966—1982)(下)》，第917页，上海：上海人民出版社，1992年。

② 韩石山：《多看看我们的工人和农民》，《上海文学》，1979年第3期。

的幼苗，在阳光雨露的滋润下，会开出鲜艳夺目的花朵来的。”①“伤痕文学”究竟是不是一时的风尚，文学是写工农兵还是写老革命、知识分子是他们争论的焦点。但是周泉生对“伤痕文学”的美好展望和韩石山对工农兵文艺的提倡都从正反两方面证明了“伤痕文学”思潮内在的对知识分子和老干部权力的倾向性和等级性。而“文革”中的一贯的“以工农兵形象为主体”的艺术反映观在此碰壁。

“伤痕文学”话语钳制了文艺界的思维走向。太多的优秀作家都奔向这个领域，一旦溢出这个领域，遭到的只能是冷遇。在“伤痕文学”作家中，张弦一直都是很成功的。他的《记忆》②和《被爱情遗忘的角落》③分别获1979年和1980年全国优秀短篇小说奖。其他小说如《未亡人》④等几乎每一篇都引起热烈的争论。这一方面说明他的小说因为触及了当时某些深层的社会问题或适应了当时的社会思潮而被“伤痕文学”话语所容纳，更被读者所关注；而另一方面，这也不能不给他造成一定的心理压力，他的坎坷经历使他不愿意自己成为争论的中心。他1981年发表的《初春》，则是有别于上述小说的另一类题材，写的是50年代丰富多彩的中学生活和青春岁月，要“将50年代初春的人们的单纯、美好、充满理想的心灵，艺术地再现出来”。《初春》有新的艺术立场和视角，他希望这篇小说能有所反映，也希望电影制片厂能将其搬上银幕。但是小

---

① 周泉生：《不平则鸣》，《上海文学》，1979年第5期。

② 张弦：《记忆》，《人民文学》，1979年第3期。

③ 张弦：《被爱情遗忘的角落》，《上海文学》，1980年第1期。

④ 张弦：《未亡人》，《文汇月刊》，1981年第1期。

说发表以后，遭到的却是冷遇。①《初春》的被冷遇反映出当时的文艺界和读者的聚焦点已经牢牢地被"伤痕文学"思潮所规置。张弦有意识地开拓艺术空间和思考空间的尝试还未能冲破文艺界多年来形成的、正在松动的审美趣味、审美习惯，审美形式等"革命现实主义文学"的审美系统。

第三节　带着"伤痕"的新人

新时期文学以"重返'文革'"作为自己的历史起点，"讲述'文革'"成为新时期的主流社会文化思潮和贯穿性的主题，以"文革"作为题材的小说成为塑造知识分子"新人"②形象最恰切的媒介，成为新的民族国家重新构建"新"的意识形态话语和精神空间最急需的工具，以此来强化民众对新的国家意识形态强烈地认同。同时新时期初期现代性社会实践方案的重新确认和实施，使当时的历史语境充满了乐观主义和理想主义的情绪，呈现出"激情岁月"的时代特征，这种历史语境作用于文学创作，必然产生出"新"的"带着伤痕"的知识分子形象。

本书中的知识分子"新人"形象，有着特定的意义、内涵和明确的群体指向，"新人"并非是指在当代小说中首次出现的与以往的

① 刘锡诚:《在文坛边缘上——编辑手记》，第 608—610 页，开封：河南大学出版社，2004 年。

② 新意识形态对知识分子"新人"的精神构想在思维方式和逻辑线索上，实质是毛泽东政治文化的延续，在中国当代历史的每个转折期，国家政权无一例外地都要对原有的政治文化符号进行修改，重建新的意识形态空间和文化运行机制。这种政治文化运作模式在新时期知识分子的"新人"形象中得到了完整的保存和延续。

知识分子形象有着特质区别的人物形象,“新”主要是指相对于“文革”历史时期的社会文化语境而言的“新时期”,“人”是指始终与中国的革命话语保持精神同一性,但在“文革”中失去革命话语权,在“新时期”又重新获得继续“革命”的起点和支点,具有强烈时代感的知识分子“政治新人”①。如《班主任》中的张俊石、《伤痕》中的王晓华、张洁《从森林里来的孩子》中的梁老师、宗璞《弦上的梦》中的慕容乐、陈世旭《小镇上的将军》中的将军、周克芹描写农村生活的《许茂和他的女儿们》中的许茂、鲁彦周的《天云山传奇》的罗群、王蒙的《蝴蝶》中的张思远、张贤亮的《绿化树》中的章永磷、从维熙《雪落黄河静无声》中的范汉儒、《大墙下的红玉兰》中的葛翎、古华《芙蓉镇》中的秦书田、韦君宜《洗礼》中的刘丽文、宗璞《三生石》中的梅菩提、张洁《祖母绿》中的曾令儿、陈国凯《我该怎么办》中的子君等。

这些“带着伤痕的新人”的特点就是具有双重的身份属性,一方面是重获新生的知识分子,经历“文革”十年,身心都刻上了难以磨灭的伤痕;另一方面,又是重新建构革命意识形态话语的“政治先锋”,他们身上更有一种对祖国充满信心的力量,精神上有一种坚毅的美。这种知识分子的“新人”形象在新时期具有强烈的感召力和示范功能,在当代文学史中往往以“重放的鲜花”“归来作家”“复出作家”“右派作家”等对其作者进行群体指认。这些集体出现的知识分子“新人”形象挣脱了体制所定义的知识分子原罪的文化身份,而成为在对“文革”历史持续书写和追问下,把历史告诉未

① 杨丹丹:《新时期以来小说中的“‘文革’叙事”》,吉林大学博士论文,2010年。

来，将旧迹带入新途，重新创造历史的新的主体，成为“新”的文化体系的建构者、代言人和时代的“卡利斯马”式的人物。[①] 新时期意识形态用“社会主义新人”这一批评话语过滤“伤痕文学”揭露的黑暗面的结果。通过对这些“伤痕文学”文本内部“带着伤痕的新人”的发现来削减“伤痕文学”文本本身因为控诉、暴露和宣泄所带来的消极的影响。[②]

“伤痕文学”思潮把一些反映粉碎“四人帮”后迎接新时期到来的社会情绪的作品，纳入自身的叙事装置中，表明自身对与经济建设时代接轨的意愿。

陈国凯的小说《我该怎么办》[③]，就充分体现了这样的逻辑。当刘亦民听完“我”的故事以后，小说有这么一段描写：“良久，他叹了口气说：‘这年头，坏人当道，好人遭殃。开头，我也是兴高采烈地参加了‘文化大革命’，但是，后来，许多老干部和平民老百姓的血和泪擦亮了我的眼睛。’他沉默了一会，接着说：‘我觉得有人把这场运动搅浑，有人打着党和毛主席的旗号，其实是给党和毛主席的脸上抹黑。’”“四人帮”倒台以后，“我”终于明白了，“是万恶的林彪、‘四人帮’给像我这样千千万万的普通老百姓带来深沉的灾难！而且，也只有在这个时候，我才似乎对‘文化大革命’有了一些反思：这场大革命虽然由于林彪、‘四人帮’的破坏干扰，我们的国家，我们的党和人民付出了沉重而且痛苦的代价，却使人民大众掌握

① 杨丹丹：《新时期以来小说中的“‘文革’叙事”》，吉林大学博士论文，2010 年。

② 史静：《作为超话语的存在：与“伤痕文学”相伴随的“社会主义新人”批评话语》，《海南师范学院学报(社会科学版)》，2007 年第 1 期。

③ 陈国凯：《我该怎么办》，《作品》，1979 年第 2 期。

了在纷纭复杂的斗争环境中洞察变幻的风云，识别真、善、美和假、丑、恶的能力。也出现了千千万万像亦民这样为革命事业敢于赴汤蹈火的大无畏的年青一代”。显然，这篇小说把现存制度与以“文革”中的“四人帮”和“文革”前的极“左”路线命名的制度内毒素相区别。以刘亦民为代表的知识分子英雄，是作家在叙事中的一次虚幻的健康允诺，有了这些信仰坚定的英雄，历史就变得“不那么不可忍受，不那么令人恐怖，不那么令人因善恶泯灭，功罪交融而陷入空虚的绝望”。①

刘亦民还说：“别难过，总有一天，乌云会过去，太阳会重新出来的。”而“我”听了亦民的安慰，得到他的帮助以后，想到“现在由于某种邪恶势力的推动，使自己阶级营垒里许多人盲目地自相践踏的时候，这个码头工人儿子的出现，仿佛在我阴冷的心头升起了一颗闪耀的明星，使我看到力量，看到光明”。林彪“四人帮”倒台以后，亦民对“我”说：“乌云过去了，天快放晴了，受尽林彪这伙法西斯匪徒凌辱迫害的老百姓该有个出头的日子了！——子君，你喝一杯……”“孩子知道他爸爸是被林彪这伙人害死的，就会更热爱党，热爱社会主义，会成熟得更快些。一个人，不懂得恨，就不知道爱。”这些语言都体现出小说以乐观的历史唯物主义为核心，倾向于将“‘文革’十年”的黑暗历史理解为光明莅临前的暂时过渡，

① 孟悦接着指出：“叙事使‘过去’变得可以忍受的东西有：正义与非正义的清晰分野、遭到冤屈的好人及其同情者、逆境和高压毁坏不了的信念与理想，以及应当为恶行承担责任的坏人形象（很难想象，倘若这些因素真的在现实中占有小说中给定的结构性位置，那么这场群众性的‘文化大革命’怎么会‘进行到底’）。在这种意义上，新时期文学非但不是对‘痼疾’的‘诊断’，倒像是某种未经诊断的‘健康’的允诺。”参见孟悦：《历史与叙述》，第28页，西安：陕西人民教育出版社，1998年。

从对“文革”的批判中获得“人”的历史起源和依据。在这种叙事的允诺中，历史一次次地被拯救了。对于读者来说，噩梦醒来后的慌乱可以在“再叙事”中得到镇定和鼓舞，在幻觉中相信那经历的一切是不真实的、偶发于角落的历史，而“真实的历史”则在上述故事中：即使是在最黑暗的日子里，正义与希望同在，暗夜就会过去，这些英雄（文本中的刘亦民等）以肯定的姿态作了证实。然而，这一切都出于作家的“我不悲观，也不埋怨。比起我们的党、国家和人民这些年付出的巨大代价，个人的一点坎坷遭遇又算得了什么”的观念。①

这篇小说还相当强调经济技术和文化对“人”的重要性。“文革”后期，“我”和亦民结婚后就开始学技术学文化，开始了小家庭的经济建设。“转眼间到了一九七五年，由于党的政策开始落实，我们的家庭也有了新的变化。亦民由于工作上的出色成绩，被提升为工段长。他搞的一项重大技革项目还登了报。这里面也有我的一份心血。由于厂党委的关怀，我从临时工转为固定工，并调到机械车间技术组工作。经过这些年的波折，毛泽东思想的灿烂阳光又暖烘烘地照在我身上，照亮了我们的家庭。我感到难过和叹息的是：丽文和姑妈没有活到今天，要是他们还活着，在这贯彻三项指示，把国民经济搞上去的火红年月，他们该做多少工作呀！”新的历史时期让他们开始了小家庭的建设，他们便必然要产生为新的历史时期献身的冲动，将家庭建设整合进“四个现代化”建设的洪流中。而把“国民经济搞上去”取得了高于家庭建设的极大的优

① 孟繁华：《1978：激情岁月》，第 99—100 页，济南：山东教育出版社，1998 年。

越性，如同“极左”时期一样，“历史”的宏伟目标又一次被导入家庭的伦理之中，而对经济建设的呼唤无形之中弱化了文本中政治抗议的因素。这就把写“文革”伤痕的作品中的巨大的政治批判诉求转化为对四化建设的展望。

如果说《我该怎么办》中刘亦民的技术文化经历了一个从无到有、从学习到掌握的过程，心灵伤痕经历了一个自我挣扎与新意识形态实施拯救的过程，那么小说《独特的旋律》①则直接描写愈合了“伤痕”的现代科技新人。意识形态对反映社会主义建设的新人和新的人际关系②的文学作品是大力支持的。1979年10月30日至11月16日，中国文学艺术工作者第四次全国代表大会在北京召开。邓小平在祝辞中指出：“文艺工作者要为建设高度的社会主义精神文明作出积极贡献。我们的文艺属于人民，应当在描写和培养社会主义新人方面付出更大的努力，取得更丰硕的成果。要塑造四个现代化建设的创业者，表现他们那种有革命理想和科学态度、有高尚情操和创造能力、有宽阔眼界和求实精神的崭新面貌。要通过这些新人的形象，来激发广大群众的社会主义积极性，推动他们从事四个现代化建设的历史性创造活动。”③这就明确强

① 周嘉俊：《独特的旋律》，《上海文学》，1979年第2期，1979年全国优秀短篇小说获奖作品。

② 反映“文革”中人际关系的作品有：冯骥才的《啊！》、莫伸的《窗口》、张有德的《辣椒》、陈建功的《辘轳把胡同9号》等，何言宏对此有详细的解读。参见何言宏：《中国书写：当代知识分子写作与现代性问题》，第170—174页，北京：中央编译出版社，2002年。

③ 邓小平：《邓小平文选》，第181—182页，北京：人民出版社，1983年。

调了塑造社会主义新人对于“四化”建设的意义。[1]《上海文学》1980年第8期刊发的肖云儒的《文艺创作反映当代生活中的封建主义潜流问题》一文谈道：“他们一个个带着现代产业工人身上那种生龙活虎的旺盛的生命力，感情丰富，精力充沛，个性鲜明，政治上有理想，事业上有追求，业务上有专长。他们既是无产阶级革命家，又是在各自领域中的无产阶级事业家，是集胆、识、才于一体的人物群像……这些扎实的形象，有着当代生活巨大的现实容量和叫人意识到的历史深度，那是过去一些作品望尘莫及的。”[2]在肖云儒的现代化想象中，这些生龙活虎的现代的产业工人的群像将是国家未来的现代化实践中的主体。所以说，对社会主义建设新人的呼唤也是“控诉”疗伤机制的内在组成部分。可以把“创伤”化作为一种激励机制，化为“四化”建设的内在的火热动力和时间上的紧迫感，从痛苦和激愤中迈出雄健的向“四化”进军的步伐，追回“文革”中失去了的时间和青春。文本中的新人塑造意味着建立新的美学等级，从而为“四化”建设者的身份确认加冕。

---

① 改革后的新的学校制度重新把绝大多数城市学生的目标调整到考进大学然后当一个专家（这是正进行“四个现代化”的中国的最高职业）上来。例如，一名到中国的访问者观看了这样一场音乐表演，主持小姐在一首她的红花应该送给谁的歌中描述道：“多年来我们赞美工人和农民，对科学家们不闻不问，我要留着我的花送给正在学习的将要成为科学家的孩子们。他们将领导中国的现代化。”见W·E·格雷特：《中国的美景》，载《民族地理》，第548—549页，第156期，1979年。转引自罗德里克·麦克法夸尔、费正清主编，金光耀等译：《剑桥中华人民共和国史（1966—1982）（下）》，第827页，上海：上海人民出版社，1992年。

② 肖云儒：《文艺创作反映当代生活中的封建主义潜流问题》，《上海文学》，1980年第8期。

吴龙宝在《新时期的新人形象——读〈独特的旋律〉》一文中说："明天—理想—'四化'，放眼未来朝前看，一心一意搞'四化'，这就是新时期的新人最宝贵的思想和性格，是新时期的脉搏和精神……我们欢迎《伤痕》之类的'揭出病苦，引起疗救的注意'这样的现实主义作品，我们又欢迎像《独特的旋律》之类的把治疗创伤与向'四化'进军相统一、理想与现实相结合的作品，这样的作品更鼓舞人心……全党工作的着重点已经开始转移到'四化'上来，亿万人民在党的领导下，正以一种紧迫感团结一致朝着'四化'的明天迅跑。在这新时期的春天里，殷萍式的新人（英雄人物）将不断涌现。我们的文艺要大写这样的人物，歌颂向'四化'进军的英雄人民，要反映这个新的时期，以激励新长征中的亿万人民。"①饶有兴味的是，为了配合现代化的意识形态，小说《独特的旋律》中的新人殷萍有着高昂的工作状态和进攻姿态："她利剑般的眼睛是那样的锋芒毕露，她简直处处以'教训'和'命令'人的口吻，跟人谈向'四化'进军，谈工艺革新。她对当科长的'我''用颇不友好的语气'批评'我'这个科技情报科工作'很叫人不满意'，她'令人不解地莞尔一笑'：'小心我撤你的职！'她明确提出，对科技情报资料，'不但要管好它，还要用好它！'（她并付之行动）。她请你帮忙，也是一种进攻的姿态。她催促'我''应该快一点'译好资料，'要提供我们更多的技术资料，过几天我来找你！'简直咄咄逼人！"②为了

① 吴龙宝：《新时期的新人形象——读〈独特的旋律〉》，《上海文学》，1979年第5期。

② 吴龙宝：《新时期的新人形象——读〈独特的旋律〉》，《上海文学》，1979年第5期。

做等离子切割技术试验，殷萍熬夜翻了足足有一、两吨重的材料。① 咄咄逼人的紧迫感之后是对经济现代化的焦虑和热望，人与人之间的关系也由“文革”期间的政治关系转为共同合作进行现代化建设的新型的经济合作与竞争关系。这表明由极“左”路线所造成的人与人之间关系上的严重“内伤”，正在得到“治疗”。②

《独特的旋律》中的“新人” 殷萍在“四化”的意识形态引领下已经无暇顾及自己的“伤痕”了。但是，真实的历史往往会不经意间挑战美学的历史。意识形态所认定的我们整个民族及其青年人所将具有的巨大而广阔的“社会主义四个现代化”的未来空间中，“社会主义”不仅是关于未来的制度构想，也意味着这种制度下的个人是将被意识形态“勘定”的一如既往的“革命化”生存，显然，这已无法解答曾经产生过“革命幻灭”的“青年”一代的人生意义问题。新时期国家意识形态对于现代化的诉求，也并没有

---

① 刘心武的小说《没有工夫叹息》，则把沈校长在“文革”中的痛苦遭遇同她当前工作的热忱相映照，表现了一个全身心都投入四化建设事业的人是“没有工夫叹息”的主题，这和殷萍这个人物形象异曲同工。

② 费正清指出：“文革”后人际关系方面的变化也广受欢迎。这种变化包括减轻由于过去的政治紧张气氛而形成疑神疑鬼的妄想狂症和小心谨慎。毛以后的政策还允许很多家庭“招回”他们在农村的子女，由于分配工作而被迫分居的一大批干部也得以与其配偶重新团聚并在同一地区工作。一大批遭受诬陷的人恢复了名誉，这使他们能够修复由于他们碰到麻烦而受到破坏的与亲戚朋友的联系，甚至还掀起了在政治压力下被迫离婚的夫妻重新结婚的小浪潮。于是，在各个方面，城市居民们感到他们的人际关系开始恢复到接近正常状态了。自然，接触和联系的恢复在一些情况下又便于人们互相发牢骚和谈论遭受苦难的故事。结果是这一变化对政府权威的影响利弊参半。参见罗德里克·麦克法夸尔、费正清主编，金光耀等译：《剑桥中华人民共和国史(下)(1966—1982)》，第 832 页，上海：上海人民出版社，1992 年。

建立在对国家整体机制上的现代化表述之上，而是将社会主义经济的现代化作为最直接的目标，从而遮蔽了政治、文化、精神层面的"新"的话语体系的建构。"工业、农业、国防和科学技术"的"四个现代化"，全部仅仅关涉技术和物质层面，却与人生意义全然无关。

在道德价值和实用理性之间，国家意识形态在体用思维逻辑的支配之下，毫不犹豫地选择了后者。"新"的政治、文化、精神话语体系建构的缺失，造成了新时期文学成规的某种症候，同时也造成中国现代化进程的跛脚式的发展症结。在此情形下，虽然知青作家们仍然坚守着剥离了革命以后的理想主义，①而现实中更多的年轻一代则没有如殷萍一样的潜在的疗伤力量，陷入了潘晓式的困境。在"新时期"初期，围绕着"潘晓讨论"所集中暴露出来的"意义——信仰危机"，成了青年一代极为普遍的精神现象。张抗抗在当时便认为，"一个新旧交替的时期，十年浩劫所遗留下来的种种后果，其中突出表现为青年一代自我否定与重新确立自我的思考、迷茫、彷徨的混乱状态"，他们"对于现实大量、深刻的发问，也苦于没有正确有力的思想武器而寻不到自己起步的路口。三中全会确立的我党的方针路线，为我国走向四化指引了一条宽广的大道，每个中国公民都充满了这种美好的愿望。但是否每个人都能走上这条路，同时代潮头一起前进，是否每个人都能找到通往自己心灵的小径，显然是差异甚大的"。② 这无疑也道出了新人意识形态的局限性。

---

① 如梁晓声及其《这是一片神奇的土地》、孔捷生及其《南方的岸》、史铁生及其《我的遥远的清平湾》、张抗抗的《北极光》等。

② 张抗抗：《我写〈北极光〉》，《文汇月刊》，1982年第4期。

"十七年"或"文革"时期的"极左"政治，是将人的幸福寄托于遥远的某种终极性的未来，并且以此否定人的现世生活、剥夺人的生活方式上的选择自由与个性色彩，在"极左"政治那里，现世的"人"不再是目的，而是手段，是必须奉献于所谓"远大理想"的"革命工具"，个人的生活方式也是充分"革命化"地机械划一的。[①]"文革"后，对虚假的政治说教的厌恶感让很多"潘晓们"萌发出对日常生活和爱情的迫切渴望。这更是和时间赛跑的殷萍们所不能理解的。《被爱情遗忘的角落》是张弦 1980 年所写的一篇短篇小说。小说的遣词用语可以说是象征了对中国过去三十年的一种看法，这是 40 岁或更年轻作家的一种看法，自从 1976 年以来他们就一直在中国文坛占首要地位。从遇罗锦 1979 年写《一个冬天的神话》，到张辛欣 1982 年写《我们这个年纪的梦》这段时间中，涌现出一大批作品，经常具有自传性质或模式，重申个人特别是女人的价值，重申一个女人对体贴和爱情的需求。[②] 但我们也应该看到，在失去了集体的神话的庇护之后，心灵在逝去的政治灾难与时代纷

① 何言宏：《中国书写：当代知识分子写作与现代性问题》，第 179 页，北京：中央编译出版社，2002 年。

② 罗德里克·麦克法夸尔、费正清主编，金光耀等译：《剑桥中华人民共和国史(1966—1982)(下)》，第 928 页，上海：上海人民出版社，1992 年。描写日常生活、普通人情人性的作品还有刘心武的《爱情的位置》，张洁的《爱，是不能忘记的》，舒展的《复婚》，孔捷生的《姻缘》《在小河那边》，高晓声的《陈奂生上城》，古华的《爬满青藤的木屋》，关庚寅的《"不称心"的姐夫》，陈可雄、马鸣的《杜鹃啼归》，雨煤的《啊，人》，竹林的《生活的路》，陈国凯的《代价》，冯骥才的《啊！》，戴厚英的《人啊，人！》，叶辛的《蹉跎岁月》，肖平的《墓场与鲜花》，从维熙的《大墙下的红玉兰》，韩少功的《西望茅草地》，叶蔚林的《蓝蓝的木兰溪》，祝兴义的《抱玉岩》，韦君宜的《洗礼》，陆文夫的《献身》，鲁彦周的《天云山传奇》等。

繁而痛楚的现实之间，在沉重而悠长的回望与或忧伤或喜悦的突围之间，在黄昏与黎明的交汇处，在日常生活和革命、人性与阶级性之间，行色匆匆却又迟迟不去地徘徊着。

周扬在1980年对《文艺报》提出批评时有这样一段话："看了近一期《文艺报》有个感觉，有的文章不大愿意提马克思主义、阶级分析，宁愿用些含糊的概念，什么人性美啦，人情美啦一类。一篇评中篇小说的文章，还是要用马克思主义的语言。人性美这类语言，偶然说说可以，但变成标准则不行。这种情况，其他报刊也有，谈共同爱，人性美太多了，带感情的因素，不周密，不科学。不要造成这种印象：马克思主义不行时了。"①胡乔木同样认为，只有"社会主义人道主义"，而没有"抽象的人性"和人道主义。② 贺敬之也警告说，我们要"划清"马克思主义与资产阶级世界观的"界限"，不能提倡"个人主义""虚无主义"等等。③ 从周扬和胡乔木的观点

---

① 刘锡诚：《在文坛边缘上——编辑手记》，第452页，开封：河南大学出版社，2004年。周扬在1981年2月12日的"文艺部门党员领导骨干会议"上重提了类似的观点。他说："马克思主义、毛泽东思想，在有些人看来好像都吃不开了，至少不那么行了。唯心主义到处都是，唯物主义特别是历史唯物主义却非常之少……鲁迅和梁实秋等关于人性论的争论，梁实秋反而是正确了，混乱到如此程度。我们要肯定人道主义在历史上起过的作用，要承认人性，但总要用唯物主义的观点来分析人性，不止是它的自然属性，更主要的是它的社会属性，它是具体历史发展过程以及在文艺创作中各种人物性格上的体现……我们要用历史唯物主义的观点来观察历史现象。"参见刘锡诚：《在文坛边缘上——编辑手记》，第521页，开封：河南大学出版社，2004年。

② 胡乔木：《关于人道主义和异化问题》，北京：人民出版社，1984年。

③ 贺敬之：《当前文艺思想的几个问题》，《文艺报》，1983年10期。

中，我们就可以看到当时主流意识形态对阶级性的强调。①

从阶级意识的层面上，我们就不难理解上文中提到的新人（刘亦民、殷萍们）咄咄逼人的现代主体的自我扩张②姿态与革命意识形态的共谋性。而正是这种迎合新的现代化建设的现代改革意识形态的宏大叙事，取代了革命意识形态的宏大叙事，成为80年代初期主流意识形态开出的治疗新人"伤痕"的良药。旷新年指出，新时期初期的四个现代化的过程"是一个构造现代民族国家内部的同一性和一个抵抗'他性'建构'新中国'的'自我同一性'的过程，也就是寻找和确立现代民族国家的主体性的过程"。③用四个现代化想象来建构中国人的同一性，就要塑造新人的改革意识和进取意识，通过建立新人的主体性来确立文学重返话语中心的合法性，从而确立起现代民族国家的主体性。社会主义新人应该"反映人们在各种社会关系中的本质，表现时代前进的要求和历史发展的趋势"。④ 在新

① 甚至在1981年的中篇小说评奖中，评委们对作品中的人性问题都是比较敏感的，有一篇写得还不错的作品，就因为涉嫌人性问题，不得不放弃。参见刘锡诚：《在文坛边缘上——编辑手记》，第573页，开封：河南大学出版社，2004年。

② 在1980年的个人主义宏大叙事当中，个人本位观念的绝对前置必然会将自我与他人割裂开来，此时自我要想抵达某种与他人同在的心理效果，就只能选择自我无限扩张的路径，以启蒙、引导、帮助、改造等自以为是的名目去征服他者、殖民他者，使他者在其表征上统一于自我，然而由于缺乏真正的爱和牺牲精神的升华与浸润，自我与他人终究不可能实现全方位的契应与交融。参见吕永林：《重温那个"个人"——关于一个久已消散的文学史印迹》，《上海文学》，2008年第2期。

③ 旷新年：《写在"伤痕文学边上"》，《文艺理论与批评》，2005年1月。

④ 邓小平：《邓小平文选》，第181—182页，北京：人民出版社，1983年。

当改革开放经历了三十年之后，阶级与阶级意识逐渐式微，潘晓们也开始了个人的原子化生存，在改革开放社会资源分配过程中的既得利益者却形成了新的富人阶层。

第五章 “伤痕文学”思潮的阈限

无论是出于作家的良知还是出于对权威话语的压力，作家都将自觉或不自觉地追随主流意识形态对历史精神的阐释，于是这就形成了百年来占主导地位的“主流文学”，在“主流文学”中我们可以不费思索地认定它产生的特定年代以及发生的历史事件，因此说百年来的中国文学是百年历史的缩影乃至副本也并不是没有根据的。[①] 而“对刘心武这一代作家而言，他们的创作无形中回答着如何既批判又创造、如何既破坏又生产，这一历史提交给新时期知识分子的问题”。[②]“伤痕文学”思潮不仅作为某种文化成分参与历史语境的建构，而且试图进入这种历史语境指定的位置，在危机中重建文化精神。谢冕也曾不无留恋地回忆：“1979 年是文学的

① 孟繁华：《1978 激情岁月》，第 99—100 页，济南：山东教育出版社，1998 年。

② 孟悦：《历史与叙述》，第 49—50 页，西安：陕西人民教育出版社，1991 年。

社会功能发挥得最好的一年。”[①]但是，“文革”后文学中政治权力与文学精神互为声援的局面只维持了很短暂的一个阶段。当“五四”新文学传统得到复苏、文学创作中渐渐滋生出了批判性的现实战斗精神和知识分子的精英意识时，文学与现实生活的摩擦也就在所难免了。“从1979年到1981年，‘伤痕文学’和大量反映社会阴暗面的作品陆续引起广泛争鸣，‘伤痕文学’随即终结，那种知识分子自发的现实批判激情也慢慢开始减退了。”[②]“伤痕文学”思潮未能完成现代化总动员的任务，未能在批判和破坏中生产和创造出足以支撑民族自振的精神和文化力量，这其中有着种种复杂的内耗和外控因素。

第一节　思想的阈限

就70年代末80年代初的主流文艺形势而言，揭批“四人帮”是主要任务和基本题材，文学的工具性理解仍然处于支配性地位。因此，一方面呼吁“打破禁区，发扬民主”，另一方面是稍有突破便争论不休。在文艺界这些争论背后，人道主义思潮逐渐成为文学创作的统治性思想。李陀指出，如果认真梳理，当时的人道主义思潮也是取向不一，色彩驳杂，不过主要有两条路，一路是有官方色彩的，和“思想解放”关系更紧密的人道主义，以周扬为代表，他们

---

① 谢冕：《文学的绿色革命》，第52—53页，贵阳：贵州人民出版社，1988年。1979年7月16日的《人民日报》上，阎纲有一篇文章，题目为《“现在还是放得不够”》，可见在1979年的时候，作家们的自由度要大一些。

② 陈思和主编：《中国当代文学史教程》，第194页，上海：复旦大学出版社，1999年。

受到国际上人道主义马克思主义的影响和启发，试着结合中国情况把马克思主义和人道主义结合，然后借助“异化”理论来解释“文革”，解释 1949 年之后中国的历史。可是，这路人道主义受到了非常严厉的批判，很快没落了。另一路人道主义，没有什么官方背景，也没有什么宣言式理论文章，可以说是一种西方经典的、传统的人道主义的简化版；有意思的是，由于这路人道主义没什么代表人物，比较民间，表现上很温和，它的主张和观点都分散在具体的文学作品和批评文章里（“伤痕文学”就可以说是它主要载体，其中典型的代表作品又可举戴厚英的《人啊，人》为例），所以这路人道主义没有受到太大压力，就一路“混”下来，成了文学写作解释人和生活的主要理论和方法。① 正是因为“伤痕文学”中人道主义思想的大面积普及，人道主义思潮②才会如此深入人心。

---

① 查建英：《80 年代访谈录》，第 281 页，北京：生活·读书·新知三联书店，2006 年。

② 何言宏对“伤痕”“反思”小说中人道主义话语的贡献及其局限有详尽的分析，他认为，“新时期”之初“伤痕”“反思”小说中的人道主义话语，正是知识分子在巨大的历史灾变之后的新的历史时期又一次力图建构自身话语体系的顽强努力，是知识分子话语试图超越历史语境的“话语突围”，它既是对中国现代知识分子话语传统的历史性承续，也是“文革”后知识分子话语的最初起源。同时，由于当时的历史语境仍然要求这种企图“突围”的人道主义话语具有革命本质，另一方面，就作家主体而言，由于许多“伤痕”“反思”小说作家特别是其中的“右派作家”具有坚定的“革命认同”，这样，便导致了“话语突围”的深度只能局限在有限的范围内。“伤痕”“反思”小说的人道主义话语，仍然属于“革命人道主义”话语。参见何言宏：《中国书写：当代知识分子写作与现代性问题》，第 166—187 页，北京：中央编译出版社，2002 年。孟繁华论述了人道主义话语实践的双重性，指出人道主义思想很可能会成为权力的祭品。参见孟繁华：《1978 激情岁月》，第 84—78 页，济南：山东教育出版社，1998 年。贺桂梅对人道主义思潮及其话语变奏也有所论述。参见贺桂梅：《人文学的想象力》，第 76—99 页，开封：河南大学出版社，2005 年。李泽厚（转下页）

"伤痕文学"思潮以"人道主义"为哲学基础,对传统社会主义进行批判,"文革"的成因被解释为传统文化的糟粕——封建主义所致:"特别是从五十年代中后期到'文化大革命',封建主义越来越凶猛地假借着社会主义的名义来大反资本主义,高扬虚伪的道德旗帜,大讲牺牲精神,宣称'个人主义乃万恶之源',要求人人'斗私批修'做舜尧,这便终于把中国意识推到封建传统全面复活的绝境。"②《上海文学》1980年第8期刊发的肖云儒《文艺创作反映当代生活中的封建主义潜流问题》一文也谈道:"封建主义和社会主义从两个相反的方向来反对资本主义,都在'反资'这一点上,常常能给人造成某种相似的假象……特别在行而上学猖獗的前几年,认为社会主义时期只有'资''无'两家的斗争,因此,头脑简单的同志常常认为,只要不是'资',便必然是'无';只要主张'灭资',便自然要'兴无'了。林彪、'四人帮'一伙充分利用了这种行而上学来为他们的反革命目的服务。他们常常在反对、批判资本主义和资产阶级思想的名义下,来推行封建主义的货色。"③季红真也认为,"文革"是历史的倒退,是"封建专制"的"复辟","野蛮代替文明、迷信代替科学、愚昧代替理性"。作家及批评家基于启蒙理性的信仰,把当代中国和"文革"的社会矛盾,概括为"文明与愚昧

(接上页)谈到人道主义时说"其理论极为肤浅和贫乏,它不能历史具体地去深入分析现象,不能真正科学地说明任何历史事实,不可能揭示出历史发展的真相,从而经常流为一堆美丽的辞藻、迷人的空谈、情绪的发泄。"李泽厚:《夜读偶记》,载《瞭望》,1984年11月。

② 李泽厚:《启蒙与救亡的双重变奏》,见李泽厚:《中国现代思想史论》,第30页,天津:天津社会科学出版社,2003年。

③ 肖云儒:《文艺创作反映当代生活中的封建主义潜流问题》,《上海文学》,1980年第8期。

的冲突”。[①]

国家意识形态在这一点上也及时做出了回应和给出了答案，“文革”历史运动是封建法西斯历史的复辟，“中国是一个封建历史很长的国家……长期封建专制主义在思想政治方面的遗毒仍然不是很容易肃清的，种种历史原因又使我们没有能把党内民主和国家政治社会生活的民主加以制度化，法律化……也就使党和国家难于防止和制止‘文化大革命’的发动和发展”[②]，并进一步提出，“肃清封建主义残余影响，重点是切实改革并完善党和国家的制度，从制度上保证党和国家政治生活的民主化、经济管理的民主化、整个社会生活的民主化，促进现代化建设事业的顺利发展”，“无论在理论上或是实际工作中，‘四人帮’都设置了不少禁锢人们思想的禁区，对于这些‘禁区’，我们要敢于去触及，敢于去弄是非”。[③]从这一逻辑线索来推演，新时期文学的现代性，是指在20世纪80年代国家所建构的现代性社会实践框架内，文学在走向“现代性”过程中所遭遇的关于文学如何实现“现代性”的问题及其解决方法，它具有颇为不同的面孔和实践路径：一是在对国家意识形态所提出的民族国家现代化政治话语保持高度认同的基础上，在“左翼文学”“延安文学”和“十七年文学”中寻求理论支撑和思想资源，试图重新恢复“社会主义现实主义”的政治批判传统，这种政治批判将“文革”历史运动隐喻为封建政治传统在当代的重演；二是重新打通新时期与“五四”的历史通道，认为“文革”之所以能够产生和蔓

---

① 季红真：《文明与愚昧的冲突》，杭州：浙江文艺出版社，1986年。

② 《关于建国以来党的若干历史问题的决议》，1981年6月27日党的十一届六中全会通过。

③ 《实践是检验真理的唯一标准》，《光明日报》，1978年5月11日。

延，是因为封建传统文化的遗留，并再一次将中国传统文化中的异质性因素作为否定和批判的对象，为文学现代化进程清理文化毒瘤和路障；三是在西方现代性的话语谱系中寻求合法性论证和精神源流，早期的法国启蒙主义和英美自由主义成为其打捞思想资源的起点，并把对"文革"的历史批判转换为对于封建主义的批判。虽然，新时期文学的"现代性"实践的策略和路径存在着不同的形态，但我们发现对封建传统文化的批判和否定成为其共同的叙事主旨和精神指向，并"清晰地呈现在关于'五四传统'的阐释之中"。①

这种"断裂论"的观点延续了国家意识形态对"文革"性质的认定，认为"文革"历史运动所产生的个人崇拜、封建专制、群众暴力等现象，中断了中华民族的现代性进程，是"反现代性"事件。将"文革"作为一场由"四人帮反革命集团"发动的"内乱"。在当时的认知语境及新意识形态规划中，"文革"的"封建性"是现代化这一政治实践展开的理论依据和事实支撑。"'传统'的滞后为'现代化'全面而快速的展开提供了理论和事实上的支持。'现代化建设'的必要性之一就在于改造甚至弃绝'传统'。当人们把'文革'的成因简单化地归咎于'传统'，而相应地把'现代化'作为一个国家必须经历的历史阶段时，'现代化'的意识形态性被忽略了。"在当时，人们对现代化以及现代化建设的新人的呼唤是把"20世纪世界冷战格局中美国为遏制共产主义所制造的'现代化理论'作为普世原则植入中国的历史进程"。②

---

① 贺桂梅：《挪用与重构——80年代文学与五四传统》，《上海文学》，2004年第5期。

② 赖洪波：《召唤与应答——略论"新时期文学"与政治的关系》，《文艺理论与批评》，2006年第2期。

以“人道主义”为哲学基础的“伤痕文学”思潮在传统/现代、中国/西方这一二元对立的模式中，对传统社会主义进行“封建”指认的同时，也催生出了新的现代化的意识形态。随着新的现代化意识形态逐渐深入人心，“伤痕文学”思潮对传统社会主义的批判腔已经越来越遭到主流意识形态的规约。具体而言，也就是当时的“新启蒙主义”①和思想解放运动之间的摩擦和冲突越来越突出。

“新启蒙主义”思潮中最激进、最核心的东西，是它想凭借“援西入中”，也就是凭借从“西方”“拿过来”的新的西学话语来重新解释人，开辟一个新的论说人的语言空间，建立一套关于人的新的知识——这不仅要用一种新的语言来排斥、替代“阶级斗争”的论说，更重要的，还要通过建立一套关于人的新的知识来占有对人，对人和社会、历史关系的解释权。而当时的思想解放运动作为由国家主导的一个思想运动，它的目标更具体更明确，就是对“文革”进行清算和批判，并且在清算的基础上建立以“四个现代化”为中心的政治、经济以及文化思想上的新秩序。很明显，这和新启蒙主义思潮的追求差得很远。新启蒙主义思潮未能在知识视野上突破思想解放运动的制约。思想解放运动是有纪律要求的，不论什么样的

① “伤痕文学”思潮理应是新启蒙主义思潮在文学领域的具体表现，“伤痕文学”思潮对人道主义思想的大面积普及，也让新启蒙思潮产生了很大的影响。在既有的论述中，人道主义思潮常常与新启蒙主义思潮混杂在一起，被看成新启蒙思潮的核心构成。张光年曾把“伤痕文学”作为思想解放运动的一部分。张光年在中国作协第四次代表大会上所作的主题报告中指出：“‘伤痕文学’就是在新时期文学发展过程中率先以勇敢的不妥协的姿态彻底否定‘文革’的文学，是尊奉党和人民之命，积极投身思想解放运动，实现拨乱反正的时代任务的文学。”参见张光年：《社会主义新时期文学在阔步前进》，载《人民文学》，1985 年第 1 期。

人，什么样的思想，要解放，都必须在现有的制度和主导意识形态框架里进行。“新启蒙主义”当然也是。它对新知识和新理论的好奇和追求不能不受到很大的约束。另外，两个运动在政治、经济和思想上的共同诉求（彻底否定“文革”、进行以实现“现代化”为目标的改革开放、批判“封建主义”传统意识形态①），也让“新启蒙主义”的视野受到相当大的限制；当然，这两个思想运动有着共同的知识谱系，在对待知识的态度上，很多方面都分享着共同的理念，

---

① 汪晖也指出，中国的“新启蒙主义”不再诉诸社会主义的基本原理，而是直接地从早期的法国启蒙主义和英美自由主义中汲取思想的灵感，它把对现实的中国社会主义的批判理解为对于传统和封建主义的批判。不管“新启蒙思想者”自觉与否，“新启蒙”思想所吁求的恰恰是西方的资本主义的现代性…… “新启蒙”在传统/现代的二分法中进行自我理解，从而忽略了现代国家体制、政党政治、工业化过程，以及由此产生的社会专制和不平等主要是一种“现代”现象。从许多方面看，在寻求把中国纳入世界资本主义的经济体系的现实目标方面，中国的“新启蒙主义”与改革的社会主义有许多共同的东西。把传统社会主义理解成封建主义的历史传统，这不仅是中国“新启蒙主义”的斗争策略，而且也使它获得一种自我的认同，即把自己理解成与反对宗教专制和封建贵族的欧洲资产阶级相似的社会运动。在这种自我理解中被遮盖了的，是作为现代化的意识形态的“新启蒙主义”与作为现代化的意识形态的马克思主义的共同的价值目标和历史理解方式：对进步的信念，对现代化的承诺，民族主义的历史使命，以及自由平等的大同远景，特别是将自身的奋斗和存在的意义与向未来远景过渡的这一当代时刻相联系的现代性的态度等等……总的说来，新启蒙思想蕴含的批判潜能在20世纪80年代曾经焕发过青春活力，但在被组织到现代化意识形态的框架内的过程中，这些批判潜能正在逐渐地丧失了活力，以至我们可以说：无论中国的启蒙主义思想内部存在多大的冲突，也无论中国启蒙主义者对启蒙主义的社会功能的自觉程度如何，中国启蒙主义是中国当代最有影响力的现代化的意识形态，它在一个短暂的历史时期内由一种富于激情的批判思想转化为当代中国资本主义的文化先声。参见汪晖：《当代中国的思想状况与现代性问题》，《天涯》，1997年第5期。

如对古典"启蒙主义"的迷恋等等。①

"伤痕文学"思潮在对"文革"的讲述中,选择以启蒙思想作为小说叙事的理论资源,以人道主义话语作为小说的叙事核心,所以说,新启蒙主义思潮的局限,也就是"伤痕文学"思潮的局限,更是80年代思想文化的局限。

第二节　困惑的情绪

新启蒙主义思潮成就了"伤痕文学"思潮,也制约了"伤痕文学"思潮。新启蒙主义本身的局限性也决定了"伤痕文学"思潮反思历史的视野和深度。"伤痕文学"思潮的式微除了其哲学基础的局限之外,还有很大的社会历史原因。何言宏曾统计了1978年—1984年的全国优秀短篇小说奖、全国优秀中篇小说奖以及两届茅盾文学奖中"伤痕""反思"小说所占比例,发现"1980年(含该年)以前,文化领导权体系对于'伤痕''反思'小说话语激励的力度较为强劲,此后,便处于基本持平而略显下降的趋势,这与当时作家'伤痕''反思'小说创作的数量与质量自然均有关系,但与文化领导权体系的话语规约机制更有着明显的联系。"②

1980年8月29日,《文艺报》召开编辑部改版会议,冯牧讲话时说:"要研究当前的文艺形势,特别是四次文代会后中央确立的文艺方针,提出系统的选题。在当前,党的思想路线与文艺创作的

---

① 这些观点参考了李陀与查建英的对话。参见查建英:《80年代访谈录·李陀》,第274—276页,北京:生活·读书·新知三联书店,2006年。

② 何言宏:《中国书写——当代知识分子写作与现代性问题》,第48页,北京:中央编译出版社,2002年。

关系怎么样？如何正确地贯彻解放思想，在很多方面文艺界有退步。有些是党中央前进了，文艺则退步了。生活问题，要丰富和扩展生活积累，对新生活新矛盾要体验和理解。现在再写'伤痕'，就不深刻了，作家必须与国家大事结合起来，写出能鼓舞人、有助于人们解决新矛盾的作品来。"①1980年10月22日，上海作协召开了短篇小说座谈会，谈到1980年上半年短篇小说何以不景气，从维熙说，1979年出现了许多好作品，是大丰收的一年。而今年的前7个月，大不如1979年。原因何在？……以大自然的规律来看文学创作，刮了一场季候风，影响了戏剧、电影、文学。离北京远的地方，传说更多了，某某不让写了，某某被捕了，像这样一些言论，对创作没有影响是不现实的。"②1980年12月，胡耀邦在中央工作会议上，提到文艺战线如何适应当前面临的情况时强调，不能把重点放在揭露阴暗和丑恶的东西上。③ 周扬在1981年2月12日的党员领导骨干会议上也指出："整个说来，文艺工作成绩是主要的……当然，不可讳言，也出现了不少问题和一些偏差，在创作上单纯地不适当地揭露阴暗面。当然，革命现实主义文艺要发挥它的批判功能，但是，不能只揭露阴暗面，而不写我们生活中的光明面。……对'伤痕文学'的估计，我比默涵同志要高一点。这么大的灾难，伤痕太重了，如果文艺对此没有反映，那怎么行？但不要

---

① 刘锡诚：《在文坛边缘上——编辑手记》，第449—450页，开封：河南大学出版社，2004年。

② 刘锡诚：《在文坛边缘上——编辑手记》，第468页，开封：河南大学出版社，2004年。

③ 刘锡诚：《在文坛边缘上——编辑手记》，第484页，开封：河南大学出版社，2004年。

尽搞这些，现在搞得太多。揭露是需要的。社会主义有阴暗面，怎能不揭露呢？现在是单纯揭露阴暗面的太多了些。我们是革命的现实主义的文艺，没有批判，能叫革命的吗？单纯揭露阴暗面，不好嘛！写什么爱情呀，意识流呀，那并不是什么新东西，而是旧东西，不要反对，也不要推崇和提倡……在文艺上既要继续坚持贯彻‘双百方针’，切实保证文艺创作和学术研究的自由，但又要坚决反对和防止自由化。”①

在1981年前后，中央领导高层不断重申“四项基本原则”，并于1981年1月29日和2月20日接连颁布了两个重要文件即《中共中央关于当前报刊新闻广播宣传方针的决定》和《中共中央、国务院关于处理非法刊物、非法组织和有关问题的指示》，指出“坚持四项基本原则的核心是坚持党的领导”，“这是四个现代化能否实现的关键”，要求传播媒体“认真进行关于四项基本原则的宣传”，②同时又明确指出，那些“违反宪法和法律、以反对四项基本原则为宗旨的刊物和组织”是“非法刊物和非法组织”。③ 尽管胡乔木否定了毛泽东文艺原则在现时条件下还完全适用及不可改变的提法，但同时他又重申，党必须坚持要求作家应继续拥护马克思主义、社会主义、无产阶级专政和党的领导。④ 显然，在新的现代

① 周扬：《联系实际，总结经验，认真学习中央工作会议文件——在文艺部门党员领导骨干会议上的讲话》，见《文艺报》编辑部编《文艺情况》，1981年第4期(3月10日)。

② 《中共中央关于当前报刊新闻广播宣传方针的决定》，《三中全会以来重要文献选编》，第639页，北京：人民出版社，1982年。

③ 《中共中央、国务院关于处理非法刊物、非法组织和有关问题的指示》，《三中全会以来重要文献选编》，第657页，北京：人民出版社，1982年。

④ 胡乔木：《当前思想战线的若干问题》，《红旗》，第2—22页，1981年第23期。

化进程的历史起点上保持前进的步调与新的现代性设计的目标完全一致，是党和政府当时最为关注的问题。①

"《苦恋》风波"便在这样一个历史背景下产生。《苦恋》②写的是一对侨居海外的画家夫妇的故事。他们在新中国诞生的时候，

---

① 在"文化大革命"结束以后的1976年10月至1978年12月间，中国社会的主要热情，均都集中于对"文化大革命"时期以极"左"为特征的现代性社会设计的批判上面。中国共产党于1978年12月召开的十一届三中全会宣布："全国范围的大规模的揭批林彪、'四人帮'的群众运动已经基本上胜利完成，全党工作的着重点应该从1979年转移到社会主义现代化建设上来。"参见《中国共产党第十一届中央委员会第三次全体会议公报》。这种新的现代性的历史运动自然有着"社会主义"的规定性。在1979年1月中共中央开了理论工作务虚会，提出要"把思想理论上的重大原则问题讨论清楚，统一到马克思列宁主义、毛泽东思想的基础上来"。参见胡耀邦：《理论工作务虚会引言》，《三中全会以来重要文献选编》，第48页，北京：人民出版社，1982年。邓小平在会议上强调要坚持四项基本原则。参见邓小平：《坚持四项基本原则》，《三中全会以来重要文献选编》，第82页，北京：人民出版社，1982年。1980年2月的"剧本创作座谈会"的基本目的也是"在一些重大原则问题上统一思想"。参见胡耀邦：《在剧本创作座谈会上的讲话》，《三中全会以来重要文献选编》，第321页，北京：人民出版社，1982年。邓小平在1980年12月召开的以经济调整作为会议主题的中央工作会议上，作了题为《贯彻调整方针，保证安定团结》的重要讲话，重申了党的"四项基本原则"。在1982年11月召开的五届人大五次会议正式通过将"四项基本原则"写进宪法。

② 白桦：《苦恋》，《十月》，1979年第3期。关于《苦恋》及其周边文本的研究有很多。何言宏在其《中国书写——当代知识分子写作与现代性问题》一书的《异质话语的规约机制》一节中对《苦恋》风波有较为详尽的分析。参见何言宏：《中国书写——当代知识分子写作与现代性问题》，第48—72页，北京：中央编译出版社，2002年。资料方面，徐庆全的《风雨送春归——新时期文坛思想解放运动记事》一书的下篇《〈苦恋〉风波的前前后后》详细记述了关于《苦恋》的论争。参见徐庆全：《风雨送春归——新时期文坛思想解放运动记事》，第321—436页，开封：河南大学出版社，2005年。陈为人的《唐达成文坛风雨五十年》一书专有《"苦恋"（转下页）

毅然决定重返祖国的怀抱，他们的孩子也在飘扬的五星红旗下呱呱落地。但这对爱国高级知识分子却在“无产阶级‘文化大革命’”期间，遭受到残酷的打击和百般凌辱，他们的女儿从小也受尽歧视。男主人公在逃亡中冻馁而死，临死前在雪地上爬出一个大大的问号。“文化大革命”结束之后，女儿执意出国。在亲人试图挽留她的时候，她感慨父辈对祖国的单思之情：“我爱这个国家，但这个国家爱我吗？”《苦恋》改编成电影后更名为《太阳和人》。这部影片在举行内部放映的时候引起很大争议。随之而来的是贯穿于1981年全年的对该片的批判浪潮。该片被认为宣扬了“不爱国”的错误思想。先是《解放军报》对《苦恋》提出批评，《文艺报》于1981年第19期也发表了唐因和唐达成的《论〈苦恋〉的错误倾向》一文，对《苦恋》进行了全面批评。在一系列的话语规约行为之后，白桦于1981年11月25日给《解放军报》和《文艺报》写了一封《关于〈苦恋〉的通信》，表示认识到“《苦恋》剧本的错误是当前一部分人中间的那种背离党的领导、背离社会主义道路的错误思潮在文艺创作中的突出表现”，它“只能使人得出这样的印象：共产党不好，社会主义制度不好”，更表示今后要“提高马列主义理论水平，加强党性锻炼，坚持党的四项基本原则”。①

《苦恋》作为意识形态战略为确立自我主体所着意寻找的恰当的“他者”，从中央到整个文艺界的政治意识形态通过异质清

(接上页)与“异化”》一章。参见陈为人：《唐达成文坛风雨五十年》，第111—137页，溪流城：溪流出版社，2005年。丁东的《唐达成访谈录》一文也有关于《苦恋》的争论的详细的记载。参见丁东：《唐达成访谈录》，原载《百年潮》1998年第1期。

① 该文见于1981年12月23日《解放军报》和1982年1月号《文艺报》。

除把它规划到主流话语秩序中，进而对“坚持四项基本原则”这一元话语进行再生产。既要削弱《苦恋》的政治批判性，又要避免重复“文革”时期的极“左”的从政治上全盘否定的批判方式，以达到团结作家的目的。后来到 1983 年 7 月，《北京周报》特意报道，白桦仍在继续写作，他最近的一些剧作正在北京上演。《苦恋》事件“又一次显露出那些‘左倾’势力对胡耀邦所处领导地位的挑战”。①

文艺批评在这里并不是可以独立发出自己声音的形象，而是各种话语权力冲突与磨合的一个场域。四川诗人孙敬轩发表在《长安》杂志上的一首诗《一个幽灵在中国大地上游荡》，被批评为有错误倾向，《文艺报》受到了文艺局的指示，加上《危险的倾向 深刻的教训》的标题发表了他的自我批评发言。孙在检讨中写道：“我在揭露和批判封建主义时，所持的观点，是同无产阶级思想背道而驰、格格不入的。我在这首诗中，说是反封建主义，实际上却在宣扬和鼓吹资产阶级自由主义和人权主义的思想。”②

时至今日，当我们重新反省当时的话语冲突时，自然仍应在道义上为当时处于弱势地位的知识分子话语进行辩护，而且，历史地看，正是由于当时“伤痕”“反思”小说作家知识分子话语意识的初萌以及它所引发的话语冲突，才逐渐形成我们在今天才具有的更加开放的话语多元格局。③ 也是由于历史语境的限制，“伤痕文

① 胡绩伟：《劫后承重任 因对主义诚——为耀邦逝世十周年而作》，《书屋》，2000 年第 4 期。

② 孙敬轩：《危险的倾向 深刻的教训》，《文艺报》，1981 年第 22 期。

③ 何言宏：《中国书写：当代知识分子写作与现代性问题》，第 143 页，北京：中央编译出版社，2002 年。

学”思潮对“文革”中的社会政治实践进行的批判，只能仅仅停留在简单否定的层次，而对“文革”的成因未能深入探讨，这也从另一方面限制了其历史反思的深度。① 如果不能对“十七年”和“文革”进行较为深刻的反思，“伤痕文学”思潮对“文革”“伤痕”的愈合功能也就未能实现。

第三节 文学史中刹那的繁华

对于一个被迫的后发现代化国家，中国自近代以来就处在一种“落后/挨打”的危机焦虑之中。邹谠在《中国革命再阐释》一书中，曾开宗明义地分析了这一“危机”意识的形成和发展。他说：“除了导源于对外战争的新近失败的危机感外，国际环境中的另外两种因素将持续对中国产生明显的影响，强化这种危机意识，直到

① 除此之外，“伤痕文学”叙事的模式化也局限了其历史批判的深度。如方之的《内奸》(忠/奸对立模式的现代转换，借此表达对现代化的向往，见《北京文艺》，1979 年第 3 期)、鲁彦周的《天云山传奇》(善/恶对立模式的现代转换，把政治反思转换为道德谴责，并附着在极强的路线斗争之上。正确的路线便获得了道德上的合法性，从而充分论证了意识形态的合法性。见《清明》，1979 年创刊号)。关于“伤痕文学”叙事模式的研究可参看何言宏的《中国书写：当代知识分子写作与现代性问题》一书中第六章《现代性叙事的历史性重构》和第七章《“工具文体”的早期突破》，第 193—276 页，北京：中央编译出版社，2002 年 5 月。许子东的《为了忘却的集体记忆：解读 50 篇“文革”小说》一书也对很多伤痕小说进行了叙事学解读。参见许子东：《为了忘却的集体记忆：解读 50 篇“文革”小说》，北京：生活·读书·新知三联书店，2000 年。另外，程光炜在《“伤痕文学”的历史记忆》一文中认为是“改革文学”的出现让“伤痕文学”的反思未能深入，从而走向终结，如果结合当时的历史语境来看，程光炜的观点未免有点偏颇。参见程光炜：《“伤痕文学”的历史记忆》，《天涯》，2008 年 3 月。

一九四九年中华人民共和国成立为止。这就是西方意识形态和范例(现代社会科学术语称之为'模式')的影响以及资本主义世界经济的冲击。"[①]1949年新中国的成立虽然为中国文化注入了蓬勃乐观的因素,但"冷战"的紧张氛围却比任何时候都强化了中国政治文化的危机意识,甚至我们可以说,"文化大革命"也是这一危机心理的畸形发展。只是,它发展的结果,或者说社会主义激进实践的结果,却是另一种更深刻的危机的诞生"。[②]

本书在第一章中对"文革"后的"三信危机"已经有所论及。而"文革"后真正的危机,其实是在国门开放后不久,由现实的混乱和反思的深入所引发的,它诡异地接通了中国近代以来"落后/挨打"的文化记忆,[③]加强了知识分子自身的"失败感",可能也导致了某些偏激的文化选择。就文学上的反映而言,人们最不满的现象也正是在这种"面向世界"的比较之后产生的。[④] 历史赋予"伤痕文学"思潮的使命是"面向世界",用新的意识形态"动员民众参与实现现代化的期待,并借此完成社会发展形态的转型,在新的目标设定中使民族心理重新获得自振并建立自身的权威性和社会信任感"。[⑤]而就文艺自身而言,"伤痕文学"思潮则理应争取文艺的自主性。

---

① 邹谠:《中国革命再阐释》,甘阳编,何高潮等译,第1页,纽约:牛津大学出版社,2002年。

② 邹谠:《中国革命再阐释》,甘阳编,何高潮等译,第45页,纽约:牛津大学出版社,2002年。

③ 甘阳:《80年代文化讨论的几个问题》,《读书》,1986年第2期;黄子平:《关于"伪现代派"及其批评》,《北京文学》,1986年第5期等文章。

④ 李海霞:《"文学危机"和危机的政治性诉求——读蔡翔〈何谓文学本身〉》,《当代作家评论》,2007年第1期。

⑤ 孟繁华:《1978:激情岁月》,第2—3页,济南:山东教育出版社,1998年。

80年代的“伤痕文学”思潮的实践者们在争得自己的一定的自主权利之后，也曾以悲观的乐观精神，打破权威，祛除迷信，用传统的英雄情怀和启蒙话语参与了动员民众、决裂旧的意识形态和共同创造未来、走向彼岸的意志实践，表达了他们对社会公共事务的参与欲望；也曾以文学实践这一知识分子特有的方式去干预政治，向我们展现了知识分子的承担意识和文学的力量及尊严。但是，由于种种内耗和外控因素，更由于政治因素的强力介入，“伤痕文学”思潮只能作为文学史上的“刹那”①，而无力应对七八十年代之交，国门刚刚打开后的“繁华”。80年代的现代主义实验，是始于七八十年代之交的王蒙、宗璞等人对现代主义创作方法、艺术技巧和某些哲学观念的吸取和借鉴。更大规模的现代主义艺术实验，则是这期间与“伤痕—反思”文学相伴生的新潮诗歌（即所谓“朦胧诗”）的创作。② 与此同时，在戏剧领域也出现了以高行健的《绝对信号》和《车站》为代表的现代主义实验剧作。所以说，从80

① 卢新华称“伤痕文学”是短命的。参见卜昌伟：《卢新华：伤痕文学是短命的》，《京华时报》，2004年10月22日第A36版。2004年10月22日，全国有影响的《中国青年报》也发表了《卢新华：伤痕文学是短命的》的文章报道。

② 徐敬亚在他的那篇有争议的阐释“新诗潮”的论文中就曾经说过：“在艺术主张、表现手法上，新倾向主张写自我，强调心理；手法上反铺陈、重暗示，具备较强的现代主义特色，但他们的创作主导思想从根本上讲，没有超越唯物主义反映论。他们突破了传统的现实主义原则，表现了反写实、反理性的倾向，但他们反对的只是传统观念中的单纯写实，他们反对的理性只是那种对诗的生硬的政治性附加，他们的主题基调与目前的整个诗坛基本是吻合的，有突出区别的只是表现方法和手法。”这也是符合“新诗潮”的创作实际的。参见徐敬亚：《崛起的诗群——评我国诗歌的现代倾向》，《当代文艺思潮》，1983年第1期。

年代初期开始，现代主义在新时期文学内部，就是一场自觉推进的文学运动。①

而对占据主导地位的现实主义文学潮流来说，“伤痕文学”思潮作为现实主义文学的一脉，面对西方思潮混乱而纷杂的引入，对此却无暇更是无力回应。虽有 80 年代初期以王蒙为代表的借鉴意识流手法改善现实主义的小说叙事，他们以现实主义为“本体”吸收融会现代主义的积极成果，扩大了现实主义的艺术表现力。②但是就整个“伤痕文学”思潮而言，其对“现代主义”的一些技巧和手法基本上是视而不见的。当然，经过了“文革”期间的闭关锁国（有论者称之为历史的“断裂”），外来资源虽开始进入但仍然贫乏的情境下，过去年代的精神文化资源，尤其是五四时期（人道主义思潮就源于五四文学传统）和十七年时期的文学传统（尤指那些被历次政治运动判为异端、受到压抑的那一部分现实主义的理论和创作，如胡风的现实主义理论等）成为“伤痕文学”思潮的历史推动力和主要话语资源也是合情合理的，更表明了中国当代文学内孕

---

① 於可训：《当代文学：建构与阐释》，第 96 页，武汉：武汉大学出版社，2005 年。於可训认为，“现实主义”文学潮流的新变实际上是从七八十年代之交开始的，同样也表现出了一种自觉的自我更新意识。从这个意义上讲，整个 80 年代文学的现实主义，都可以称之为“新”现实主义。於可训主要指的是 80 年代初期以王蒙、茹志鹃为代表的借鉴意识流手法改善现实主义的小说叙事，他们以现实主义为“本体”吸收融会现代主义的积极成果，扩大了现实主义的艺术表现力。关于 80 年代文学现实主义传统和现代主义的胶合杂糅，可参看参见於可训：《当代文学：建构与阐释》中的《“现代”或“西方”：一个错位的价值取向》一节，第 101—109 页，武汉：武汉大学出版社，2005 年。

② 於可训：《当代文学：建构与阐释》，第 100 页，武汉：武汉大学出版社，2005 年。

着与传统血脉相连的活性因子。再加上一系列的政治上的拨乱反正、理论上的正本清源、对“四人帮”的批判、冤假错案的平反、政策的落实、众多“归来”作家的“过去经验”的“重放”等,这些因素似乎都在把人们的目光引向传统的复归。但是,在力图回归五四和十七年的文学传统的同时,怎样处理与西方异质话语系统的遭遇以应对文化危机?“伤痕文学”思潮却令人遗憾地错过了新变的时机。直到80年代中期,“寻根文学”才开始吸收拉美文学经验,用魔幻现实主义的手法,审视国民性格和民族文化;80年代后期,“新写实”或“新现实主义”才真正标举“新”字旗号,多方融合现代主义和某些“后现代”的叙事技巧,表现人的生命本真和存在状态,实现历史和现实、现实主义和现代主义的交汇、融合。

“伤痕文学”文学思潮面对着一个逐渐开放的文学环境和世界文学格局,由于其本身的思想阈限和意识形态规约,未能建构起文学应有的自主性。文学还没有能力进行独立思考和自我解放,当然就更无暇应对西方思潮而做出自我调整或激活中国文学自五四以来“对西方现代主义文学借鉴拿来的经验”①。何言宏的《中国书写:当代知识分子写作与现代性问题》一书中强调了“伤痕”“反思”小说作为当代知识分子写作的起源性质,据他分析,即使在“伤痕”“反思”小说中也能看到知识分子写作对艺术的初步自觉的追求与知识分子写作主体的初步苏醒。② 且不论何言宏在论述“伤

① 季红真:《中国近代小说与西方现代主义文学》,《文艺报》,1988年1月2日。

② 参见何言宏:《中国书写:当代知识分子写作与现代性问题》第一章第五节《新时期知识分子写作的历史起源》和第七章《“工具文体”的早期突破》,第10—20页,第247—272页,北京:中央编译出版社,2002年。

痕”“反思”小说对艺术的初步自觉的追求时，把汪曾祺的《寂寞和温暖》《天鹅之死》《七里茶坊》《皮凤三楦房子》《尾巴》《云致秋行状》和《讲用》等都称为“伤痕”“反思”小说①，单单反观其他“伤痕文学”作品中的“觉醒”“理性”，就具有极大的相对性。“伤痕文学”思潮运用过去的价值（如对十七年和五四时期文化资源的挪用）推翻“文化大革命”时期的价值尺度，人们甚至对“无产阶级‘文化大革命’”“反右扩大化”“十七年”中违反常规的政治斗争都置若罔闻，对上述的一切的反思还有赖于政策的引导。新时期小说对“文化大革命”“反右扩大化”等历史问题的真正反思要到1979年以后才出现，而这时，中央已有文件反思毛泽东同志晚年的错误及真理的标准，这一巧合表明了作家自身的思想尚未解放，尚未用自己的眼睛观照新中国成立以来的社会运动，这是个颇耐人寻味的问题。② 德里达这样描述危机经验之中的文学表达：“这些文本的形式多种多样，但都属于不再单纯的文本，或者说不再是文学的文本了。而对于有关文学的那些令人忧虑的问题，它们不仅仅提出来，不仅仅赋予它们理论的、哲学的或社会学的形态，比如像萨特那种情况，而且，它们的质疑还与文学与批评的实行性（甚或是危机中的实行性）的机理联系起来。”③“伤痕文学”思潮作为描述危机经验的文学表达，它虽以文学的形式提出了那些令人忧虑的问题，却

---

① 本文认为，汪曾祺严格意义上的“伤痕文学”作品仅仅只有《骑兵列传》和《塞下人物记》。这两篇作品和汪曾祺的其他作品区别较明显，是汪曾祺向主流文学的有意靠拢。

② 李扬：《中国当代文学思潮史》，第128—129页，上海：上海社会科学院出版社，2005年。

③ 雅克·德里达：《文学行动》，赵兴国等译，第9—10页，北京：中国社会科学出版社，1998年。

缺少理论上的自觉思考，更缺乏与文学与批评的危机中的实行性之间的关联。

“伤痕文学”以对新的历史时期的合法性论证作为根本性的叙事动力。对“伤痕文学”思潮的文学史地位的评价和“文革”后形成的以“现代性”作为判别一个世纪以来文学发展的整体价值这一框架体系密切相关。其实质内涵就是将五四时期“现代性”诉求的宗旨，作为判别一个世纪以来文学发展的整体价值框架体系。在这一框架体系下，文学史对“伤痕文学”思潮的评价往往是在思想史意义上给予肯定，而对“伤痕文学”思潮和政治的紧密关系则往往从文学“主体性”①的角度给予否定。孟繁华对“伤痕文学”的观点

① 主体性问题首先源自李泽厚对康德哲学的解说，而后他先后发表了几篇关于主体性问题的论纲。参见：李泽厚：《批判哲学的批判》增订本，北京：人民出版社，1984 年。但是，将李泽厚有关主体性的讨论推向整个思想界的是深受其影响的刘再复。他在《论文学的主体性》等文章中将一个形而上学问题变成了文学和思想运动的旗帜。参见《文学评论》，1985 年第 6 期，第 11—26 页，1986 年第 1 期，第 3—15 页。汪晖曾对这一概念有所反省。他指出，一些学者则通过在哲学和文学等领域中的主体性概念的讨论，一方面吁求人的自由和解放，另一方面则试图建立个人主义的社会伦理和价值标准（它被理解为个人的自由）。主体性概念包含了对现代过程及其意识形态的某种程度的疑虑，但在当时的语境中主要是指个人主体性和人类主体性，前者的对立面是专制国家及其意识形态，后者的对立面是整个自然界，它的积极意义在于为后社会主义时代的人的基本政治权利提供了哲学的基础。这样的主体性概念建立在主体—客体的二元论之上，洋溢着 18—19 世纪欧洲启蒙主义的乐观主义气息。值得注意的是，在寻求个人的自主性的过程中，启蒙思想既从西方的宗教改革和古典哲学（特别是康德学说）中汲取思想资源，也从尼采、萨特等思想家那里得到灵感。但是，在中国的语境中，尼采、萨特等人对西方现代性的批判却被省略了，他们仅仅是个人主义的和反权威的象征。中国启蒙主义思想内部的冲突经常表现为古典的自由主（转下页）

就颇有代表性。他认为:“那一时代的文学的影响力并非全然来自文学自身,或者说,社会对文学的期待亦非是对精致与深长的讲求,普遍的心态是将文学作为宣泄的渠道、代言的工具,只要能够表达人们未曾道明的委屈饮恨、难以言说的莫名压抑,对文学的粗糙形态是可以忽略不计的。因此可以说,1978 年代的文学仍然是政治文化的一部分。……尽管如此,对 1978 年代的文学的肯定立场仍是我们不能放弃的。……其后文学的发展和成就都有赖于 1978 年代的努力,甚至它以牺牲文学性作为代价,都将作为重要的文化遗产而倍受珍视。”①

陈思和在其《中国当代文学史教程》中认为:“以茹志鹃的短篇小说《剪辑错了的故事》为标志,中国文学领域在 1979 年至 1981 年间形成了一股以小说为主体的‘反思文学’思潮,而‘归来者’们的创作是其中最主要、最瞩目的。与‘伤痕文学’相比,‘反思文学’具有较为深邃历史的纵深感和较大的思想容量,揭露和批判极‘左’路线、反对官僚主义,揭示社会和历史悲剧,呈现和剖析悲剧人物的命运遭际,刻画悲剧人物性格是它们共同具有的鲜明特色,这种揭露性的内容和思想特色也成为反思作品吸引读者的最主要的因素。但也因为这批作家的理性主义色彩,他们相应地失去了

(接上页)义伦理与激进的极端个人主义伦理的二元对立。主体性概念即使在今天也是包含着内在的可能性的,但是,如果我们不能把这一概念从上述二元对立中解放出来,置于新的历史条件之中,这一概念就可能僵化为一种没有批判潜能的概念。汪晖:《当代中国的思想状况与现代性问题》,《天涯》,1997 年第 5 期。尹昌龙在《1985 延伸与转折》一书的《主体性神话》一节中对主体性问题也有所讨论。参见尹昌龙《1985 延伸与转折》,第 96—121 页,济南:山东教育出版社,1998 年。

① 孟繁华:《1978 激情岁月》,第 4 页,济南:山东教育出版社,1998 年。

'伤痕文学'那种刻骨铭心的忏悔与绝望，在某种程度上回避了揭露'文化大革命'的灾难性实质，他们'反思'的历史范围也局限在一定的政策之下，而且大多数是以苦尽甘来的'大团圆'为结局。所以，从'伤痕'到'反思'，反映了'文革'后文学与现实环境的第一场冲突龃龉以及随机转形。"①如果抛开追求文学现代化的"主体性"叙事框架，抛开"伤痕文学"与"反思文学"这种泾渭分明的进化论式的分野，承认文学的意识形态性，"伤痕文学"思潮的文学史意义恰恰在于其对时代敏感的呼应和共振，在于那种刻骨铭心的忏悔和绝望，在于虽然时时被规约，却也在规约中时时直面"文革"的承担与勇气。

当我们在深受局限的价值观的支配下"再现"历史时，我们也"试图参与和建构关于未来的对话"。② 黄子平在谈及中国文学的主题时，曾经作过一个论断，"我认为'五四'以来60年来的中国现当代文学，它的总主题是'中国向何处去'，每一个作家自己的总主题都是在这一时代的总主题制约下展开的。其中十年浩劫是烙在中国人民心灵深处，至今仍在现实生活中起作用的一段历史"，而新时期文学在其发生之时，正是要"让同时代人都来咀嚼民族的苦果，思索时代的总主题"。③ 在这一时代总主题下，"伤痕文学"思潮中的历史伤痕作为一种烙印、一种痕迹，主要是以记忆的形式体

① 陈思和主编：《中国当代文学史教程》，第十一章第一节，上海：复旦大学出版社，1999年。

② 伊里莎白·福克斯·杰诺韦塞：《文学批评和新历史主义的政治》，见张京媛主编：《新历史主义与文学批评》，第7页，北京：北京大学出版社，1993年。

③ 黄子平：《深思的老树的精灵》，第128页，杭州：浙江文艺出版社，1987年。

现出来。

而在新时期初期，个人的记忆与国家的记忆是重合的。新时期国家意识形态是以“拨乱反正”“全面批判‘四人帮’”“全面否定‘文革’”的名义使国家民族摆脱“文革”的历史阴影，并将个人有效的组织到现代化的国家实践中。而知识分子在“文革”期间所经受的人生苦难就成了国家和知识分子共同拥有的精神动力和思想遗产，被重新纳入国家意识形态范畴。“四人帮”制造的“文革”苦难成为展示知识分子在困境中体现出来的正义、勇敢、无畏的精神气质和道德品格的舞台和容器。抒情自我通过对苦难的反复书写和不断复制，使个体与国家、民族建立起同构的关系，当个人的苦难被贴上祖国、民族、人民标签时，苦难自然就会在个人受难史的空间内突围，从而将个人的苦难归纳到历史的宏大叙事之中，转换为民族国家的苦难，成为一种集体记忆，苦难因此而具有了国家、民族的意义许诺。这无形中也暗合了当时新的意识形态的需要。

知识分子以受难者或者殉难者的姿态，通过对苦难的书写，“罪域”的文化身份得到救赎，赢得了整个社会的同情，由“文革”中的“他者”转而成为新的历史进程中的主体，并实现了文化身份的彻底重构。但在这种对苦难的讲述中，知识分子恰恰失去了其赖以存在的批判性和罪责意识，在将苦难作为炫耀的资本时，放弃了对苦难为什么会如此的反思和追问，享受着廉价的乐观和“归来英雄”的指称，这也许也显现出新时期初期中国知识分子整体的精神缺失。

正如如伊丽莎白·福克斯·杰诺韦塞所言：“文本不存在于真空中，而是存在于给定的语言、给定的实践、给定的想象中。语言、实践和想象又都产生于被视为一种结构和一种主从关系体系的历史中。所有以集体的名义写作——虽然可能十分狭隘并以自我为中心——的文本的作者们，都是带着这样一种意识写作的，即他们都是那些组成社会和文化的大众的特权代言人。"①知识分子用大众代言人的姿态，对"集体记忆"的书写有一种"民族志"的效果，因此，人文学术，特别是文学和哲学成为那个时代的"显学"。有论者已经敏锐指出这种大众代言人姿态的危险性："显然，当代知识分子作为'社会良心'的代表，其最早的合法性依据正是来自这种'苦难'的倾诉和转喻，并使自身的苦难记忆在类似于'民族志'的文学书写中获得了它的普遍意义。当然，这种书写同时也影响了知识分子的历史态度，这就是：他们经常会有意无意地把复杂的当代历史处理成一部纯粹的知识分子的精神史，或者一部纯粹的知识分子的受难史。"②

《记忆》就形象地体现了伤痕文本中形成的历史记忆的权力等级。小说从一个做了错事（主人公因放映电影时几秒钟的失误，颠倒了电影胶片中的领袖像，人生的命运被颠倒了几十年）的党的领导干部（市委宣传部部长）的角度进行反思："是的，记忆是一样好东西，它能使人变得聪明起来……在我们共产党人的记忆中，不应保存自己的功劳、业绩；也不应留下个人的得失、恩怨。应该永远把自己对人民犯下的过错、造成的损失牢牢铭刻在记忆里。千万不要忘记！"这是作者对共产党人（老干部）的要求，而对于普通的受害者，作者却写出了另外一番话："然而，她没有悲伤，没有怨恨，

---

① 伊丽莎白·福克斯·杰诺韦塞：《文学批评和新历史主义的政治》，载张京媛主编：《新历史主义与文学批评》，第62页，北京：北京大学出版社，1993年。

② 蔡翔：《一路彷徨》，第226页，济南：山东友谊出版社，2006年。

没有愤慨。她的文化有限,但胸襟开阔。她懂得她的遭遇并非由某一个人、某一种偶然的原因所造成,也并非她一个人所独有。她没有能力对摧残她的那些岁月做出科学的评价,但她确信历史的长河不会倒流。当明丽阳光已照在窗前的时候,人们不总是带着宽慰的微笑,去回忆昨夜的噩梦,并随即挥一挥手,力图把它忘却得越干净越好吗?"①叙述人利用自己的话语权力,以"科学"的名义否定了"文化有限"的方丽茹的历史反省的价值可靠性的同时,又在极力书写并且"肯定"他们对"历史的长河不会倒流"的"历史确信"。叙述人张显和肯定的是老部长们的历史记忆,压抑和否定的是属于方丽茹们的那一部分历史记忆。②

就这样,"罪恶和劫难的过去并未在文本中变得日益清晰起来,成为可以认识的对象,而是一个亟待超越的巨大的不明之物,一个在捕捉之前已然脱落的缺席的在场者"。③ 在研究精神病学中所谓的"创伤性神经症"时,弗洛伊德说:"一种经验如果在一个

---

① 张弦:《记忆》,《人民文学》,1979 年 3 月,获 1979 年全国优秀短篇小说奖。许子东在《为了忘却的集体记忆——解读 50 篇"文革"小说》一书中对《记忆》中的记忆/忘却这一矛盾有详细的解读。参见许子东:《为了忘却的集体记忆——解读 50 篇"文革"小说》,第 133 页,北京:生活·读书·新知三联书店,2000 年。何言宏对此也有分析。参见何言宏:《中国书写:当代知识分子写作与现代性问题》,第 216—221 页,北京:中央编译出版社,2002 年。

② 何言宏接着指出,这种矛盾的原因是叙述人所肯定的历史记忆的合法性,是不能有"个人主义"因素的。另一方面,基于"个人得失"之上的对于"历史记忆"的"表达",在《记忆》之中并不具有充分的合法性。由此形成了部长/放映员之间的记忆权力等级。参见何言宏:《中国书写:当代知识分子写作与现代性问题》,第 216—221 页,北京:中央编译出版社,2002 年。

③ 孟悦:《历史与叙述》,第 27 页,西安:陕西人民教育出版社,1998 年。

很短暂的时期内，使心灵受到一种最高度的刺激，以致不能用正常的方法谋求适应，从而使心灵的有效能力的分配受到永久的扰乱，我们便称这种经验为创伤的。”①而对忘却的鼓吹与赞美，放弃追问与历史达成和解，在历史的控诉中隐遁历史，这只是对历史创伤的回避和漠视。对历史错误在理路和实践上没有更为深刻的反省和批判，人们也就无法用适当的方法分配心灵中的“有效能力”，无法从挫败中真正获取更为理性的经验，人们心头的历史伤痕也就无法真正从根源上愈合。我们需要的不是消灭历史，更不是遗忘历史，而是以一种特殊的方式（批判或者反思）去记忆历史，这种记忆和遗忘的辩证关系也就是福柯所说的“非认同式记忆”或“无认同记忆”。某种意义上，“伤痕文学”，实际就是一种“重新记忆‘文革’”的文学。它的历史角色和历史责任，是要把那些“抗争性的记忆”（个人记忆）引入公众领域，变成公众记忆的一部分。而人们今天重提“伤痕文学”的历史记忆，其意义即在阻止那种将“个人记忆”从“公众记忆”中撤出，建筑另一种“公众记忆”——与真正的“公众记忆”事实上无关的所谓“公众记忆”的行为。② 阿多诺说：“让苦难有出声的机会，是一切真理的条件。”对“非认同式记忆”来说，倾听历史，就会发现在事物的背面有某些全然不同的东西，不是某种永恒的和本质的秘密。怎样从根源上反思③“文革”，总结

① 西格蒙德·弗洛伊德：《精神分析引论》，高觉敷译，第216页，北京：商务印书馆，1984年。

② 程光炜：《“伤痕文学”的历史记忆》，《天涯》，2008年3月。

③ 何言宏把“伤痕”“反思”小说的历史反省分为三种类型，分别为干部的反思、知识分子的反思、“知青”一代的反思。并对这些反思的特点和局限性进行了分析。参见何言宏：《中国书写：当代知识分子写作与现代性问题》，第214—222页，北京：中央编译出版社，2002年。

社会主义的实践经验，恐怕还有很长的路等着我们去走。既然历史在这儿沉思，我们又怎能不沉思这段历史呢？

“伤痕文学”思潮没能完成自己的内在的主体性建构和吸收外来影响的新变格局，便匆匆落下帷幕。2004年，《伤痕》的作者卢新华对“伤痕文学”的一纸宣判纷纷被各大报纸和网站转载。这则新闻的标题是《卢新华：“伤痕文学”是短命的》。据新闻报道，2004年10月21日，在京举行的新书《紫禁女》媒体见面会上，卢新华在重审二十余年前曾经繁荣的“伤痕文学”后发表了自己的观点：“尽管当年的‘伤痕文学’对当时民众造成的精神创伤给予了控诉，并使文学回到了‘人学’的正常轨道，但由于作家与时代的局限性，‘伤痕文学’必然是短命的，在完成它的使命后便寿终正寝。”卢新华又补充说，“伤痕文学”实际上是对极“左”政治思想运动给一个普通家庭造成的伤害的深刻揭露，尽管它使当代文学重新回到“人学”的正常轨道，并摆脱了“假、大、空”的浮泛创作风气，从而备受推崇，但由于它过于注重情感的宣泄，篇篇作品充满了悲情主义色彩，再加上特定时期的社会现实，“伤痕文学”必然是短命的。① 文学史意义上的“伤痕文学”虽然结束了，但是“伤痕文学”的使命却远远没有终结。

历史“伤痕”的真正“愈合”绝非是给受伤者一个健康的允诺，帮助他们忘记或者掩盖，而是让受伤者去面对恐怖本身，真实地痛苦地乃至恐怖地反观历史。直到那不敢正视的东西从失语、无语中转化为对象，转化为表述，或许我们才算初步具备了辨别、诊断

① 卜昌伟：《卢新华：伤痕文学是短命的》，《京华时报》，2004年10月22日第A36版。2004年10月22日，全国有影响的《中国青年报》也发表了《卢新华：伤痕文学是短命的》的文章报道。

当代中国社会问题能力，才能走上康复之路。面对“十年浩劫”的这样的历史主题，危险不在于避而不谈“那场革命使人类付出的痛苦代价以及那场革命所犯下的罪行”，危险就在于“我们总想全部忘记并且在缄默中忽视那场革命的巨大成就”①。这就是“伤痕文学”思潮的实践者们留给后来者必须面对的难题。

反观“伤痕文学“思潮及其历史构因，它还有更深刻的现代历史文化诉求。“伤痕文学”思潮可以让我们感受到整个20世纪留在中国人心灵上的创伤。修复个体生命，整饬心灵创伤，是生命对于现代性的整体回应，构成了现代性的基本维度之一。20世纪中国文学在“个人命运的焦虑”与“民族危机的意识”之间建立了一种持久的痛苦联系。② 在这个笼罩着20世纪的悲怆主题下反思“伤痕文学”思潮，它就不只是活跃在20世纪七八十年代的一种短暂的文学潮流。伤痕文学”思潮一开始就刻意揭露政治意识形态对个体心灵的创伤，是对“文革”时期政治意识形态造成的个体生命境遇的回应，是一种为刻骨铭心的灾难立此存照的绝望的努力。

可以不无夸张地说，“伤痕文学”思潮建构了从20世纪六七十年代开始并绵延至今的中国现代体验结构中的“创伤记忆”。在这个意义上，“伤痕文学”思潮是一种具有普遍性的文学典律，其源自个体生命所遭遇的非人境遇而产生的与宏大叙事的“疏离”③，其

① 塔理克·阿利：《斯大林主义的遗产：对20世纪世界政治的影响》，第9页，企鹅图书公司，1984年。

② 黄子平、钱理群、陈平原：《论“20世纪中国文学”》，《文学评论》，1985年第5期。

③ 蔡翔、罗岗、倪文尖：《文学：无能的力量如何可能——“文学这三十年”三人谈》，选自孙晓忠编：《巨变时代的思想与文化——文化研究对话录》，第163页，上海：上海书店出版社，2011年。

呈现出来的个体—整体、自由意志—历史理性、感性生命—冷酷教条之间隐微而深邃的张力①，其书写的个人极端的伦理生存困境即肉体的折磨、人格的屈辱、精神的幻灭以及生命在消逝之中所陷入的孤苦无告等等都成为之后中国文学书写不尽的母题。

第四节　文学的"再政治化"

文学和政治有着难以分开的共轭因子，它们相互嵌入对方，对时代做出回应。西方新马克思主义代表人物特里·伊格尔顿认为并不存在一种脱离政治意识形态的文学，他说："文学，就我们所继承的这一词的含义来说，就是一种意识形态。它与社会权力问题有着最密切的关系。"②詹姆逊也在《政治无意识》一书中确立一种"政治阐释"在所有文本阅读和阐释行为中的功能的"优先性"和"绝对视界"，而他此一确立的根本支点则是其对人类生活所持有的这样一种认识和愿望——"没有什么东西是非社会和非历史的"，没有什么东西能够从人类历史和社会生活各个构成要素的普遍关联特别是政治关联中逃脱出来，"每一事物在'最后的分析中'都是政治的"，而人们所创造的无数文化或文本皆可被视作人类"夺取从必然王国到自由王国的群体斗争"这个"无休止的宏大情节"中的一支支插曲，只有基于这样的思考，我们才能够重新恢复自己对某些社会生活的"原有的切身感"，并从种种"深入我们个别

① 任翔：《中国当代文学体验结构的整体性考察——以伤痕文学为例》，《天津社会科学》，2011年5月。

② 特里·伊格尔顿：《二十世纪西方文学理论》，伍晓明译，第25页，西安：陕西师范大学出版社，1987年。

主体存在之骨髓"的"麻木不仁"中解放出来。在詹姆逊的总体性阐释学中,文学文本同政治的相干性无疑占有一种极其重要的位置。① 所以说,文学拥有的只是一种"受限制的自由和客观潜能"。② 文学的发展,不可能将自己置身于急剧变动的社会变革之外,如果"绝对拒绝过去(历史)",包括它的"语言",那就"无异于把批判同它的对象隔离开来"。③

80 年代初的纯文学运动和后来的"20 世纪文学史"的论题的提出,其本身就是对"文学依附于政治"这一价值判断方式的反拨。"纯文学"概念的具体的产生时间,可以大致确定在 80 年代初期。而这个概念产生的特殊的历史背景,正如李陀所说:"'纯文学'这种说法在中国出现并且存活下来,这有一个七八十年代之交的特殊历史环境,那就是:'文革'刚刚结束,非常僵化的文学教条还严重地束缚着文学——比如'文艺从属于政治',文学一定要写'典型环境中的典型人物',以及从样板戏里总结出来的'高大全'等等,这些'艺术原则'都成为不能违背的教条,成为文学'解放'的严重障碍。在那种情况下,作家只有冲决、抵制、批判这些文学教条,写作才能解放,才可能发展一种新的写作。"④韩少功也认为:"'纯文学'的定义从来就是含糊不清的。在我的印象中,80 年代'纯文学'意念浮现是针对某种偏重宣传性和社会性的'问题文学',到后

---

① 弗雷德里克·詹姆逊:《政治无意识》,王逢振、陈永国译,北京:中国社会科学出版社,1999 年。

② 皮埃尔·布迪厄著:《艺术的法则:文学场的生成和结构》,第 282 页,刘晖译,北京:中央编译出版社,2001 年。

③ 程光炜:《"伤痕文学"的历史记忆》,《天涯》,2008 年 3 月。

④ 李陀:《漫说"纯文学"》,《上海文学》,2001 年第 3 期。

来，主张自我至上者，主张形式至上者，主张现代主义至上者，甚至提倡严肃高雅趣味从而与地摊读物保持距离的作家，都陆续被划入'纯文学'一类——虽然他们之间有很多差别。"①

蔡翔在反思"纯文学"运动的文化政治实践性时指出，这种所谓的"文学本身"，也正是意识形态或者意识形态冲突的一种"场合"。②所以说，"让文学回到自身""回归文学"等口号，事实上也只有在文学/政治的二元结构中才能被理解，因为离开了特定"政治"这一反面参照，"文学"无法自行呈现自身。可以说，80年代形成的"纯文学"观念和以新批评作为主要理论资源的文学批评实践，

---

① 韩少功：《好"自我"而知其恶》，《上海文学》，2001年第5期。

② 蔡翔：《何谓文学本身》，《当代作家评论》，2002年第6期。蔡翔对"纯文学"的文化政治实践和保守性有精彩的分析。他指出，李陀所谓"旧的文学"实际上指的是那种把传统的现实主义编码方式圣化的僵硬的文学观念，这种文学观念在七八十年代仍然具有一定的影响力，而且直接派生出"伤痕文学""改革小说"等"问题文学"。正是在这一特殊的历史环境中，"纯文学"概念的提出就具有了相当强烈的革命性意义……在当时，"纯文学"概念实际上具有非常强烈的现实关怀和意识形态色彩，甚至就是一种文化政治，而并非如后来者误认的那样，是一种非意识形态化的拒绝进入公共领域的文学主张，这也是当时文学能够成为思想先行者的原因之一……不过，正如南帆所说，在"纯文学"切入历史的时候，历史的辩证法也在同时启动，"这个概念很快就敛去了锐气而产生了保守性"。"'纯文学'开始被赋予某种形而上学的性质。一些理论家与作家力图借用'纯文学'的名义将文学形式或者'私人写作'奉为新的文学教条。他们坚信，这就是文学之为文学的特征。这个时候，'纯文学'远离了历史语境而开始精心地维护某种所谓的文学'本质'。电子传播媒介、现代交通和经济全球化正在将世界连为一体。种种新型的权力体系已经诞生。历史正在向所有的人提出一系列重大的问题。然而这时的'纯文学'拒绝进入公共领域。文学放弃了尖锐的批判与反抗，自愿退出历史文化网络。"参见南帆：《空洞的理念》，《上海文学》，2001年第6期。

是以非意识形态的方式完成其意识形态的实践，即与文学的“去政治”诉求同时相伴随的，是另一种政治实践。① 所以说，无论是文学的“政治化”的意识形态实践（指的是那种把传统的现实主义编码方式圣化的僵硬的文学观念，这种文学观念在七八十年代仍然具有一定的影响力，而且直接派生出“伤痕文学”“改革小说”等等“问题文学”），还是文学的“去政治化”的意识形态实践（指的是在80年代，经由“纯文学”概念这一叙事范畴而被组织的各类叙述行为，比如“现代派”“寻根文学”“先锋文学”等），都被80年代的历史语境组织进文学/政治②这一大的二元对立式的“问题框架”中。这一“问题框架”曾经决定着80年代人们理解“文学”的方式。其实，这两种意识形态实践叠合在一个硬币的两面，面对的都是“文学与政治关系”这一共同的“元话语”，只不过前者与政治或共谋或被规约，后者对政治或“疏离”或“反抗”罢了。

即使是被称为“纯文学”运动的一脉，仍然也是无法逃离主流意识形态的规约的。70年代末中国文学的另外一次意义深远的

---

① 贺桂梅：《人文学的想象力——当代中国思想文化与文学问题》，第2—3页，开封：河南大学出版社，2005年。贺桂梅接着指出，这种“政治性”表现在：一方面是文学与所有的“政治”剥离得越干净，而事实上它离中产阶级文化就越切近，因为只有在这种时候，文学才真正成为某一特定阶层生活方式和主体想象的无伤大雅的点缀；而另一方面，对文学研究作为纯粹的审美研究和纯学术的专业研究的强调，与人文研究的职业化、学院化、体制化进程事实上互为表里，因为正是越来越成熟的学院体制和一种专业主义的文学学科规范体系，为其提供着流通空间。而当这种制度性空间形成时，文学/政治的二元结构就不复再有80年代的历史反抗性，而成为主流专业主义话语的核心构成部分。

② 当时所谓的政治，有着明确的所指，即于50—70年代形成的政治命题和政治标准。

变革是"朦胧诗"的崛起。① 它的源头可以追溯到"文革"期间知青诗人食指和"白洋淀诗派"的创作。当北岛、芒克等自办的民间文学刊物《今天》(从 1978 年 12 月到 1980 年 7 月共出九期)创刊以后,这一具有全新的审美精神的诗歌倾向在诗坛上开始发生重大影响。但"朦胧诗"并不是一个具有一致性的诗歌群体,后来通常所说的"朦胧"诗人包括北岛、顾城、舒婷、江河、杨炼、芒克、多多、梁小斌等,他们的作品确实较多地运用了隐喻和象征的手法,而这种诗艺上的探索与诗人怀疑和反抗的精神取向是合而为一的,其中真正孕育了中国诗歌的现代主义。而在"文革"后的时代背景下来看"朦胧诗",可以发现它们在对现实的批判性上正应合了"伤痕文学",充满了一种把个人与民族的使命紧紧相连的理想主义,并且有着明显的自主性的自我意识和探索精神。② "其实,如'朦胧诗'这样的'纯文学'运动,一开始也不曾游离于时代之外,作家们的介入意识和加入主旋律的合唱是相当坚定的。"③正如徐晓的描

---

① 1986 年,鲁枢元以"三无小说"和"朦胧诗"为具体的分析对象,认为:"一种文学上的'向内转'竟然在我们 80 年代的社会主义中国显现出一种自生自发、难以遏止的趋势。我们差不多可以从近年来任何一种较为新鲜、因而也必然存有争议的文学现象中找到它的存在。"参见鲁枢元:《论新时期文学的"向内转"》,载《文艺报》,1986 年 10 月 18 日。其实,"内转"倾向在"文革"期间的地下文学中就已经初见端倪了。如靳凡的《公开的情书》(写于 1972 年,发表于 1980 年的《十月》第 1 期),当时就有批评者认为,这篇小说使革命现实主义遇到了某种挑战:文学创作出现了分化,非现实主义和反现实主义的思潮已经有端倪可寻了。

② 陈思和主编:《中国当代文学史教程》,第十一章第一节,上海:复旦大学出版社,1999 年。

③ 孟繁华:《1978 激情岁月》中的《现代主义与东方化》一章,第 160—187 页,济南:山东教育出版社,1998 年。

述:“她的作者们自我标榜从事纯文学创作,但这种所谓‘纯文学’也只是相对于意识形态化文学而言。虽然《今天》的发起人在创意时曾达成保持纯文学立场的共识,但事实上这是完全不可能的。”①《今天》“致读者”也写道:“‘四五’运动标志着一个新时代的开始。这一时代必将确立每个人的生存意义,并进一步加深人们对自由精神的理解;我们文明古国的现代更新,也必将重新确立中华民族在世界民族中的地位。我们的文学艺术,则必须反映出这一深刻的本质来。”可见,《今天》所注重的依然是反映新的时代精神。

与“伤痕文学”思潮一样,“今天”诗派是以关注现实反抗权威的姿态出现,有着较为深刻的思想的挑战性和反抗性。在“朦胧诗论争”中,我们发现一个值得注意的现象:伴随着“朦胧诗”的不断认可,却是《今天》形象的不断退化,无论是在当时论争中还是后来的评论者,在讨论朦胧诗时都有意无意地回避了《今天》以及“今天派”的整个作者群。更进一步说,通过朦胧诗论争“而涌现出来的新人代表是有选择的,可以说受到主流文学界关注最多的朦胧诗人是舒婷和顾城,在80年代直至90年代的当代文学史中作为‘朦胧诗’的代表提到最多的也是舒婷和顾城。而舒婷和顾城其实称不上《今天》的主要人物,他们既不是《今天》的创办者,也不是《今天》的主要诗人,舒婷只不过是《今天》的一个普通作者,而顾城更不是北岛、芒克等推崇的人物”。② 主流文学界的这一选择无疑对70年代末的“潜在写作”对“文革”的反思与批判进行了过滤与

① 徐晓:《〈今天〉与我》,选自廖亦武:《沉沦的圣殿》,第385页,乌鲁木齐:新疆青少年出版社,1999年。

② 梁艳:《朦胧诗、新诗潮与今天派:一段文学史的三种叙述》,《华东师范大学学报(哲学社会科学版)》,2011年第1期。

遮蔽。

《今天》杂志的创办人北岛的诗却受到很大的争议。他在中国大陆得到诗界的承认，一直颇费周折。他在国内只有一本个人诗集即《北岛诗选》(这里的个人诗集指的不是多人合集，也不包括北岛的诗被收入的选本)，是1986年广州新世纪出版社出版的。在这之前，台湾早已出版《北岛诗选》，他的诗也被翻译成英、法、德、瑞典等多国文字，美国的康奈尔大学出版社也出了《太阳城札记》。具有反讽意味的是，在《今天》作者中相对"边缘"的舒婷，"最先得到'主流诗界'有限度的承认，也最先获得出版诗集的机会"。① 她的《致橡树》等不久就选入了中学语文课本，而且诗集《双桅船》获得了第一届全国新诗优秀评奖的二等奖。1980年7月—8月，《诗刊》举办了第一届"青春诗会"，《诗刊》原编辑、第一届"青春诗会"的主要组织者之一王燕生回忆说："在选择第一届'青春诗会'诗人的时候，我们也留下了很多遗憾。像北岛等人也有实力，但没有入选。《今天》的成员中，我们选择了舒婷、顾城等人。"②舒婷在《今天》发表的诗歌数量仅有8篇，顾城仅有7篇，北岛却有33篇。主

① 洪子诚、刘登翰：《中国当代新诗史(修订版)》，第190页，北京：北京大学出版社，2005年。

② 《新京报》编：《追寻80年代》，第52页，北京：中信出版社，2006年。北岛认为，官方刊物接受《今天》诗歌的过程非常复杂，与当时的"思想解放运动"在文学界的影响有关。邵燕祥读《今天》时看中了北岛的《回答》和舒婷的《致橡树》，于1979年春转发到《诗刊》上，另外，1979年《安徽文学》还专门转载了《今天》的诗歌和小说，当然只是凤毛麟角。真正获得主流媒体接受的时间是在《今天》关闭以后，继而引发了一场全国性的讨论。这个过程恰好是《今天》从对抗到渗入，而主流媒体从抵制到接受的交互过程，是地下文学浮出地表的必然。参见查建英：《80年代访谈录》，第77页，北京：生活·读书·新知三联书店，2006年。

流意识形态对不同作者及其作品的筛选原则正如有论者指出的："在80年代初，主流诗界大体上能接受舒婷的作品，尤其是思想、情绪'积极、昂扬'的《祖国啊，我亲爱的祖国》《这也是一切》这类诗受到较高评价。而她的另一部分诗也受到批评，如《流水线》《墙》等。"①

新时期的"伤痕文学"叙述已经成为"文革"叙述模式破产后的替代性方案。"伤痕文学"叙述作为新的文学成规，对《今天》构成了某种"规范"与压抑。"伤痕文学"叙述背后的政治规范对任何异质都要进行干预、制约、控制式的统摄。"伤痕文学"的写作是为了"更好地洗刷自己心灵上和思想上的伤痕，为实现新时期的总任务而奋斗"②，《今天》却对"文革"及新时期的性质有不同的理解与判断，③认为"打倒'四人帮'仅仅是一个起点，它只是新时代的序幕"，"'四人帮'所以能危害一代人之久，所以能在倒台后继续为害，有着比他们自身的存在更深刻的社会根源"④，并批评"伤痕文学""低劣""贫乏"。⑤ 当"对实现四个现代化是有利还是有害，成为衡量一切工作的最根本的是非标准"⑥，塑造"社会主义新人"成为主流意识形态的文艺方向，"《今天》的文学表达与政治实践都

① 洪子诚、刘登翰：《中国当代新诗史（修订版）》，第204页，北京：北京大学出版社，2005年。

② 卢新华：《谈谈我的习作〈伤痕〉》，选自牟钟秀：《获奖短篇小说创作谈（1978—1980）》，第27页，北京：文化艺术出版社，1982年。

③ 黄平：《新时期文学的发生——以〈今天〉杂志为中心》，《海南师范大学学报》，2007年第3期。

④ 林中：《评〈醒来吧，弟弟〉》，第45—48页，《今天》第1期。

⑤ 史文：《评〈伤痕〉的社会意义》，第77—80页，《今天》，第4期。

⑥ 邓小平：《文艺工作者第四次全国代表大会上的祝辞》，选自《邓小平文选（1975—1982）》，第180—181页，北京：人民出版社，1983年。

不同程度地违逆了‘新人’的设计方案”：“《今天》‘自我’与‘世界’的想象与指认，意味着他们的文本放逐了‘世界’以及‘世界’的一系列的宏大指涉如‘人民’‘时代’‘传统’‘现实生活’等”①；再加上《今天》的政治实践越出了规范的限度，1980年9月，《今天》停刊。

到了90年代，种种新的权力关系开始形成，80年代的启蒙主义迅速衰落，被功利主义的世俗理性全面覆盖。② 80年代的社会同盟事实上已经不复存在，这个时候，文学、哲学这些80年代的“显学”迅速边缘化，知识分子写作，也迅速地重返自身，用欲望、个人、主体性、性、权利、无意识、自由等概念建构自我和世界、历史与未来。在所谓的“纯粹”的文学观念的支配下，文学正在沦为当下享乐主义文化的一部分。表面上的翻新和猎奇成为消费时代的文化时尚，文学的纯粹性追求和消费主义意识形态合流，并成为文学拒绝向现实发言的借口。

21世纪的思想文化在后现代思潮的荡涤下，一切宏大的叙述都已经失去了合法性依据，一切整体性理论结构都已经灰飞烟灭。然而，在考察历史时，我们又无法拒绝整体视野。当文学沉迷于自

---

① 黄平：《新时期文学的发生——以〈今天〉杂志为中心》，《海南师范大学学报》，2007年第3期。

② 汪晖曾就80年代新启蒙主义在90年代所面临的新挑战以及90年代人文精神的讨论有所分析。他指出90年代中国的现代化或资本主义的市场化是以80年代的启蒙主义作为它的意识形态基础和文化先锋的。正由于此，启蒙主义的抽象的主体性概念和人的自由解放的命题在批判毛的社会主义尝试时曾经显示出巨大的历史能动性，但是面对资本主义市场和现代化过程本身的社会危机却显得如此苍白无力。详见汪晖：《当代中国的思想状况与现代性问题》，《天涯》，1997年第5期。

已的世界并且认定它就是真实的存在本身时，实际就压制了"关于历史的思想的作用"，也就就此失去了把握永恒变化着的历史和现实的能力。[1] 所以，面对 20 世纪的中国刻骨铭心的苦难经验，面对整个民族自身极为痛苦而复杂的心灵历程和精神现实，文学将怎样进行深刻地表达?

如果我们不是形而上学地采取"本质论"的立场，而是以一种历史主义的功能论的观念来看待文学的政治性，那么，政治性之于文学，便将不再是一种难以承受的桎梏与重负，或是一种相当严重地侵损着文学性的异己性力量，而将是不同历史时期政治文化力场中的一种功能。[2] 当文学活动在一种与社会的"召唤—应答"关系构成的特定语境中被赋予一种承担功能的时候，文学也就相应地获得了艺术创新的勇气和动力。所以说，在当下中国的政治文化语境之中，如何保持和恢复文学实践的政治活力而将我们的文学"再政治化"，并且以文学自己的方式有力地"介入"中国现实，将是文学的生机之所在。正如何言宏指出的："1980 年前后中国文学的'去政治化'所要'去除'的，只不过是当时的'政党/国家政治'，而不是体现为错综复杂的'权力关系'的广泛意义上的'政治'。由于纯文学鼓吹者和实践者们将政治偏狭地理解为前者，从而将'纯文学'与'政治'对立起来，从而导致了纯文学实践的'政治自觉'的匮乏。当代中国文学的'再政治化'，实际上就是文学实践在决不放弃自主性原则或理想的前提下，也可以说，正是在对文学自主性原则的捍卫与追求的过程中，在整个社会的'权力场域'中

① 蔡翔：《何谓文学本身》，《当代作家评论》，2002 年第 6 期。

② 朱晓进等：《非文学的世纪——20 世纪中国文学与政治文化关系史论》，第 384 页，南京：南京师范大学出版社，2004 年。

进行艰苦卓绝地斗争。”①

因历史的存在而确立的面向未来的态度，文学家和文学作品才能找到最为重要的想象动力和叙事特征。作为精神生产者的文学家和作为精神产品的文学作品，投身于历史虽然有着某种制约力量，但也获得了精神宿地。“再政治化”的感召和冲动或许可以挽救今天文学家和文学作品的无所依傍的内在困境和危机。

① 何言宏：《当代中国文学的“再政治化”问题》，选自朱晓进等：《非文学的世纪——20世纪中国文学与政治文化关系史论》，第396页，南京：南京师范大学出版社，2004年。

余论：各种“探索”叠合的图景

在以往的文学史叙述中，似乎是先出现了“伤痕文学”“反思文学”“改革文学”，而后出现了对这种传统的现实主义文学的反叛和疏离，出现了“纯文学”运动（包括“寻根文学”和“现代派”实验），再到“新写实文学”，先后递嬗，依次推进。比如，张叶松在《打开“伤痕文学”的空间》一文中就认为：“从一九七七年十一月到一九七九年九月，也就是从《班主任》的发表到《乔厂长上任记》的受肯定，时间仅仅不到两年，‘新时期文学’的脚步就已经匆匆跨过了从‘伤痕’到‘反思’再到‘改革’的复杂‘阶段’。”[①]程光炜认为，“伤痕文学”冲破了极“左”文艺路线的各种禁区，提出了一系列重要的社会问题，但它的问题是停留在“社会与人生伤痕的表层描写上”，“而没有能出现包容更深广的历史内容和具有重大悲剧美学意义的作品”。因此，它必然会被“从政治、社会层面上还原‘文革’的荒谬本

① 张业松：《打开“伤痕文学”的理解空间》，《当代作家评论》，2008 年第 3 期。

《大淖记事》等作品。洪子诚就认为:“在自称或被称的文学群体、流派涌动更迭的80年代,汪曾祺是为数不很多的‘潮流之外’的作家之一。”[①]而事实上,汪曾祺在新时期写的第一篇小说是《骑兵列传》[②]。《骑兵列传》是根据他1974年写剧本《草原烽火》时,在内蒙古采访几个老干部的经历而写成的。1974年前后,江青心血来潮,想搞一个反映内蒙古地区革命斗争的“样板戏”,汪曾祺等人为此不得不四下内蒙古搜集素材。最终戏没有搞成,但内蒙古人民抗战期间大量的动人故事,却留在汪曾祺的记忆之中。汪曾祺小说创作的主要特点之一是,“我写小说,是要有真情实感的,沙上建塔,我没有这个本事。我的小说中的人物有些是有原型的”(小说集《〈菰蒲深处〉自序》)。如今,他在搁笔多年之后,要重新进行小说创作了,首先涌入他脑海的,自然是曾经激动过他的那些难忘的生活。[③]

《骑兵列传》主要以抗日战争时期威震内蒙古后山的骑兵营的事迹为题材,作品以朴素的风格、白描的手法,写了当年骑兵营的黄营长、连长杨如意、汉族战士杨玉山、蒙古族战士萨克亚、特等射手王振东等英雄形象。作品几乎不加任何铺陈,却感人至深地写出这些抗日英雄提着头颅干革命、全心全意为人民的宝贵品质,他们没有豪言壮语,却时时刻刻做出惊天地、泣鬼神的英雄业绩。值

① 洪子诚:《中国当代文学史》,第330页,北京:北京大学出版社,2000年。事实上汪曾祺也是该书第二十一章第四节《群体、流派之外》提及、讲述的唯一作家。

② 汪曾祺“文革”后第一篇小说《骑兵列传》刊登在《人民文学》1979年第11期,他的《塞下人物记》刊登在《北京文艺》,1980年第9期。

③ 陆建华:《汪曾祺传》第十二章《终于赶上了好时候》,南京:江苏文艺出版社,1997年。

得注意的是，汪曾祺在《骑兵列传》中，不仅满怀激情地真诚赞颂了革命前辈，还以愤怒之情控诉了“四人帮”一伙迫害老干部的滔天罪行。就是骑兵营这些出生入死闹革命的英雄，“文革”中竟无一例外地受到残酷迫害，说他们是反党反社会主义反毛泽东思想的“三反”分子。他们中间，有的人“被薅掉一大片头发，打断过踝骨，到现在头皮上还秃了一块，走起路来一瘸一拐”；有的人“被打断两根肋骨，现在还穿着钢马甲”；解放后成了司令员的黄营长，“文革”中被关了起来，老伴死了，唯一的一个女儿还要被送到很远的地方去接受贫下中农再教育。① 很显然，《骑兵列传》对“文化大革命”的揭发与控诉，有着“伤痕文学”的因素。② 当然，和一般的“伤痕文学”不同的是，这篇小说流露出一种对于个人生活意趣的喜好和玩味。③

1979年，担任《人民文学》杂志的编辑的王扶找汪曾祺约稿，他们当时并没有见到面，王扶就留了一张“便条”，想让汪曾祺写一篇小说。“老头儿在‘文革’初期也被批判和揪斗，后来搞了样板

---

① 陆建华：《汪曾祺传》第十二章《终于赶上了好时候》，南京：江苏文艺出版社，1997年。

② 何言宏认为汪曾祺的很多作品都是“伤痕”“反思”小说，他指出，汪曾祺的《寂寞和温暖》《天鹅之死》《七里茶坊》《皮凤三楦房子》《尾巴》《云致秋行状》和《讲用》都是严格意义上的“伤痕”“反思”小说。汪曾祺的“伤痕”“反思”小说，同样体现了他的“散文化”追求。参见何言宏：《中国书写：当代知识分子写作与现代性问题》，第255页，北京：中央编译出版社，2002年。张业松更是认为汪曾祺的《受戒》也属于“伤痕文学”。参见张业松：《打开“伤痕文学”的理解空间》，《当代作家评论》，2008年第3期。

③ 周志强：《话语的分裂与文人自我的生成——〈骑兵列传〉与汪曾祺的复出》，见童庆炳编：《文化与诗学》第五辑，第273—290页，北京：北京大学出版社，2005年。

戏，早早'解放'，得了'便宜'了。'四人帮'一垮台，老头儿正乐着呢，没想到又成了'说清楚'对象。也写了不少东西，全是检查和交待。最后好歹'解脱'了，弄得个元气大伤，灰头土脸。"[①]这样的遭遇自然使汪曾祺的状态不可能像"重放的鲜花"似的写作。所以，汪曾祺苦于"没有生活"，就写了 1974 年他写《草原烽火》剧本时在内蒙古走访的几个革命老干部的经历。而汪朗、汪明、汪朝是这样评价《骑兵列传》的："《骑兵列传》的内容完全符合主旋律，但是写得不太好，有些呆板。对于这些老干部的生活爸爸不是很了解，性格也无法完整把握。他从来没有在军队中呆过，也没有参加过革命斗争，因此只是照录了他们谈的一些情况，无从丰富，也无从发挥。爸爸的文笔虽然不错，但是碰上他不熟悉的人和事，一样没辙，写不出什么花样来。小说发表之后，影响平平，打了个哑炮。不过这样也好，能让他想想更适合写什么。从此，他极少写革命题材的作品。也许，正是因为这次不成功的尝试，才让爸爸动起了另起炉灶的念头。"[②]由此看来，正是因为《骑兵列传》的"影响平平，打了个哑炮"，汪曾祺才开始"决定写自己熟悉的生活，写他度过童年时光的家乡，写呆过八年的昆明，写劳动改造过的张家口，既有新社会的生活，也有旧社会的生活，用现代人的眼光重新审视过去的生活"。[③]

---

① 汪朗、汪明、汪朝：《〈骑兵列传〉的诞生》，参见《老头儿汪曾祺——我们眼中的父亲》，第 343 页—345 页，北京：中国人民大学出版社，2000 年。

② 汪朗、汪明、汪朝：《老头儿汪曾祺——我们眼中的父亲》，第 151—152 页，北京：中国人民大学出版社，2000 年。

③ 汪朗、汪明、汪朝：《老头儿汪曾祺——我们眼中的父亲》，第 151—152 页，北京：中国人民大学出版社，2000 年。

按照文学史的叙述，80 年代初的文学中大致可以分析出两大潮流。一是“伤痕文学”思潮，它试图承继“十七年”的“革命现实主义”传统，骨子里却弥漫着与五四时期相似的感伤情绪和浪漫憧憬；①二是直接从域外汲取灵感和整理浩劫体验的技巧和模式的所谓“现代主义”运动。那么汪曾祺创作路数和两者不同，当然有其文学传统（40 年代新文学），“但也需要从他那种不同于当时主流感受的‘被审查’状况中发现原因，即正是 80 年代的语境，在‘40 年代新文学传统’的基础上，重新激活了他所接受的‘五六十年代文学’，在别人还以为两者是完全对立和断裂的情况下，他偷偷地完成了另一次‘打通’和‘延续’”。② 汪曾祺从“伤痕”到“寻根”的有意识地转型，也正说明了当时各种文学思潮“层累”式叠合的复杂图景。③

在现有的文学史叙述中，1985 年前后出现的文学新潮是在“西方现代主义”文学的影响下实现观念“革命”并走向“世界文学”的。有论者已经指出，在文学批评领域，正是以“伤痕文学”的“探索”作为例证建构出了“现代小说”观念。李陀在他的《论“各种各

---

① 黄子平：《汪曾祺的意义》，《幸存者的文学》，第 97 页，台北：远流出版有限公司，1991 年。

② 罗岗：《“1940”是如何通向“1980”的？——再论汪曾祺的意义》，《文学评论》，2011 年 5 月。

③ 寻根文学代表作家陈建功大学时代完成的几篇小说也是“伤痕”小说。他回忆说：“但是，我渐渐感到这样的小说是较为浅显的。文学渐渐成了‘比大胆’，比谁揭露得狠。这不该是文学的价值标准。王蒙等北京作家这时重提文学为人生的主张，希望对流行的问题小说有所突破。北京的一些作家渐渐归于这一旗帜下，我也更新了自己的创作追求，写出了《丹凤眼》。”参见张映光：《陈建功：“这一代”文学与青春同在》，选自《新京报》编：《追寻 80 年代》，第 37 页，北京：中信出版社，2006 年。

样的小说”》①中认为当时中国有“一大批有着公认的才华、受到广大读者喜爱的作家”都在“突破传统小说的模式”，李陀的例证几乎囊括了当时北京文坛上被广泛接受的“伤痕文学”作家和作品。②在“伤痕文学”成为主潮的时期，李陀利用“伤痕文学”的“探索”来建构“现代小说”观念，认为“伤痕文学”是新的“探索”。当“八五新潮”逐渐成为文学史的主流叙述之后，李陀又否认“伤痕文学”是“文革”后文学变革的标志。他认为“伤痕文学”“水准并不高，觉得它基本上还是工农兵文学那一套的继续和发展，作为文学的一种潮流，它没有提出新的文学原则、规范和框架，因此‘伤痕文学’基本上是一种‘旧’文学”。他明确表明：“由于当时主流批评家们对‘伤痕文学’的评价非常高……而对此持怀疑、反对态度的人也不是我一个，于是围绕着‘伤痕文学’就有了很激烈的冲突，这种冲突到1985年前后尖锐化，对80年代有着决定性影响的‘新潮批评’也由此而起。”“其实，如果认真地追根溯源，这一文学变革应该从‘朦胧诗’的出现，到1985年‘寻根文学’，到1987年实验小说这样一条线索去考察，直到出现余华、苏童、格非、马原、残雪、孙甘露这批作家，又出现了黄子平、孟悦、吴亮、蔡翔、程德培、王晓明这一群批评家，这时候文学才发生了真正的变化，或者说革命。”③

李陀的“伤痕文学”观呈现了主流文学史叙述“范式”的变迁。在新时期之初，“伤痕文学”作为众生嘈杂中形成的一种“成规”，也曾参与了现代观念的建构。这也许是文学的“现代观念”证明自身

① 李陀：《论“各式各样的小说”》，《十月》，1982年第6期。

② 李建立：《“风筝通信”与1980年代的“现代小说”观念》，《中国现代文学研究丛刊》，2011年4月。

③ 李陀、李静：《漫说“纯文学”》，载《上海文学》，2001年第3期。

合法性的叙述策略，即中国新时期的现代小说并非横空出世，也并非照搬西方的现代派，而是有着本土化的传承：源自“伤痕文学”作家们的新探索。这也是文学史将“断裂”的“历史”重新“接续”上去的努力。但随着主张文学现代化的“八五新潮”逐渐代替了“伤痕”主潮成为文学史叙述的主潮，“伤痕文学”常常因为不够纯粹、不够现代、不够自我而被忽略。这也是李陀在二十年后的文学史的叙述中把“伤痕文学”的“新探索”改为“旧的工农兵文学”的原因。但无论如何，“伤痕文学”思潮虽然不够“现代”，也是纯文学运动或借力或疏离的一道不能避开的“风景”。

附录　大事年表(1976—1984)

1976 年

1 月 31 日　文艺理论家、诗人冯雪峰病逝,终年 73 岁。

1 月　《诗刊》《人民文学》复刊。《诗刊》的复刊号上发表了毛泽东写于 1965 年的两首词:《水调歌头·重上井冈山》和《念奴娇·鸟儿问答》;《人民文学》复刊号发表了蒋子龙的小说:《机电局长的一天》。

黎汝清的长篇小说《万山红遍》(上卷)由人民文学出版社出版。

2 月　臧克家歌颂"五七"干校的诗《忆向阳》发表于《人民文学》第 2 期。

3 月　《人民戏剧》《人民电影》《人民音乐》《美术》《舞蹈》5 种杂志在北京相继复刊。

电影文学剧本《春苗》由上海人民出版社出版。

4 月 5 日　天安门广场爆发"四五"运动。在天安门广场和全国各地,出现大量的声讨"四人帮"、歌颂周恩来以及老一辈无产阶级革命家的诗词。

4 月　小靳庄诗歌选《十二级台风刮不倒》由人民文学出版社出版。

5 月　电影文学剧本《决裂》由人民文学出版社出版。

5 月 6 日　著名剧作家、诗人孟超逝世,终年 74 岁。

6 月　《北京文艺》发表了小说《严峻的日子》,诬蔑天安门诗歌运动,攻击邓小平同志。

7月27日 著名作曲家马可逝世,终年58岁。

10月18日 诗人郭小川逝世,终年57岁。

10月20日 《人民日报》报道,北京、上海等地举行鲁迅逝世40周年纪念活动。

11月5日 《人民日报》发表毛泽东于1975年5月25日对电影《创业》的批示,并刊登任平的文章《光辉的历史文件》。

11月12日 《人民日报》转载了杜书瀛、杨志杰、朱兵发表于《解放军报》的文章《围绕电影〈创业〉展开的一场严重斗争》。

11月 贺敬之的长诗《中国的十月》发表在《诗刊》第11期。

11月20日 《人民文学》第8期发表了张天民执笔的电影文学剧本《创业》、柳仲甫执笔的湘剧《园丁之歌》。

12月7日 著名音乐家郑律成逝世,终年58岁。

12月24日 《人民日报》报道,新发现13封鲁迅书信。大型彩色纪录片《伟大的领袖和导师毛泽东主席永垂不朽》正式上映。

12月30日 话剧《万水千山》,歌剧《白毛女》,影片《东方红》《洪湖赤卫队》等,组歌《红军不怕远征难》,评弹《蝶恋花·答李淑一》首批复映上演。《人民日报》发表评论:《无产阶级文艺的新春》。

12月 姚雪垠的长篇历史小说《李自成》第二卷由中国青年出版社出版。

1977年

1月2日 作家黄谷柳逝世。

1月20日 《西藏文艺》在拉萨市创刊。

2月7日 著名作家、中国社会科学院哲学研究所研究员徐懋庸逝世,终年69岁。

2月13日 《人民日报》发表文化部批判组文章《还历史以本来面目——揭露江青掠夺革命样板戏成果的罪行》。

4月 《陈毅诗词选》由人民文学出版社出版。

5月18日 《人民日报》发表文化部政策研究室批判组的文章《评"三突出"》。

6月3日　中国文联原副主席、著名作家老舍骨灰安放仪式在北京举行。老舍于1966年8月24日逝世，终年67岁。

6月8日　《人民日报》发表《中国文联第三届全委会第三次扩大会议决议》。

6月12日　作家郭沫若在北京逝世，终年86岁。

6月13日　小说家柳青逝世，终年62岁。

7月15日　《文艺报》复刊后第1期出刊。

7月　乔羽、树元、郦子柏创作的话剧《杨开慧》在《人民戏剧》第7期发表。

8月11日　卢新华的短篇小说《伤痕》发表在《文汇报》。

8月15日　《文学评论》编辑部举行座谈会，讨论短篇小说《班主任》的评价问题。

8月　大型文学刊物《十月》在北京创刊。

9月2日　《文艺报》编辑部在京举行短篇小说座谈会，围绕《班主任》《伤痕》等作品进行了讨论。参加座谈会的同志认为，这些作品从实际出发，较为真实地反映了人民群众的斗争生活，尖锐地提出了千百万人共同关心的社会问题，强烈地拨动了读者的心弦。

9月9日　《人民日报》发表了毛泽东的三首诗词：《贺新郎》（1923年）、《七律·吊罗荣桓同志》（1963年）、《贺新郎·读史》（1964年春）。

9月12日　陈荒煤的《〈伤痕〉也触动了文艺创作的伤痕》发表在《文艺报》。

9月20日　著名的马克思主义经典著作翻译家、中国社会科学院外国文学研究所研究员曹葆华逝世。

9月22日　《人民日报》编辑的《战地》增刊创刊。

9月　王亚平的短篇小说《神圣的使命》发表在《人民文学》第9期。

魏巍的长篇小说《东方》由人民文学出版社出版。

10月17日　作家赵树理骨灰安放仪式在北京举行。赵树理于1970年9月23日在山西太原逝世，终年64岁。

10月21日　齐燕铭逝世，终年71岁。

10月28日—30日　宗福先的话剧《于无声处》发表在《文汇报》。

11月14日　经中共中央政治局常委批准，中共北京市委宣布：1976年清明节，广大人民群众到天安门广场沉痛悼念敬爱的周恩来总理，愤怒声讨“四人帮”，完全是革命行动。因参加此事件而被逮捕的388人中没有一个是反革命。对于因悼念周恩来，反对“四人帮”，而受到迫害的同志，一律平反，恢复名誉。

11月15日　《人民日报》发表了评论员文章《实事求是，有错必纠》。

11月16日　《人民日报》《光明日报》在头版头条发表了新华社电讯稿《中共北京市委宣布天安门事件完全是革命行动》，引起了极大的轰动。

11月16日　《人民日报》又发表特约评论员的文章，题为《人民的愿望，人民的力量——评话剧“于无声处”》，指出，宗福先的话剧《于无声处》是天安门广场革命群众运动的艺术表现。在演出和发表之后极短时间里，引起了人民群众广泛的共鸣。曹禺撰文赞扬话剧《于无声处》，题为《一声惊雷》。

11月17日　《人民日报》发表《天安门诗选》。

11月19日　《人民日报》发表了张光年的《驳“文艺黑线”论》。

11月21日至22日　《人民日报》连载了该报记者的《天安门事件真相》。

11月　《人民文学》发表了曹禺的历史剧《王昭君》。

《上海文艺》发表了评论员文章《艺术与民主》。

12月5日　《文艺报》《文学评论》编辑部在北京召开文艺作品落实政策座谈会。

12月23日　《人民日报》发表了评论员文章:《加快为受迫害的作家和作品平反的步伐》。

12月　《诗刊》发表了艾青的诗《在浪尖上——给韩志雄和他同一代的青年朋友》、白桦的诗《阳光，谁也不能垄断》。

《天安门诗抄》由人民文学出版社出版。

《短篇小说选》(1977—1978.9)由人民文学出版社出版。

《新文学史料》在北京创刊。

党的十一届三中全会召开真正开辟了一个新的历史时期，在这次会议上，教条主义和个人崇拜思想得到了彻底的清理，以“阶级斗争为纲”的口号也随之退出了历史舞台,党的工作着重点转移到以经济建设为中心的轨道上来,并确立了改革开放等一系列影响深远的决策。此后,1949年以来的一批冤假错案得到了平反,农村经济改革政策陆续出台,中国由此真正进入了社会主义现代化建设的新的历史时期。在这种情况下,文艺界也挣脱了旧有的理论羁绊,并以前所未有的果敢姿态踏上了新的征程,开创了一个繁荣的新时代。

1979年

1月2日　中国文联举行迎春茶话会。中共中央宣传部部长胡耀邦在迎春茶话会上对文艺界提出热切期望。

1月4日　《人民日报》发表特约评论员文章:《完整地准确地理解党的知识分子政策》。

1月14日—20日　《诗刊》编辑部在北京召开全国诗歌创作座谈会,胡耀邦、胡乔木、周扬等到会讲了话。

1月　《诗刊》发表了陶斯亮的《一封终于发出的信——给我的爸爸陶铸》。

《文艺报》发表了《解放思想、迅猛前进》。

《大众电影》复刊。

《收获》复刊。

大型文学刊物《边塞》在乌鲁木齐创刊。

大型文学刊物《新苑》在长春创刊。

《民间文学》《电影艺术》《电影创作》《儿童文学研究》复刊。

1月25日　作家郑伯奇逝世,终年84岁。

2月1日　《剧本》复刊。陈白尘的历史剧《大风歌》发表在复刊号上。

2月7日　电影艺术家崔嵬逝世。

2月11日　郑义的小说《枫》发表在《文汇报》。

2月12日　《文艺报》第2期公开发表周恩来1962年的《在文艺座谈会和故事片创作会议上的讲话》。

2月22日　《人民日报》发表任文屏的文章《一桩触目惊心的文字狱——为〈三家村札记〉、〈燕山夜话〉恢复名誉》。

2 月　从维熙的中篇小说《大墙下的红玉兰》发表在《收获》第 2 期。

3 月　方之的小说《内奸》发表在《北京文艺》第 3 期。

陈恭敏的《工具论还是反映论——关于文艺与政治的关系》一文发表于《戏剧艺术》1979 年第 1 期。

《十老诗选》由中国青年出版社出版。

《剧本》发表了丁一三的话剧《陈毅出山》。

3 月 26 日　1978 年全国优秀短篇小说颁奖大会在京举行。《班主任》《神圣的使命》等 25 篇小说获奖。中国作协主席茅盾、副主席周扬在会上讲了话。

4 月 1 日　《上海戏剧》复刊。

4 月 4 日　新华社报道:中共中央组织部、中共中央宣传部、文化部、全国文联在北京联合召开全国文艺界落实知识分子政策座谈会。

4 月 15 日　黄安思在《广州日报》《南方日报》等报刊上发表了《向前看呵! 文艺》等 6 篇文章。4 月中旬后,包括广州传媒在内的全国许多报刊对该文的观点进行了讨论。

4 月 25 日　田汉追悼会在北京举行。田汉于 1968 年 12 月 10 日逝世,终年 70 岁。

4 月 26 日　翻译家傅雷追悼会在上海举行。傅雷于 1966 年 9 月 3 日逝世,终年 58 岁。

4 月　《上海文学》第 4 期发表了评论员文章《为文艺正名——驳“文艺是阶级斗争的工具”说》,引起文坛关于文艺与政治关系的讨论,由此吹响了反思的号角。崔德志的话剧《报春花》在《剧本》发表。

马南邨的《燕山夜话》由北京出版社重印出版。

湖北省外国文学学会主编的《外国文学研究》创刊。

《电影文学》复刊。

大型文学刊物《花城》在广州创刊。

5 月 2 日—9 日　中国社会科学院召开纪念五四运动 60 周年的学术讨论会,周扬作了《三次伟大的思想解放运动》的报告。后发表在 5 月 7 日的《人民日报》上。

5 月 7 日　《人民日报》发表周扬的《三次伟大的思想解放运动》一文。

5月8日　茅盾和周扬等联合发起成立"鲁迅研究学会"。周扬在第一次筹备会上说，当前文学战线的一项重要任务，就是要重新认识鲁迅，重新学习鲁迅。

5月10日　张学梦的诗《现代化和我们自己》发表在《诗刊》第5期。

5月11日　中国古代文学理论学会在昆明成立，郭绍虞被选为会长。

5月15日　文化部文学艺术研究院主办的《文艺研究》创刊。

5月29日　全国98所高校，14个有关报刊、出版单位的代表，参加了在西安举办的"社会主义文学创作方法学术讨论会"。会上决定成立"高等学校文艺理论研究会"，陈荒煤被选为会长。

5月　《重放的鲜花》由上海文艺出版社出版。

《短篇小说选》(1949—1979)开始由人民文学出版社分卷出版。

三联书店编辑出版的《读书》在北京创刊。

6月　李剑的文艺短论《"歌德"与"缺德"》在《河北文艺》发表，不久在全国引起论争。

人民文学出版社编辑出版的《新文学论丛》在北京创刊。

大型文学刊物《春风》在沈阳创刊。

6月7日　中共上海市委宣传部举行报告大会，为"文革"期间遭受迫害和打击的文艺工作者平反昭雪，为《上海的早晨》、《战斗的春天》等作品平反。

6月20日　文艺理论家、作家巴人追悼会在北京举行。巴人于1975年7月25日逝世，终年71岁。

7月20日　蒋子龙的短篇小说《乔厂长上任记》发表在《人民文学》第7期。

7月31日　《人民日报》发表周岳的文艺短评《阻挡不住春天的脚步》，同时转载《"歌德"与"缺德"》《春天里的一股冷风——评〈"歌德"与"缺德"〉》两文。

7月　人民文学出版社主办的大型文学期刊《当代》在北京创刊。

安徽人民出版社主办的大型文学刊物《清明》在合肥创刊。创刊号上发表了鲁彦周的中篇小说《天云山传奇》。

高晓声的短篇小说《李顺大造屋》发表在《雨花》第7期。

张扬的长篇小说《第二次握手》由中国青年出版社出版。

蒋子龙的短篇小说《乔厂长上任记》在《人民文学》发表。

《艾青诗选》由人民文学出版社出版。

8月3日　经中共中央批准，中共北京市委正式决定为林彪、“四人帮”和康生制造的所谓“三家村反党集团”冤案彻底平反。

8月10日　中国当代文学学术讨论会在长春举行。会议期间，中国当代文学研究会召开了第一次会员代表大会，选举冯牧为会长。

8月10日　《诗刊》第8期发表雷抒雁的政治抒情诗《小草在歌唱》、叶文福的诗《将军，不能这样做》。

钱锺书的《管锥编》第一、二册由中华书局出版。

叶剑英的《远望集》由人民文学出版社出版。

柳青的《创业史》第二部(下卷)由中国青年出版社出版。

9月5日　北京市委书记处原书记、《燕山夜话》作者邓拓追悼会在北京举行。邓拓因受林彪、“四人帮”迫害，于1966年5月18日逝世，终年54岁。

9月10日　大型理论刊物《文艺百家》在哈尔滨创刊，出版一期后停刊。

9月12日　《天津日报》发表召珂的评论《评小说〈乔厂长上任记〉》、黄桂元的评论《卓有成效的探索——读短篇小说〈乔厂长上任记〉》，并加展开争鸣的编者按语。

9月14日　北京市原副市长、京剧《海瑞罢官》作者吴晗追悼会在京举行。吴晗于1969年10月11日逝世，终年60岁。

9月25日　中国作协书记处举行会议，通过吸收新会员的决议，恢复和新发展的会员有450多名。

9月25日　小说家周立波逝世。

9月　《十月》第3期发表刘克的小说《飞天》，白桦、彭宁的电影文学剧本《苦恋》。

刘宾雁的特写《人妖之间》发表在《人民文学》。

外国文学出版社主办的《外国文学评论》在北京创刊。

《诗刊》发表《徐志摩诗六首》(卞之琳选注)及卞之琳文章《徐志摩诗重读志感》。

大型文学刊物《百花洲》在南昌创刊。

大型文学刊物《榕树》在福州创刊。

中国社会科学院文学研究所文艺理论研究室主编的《美学论丛》在北京创刊。

10月10日 《文学评论》和《工人日报》编辑部联合召开《乔厂长上任记》座谈会。

10月21日 王蒙的短篇小说《夜的眼》发表在《光明日报》。

10月30日—11月16日 中国文学艺术工作者第四次全国代表大会在北京举行，邓小平代表中共中央国务院向大会祝辞，茅盾致开幕词，周扬作了题为《继往开来，繁荣社会主义新时期文艺》的报告。该报告发表在《文艺报》第11—12合期上。

10月 王靖的电影文学剧本《在社会档案里》在《电影创作》发表。

大型文学刊物《红岩》在重庆创刊，《星星》诗刊在成都复刊。

李建彤的长篇小说《刘志丹》由工人出版社出版，李准的长篇小说《黄河东流去》由北京出版社出版。

11月14日 鲁迅研究会在北京正式成立，茅盾任会长。

11月17日 文艺理论家、诗人冯雪峰追悼会在京举行。冯雪峰1976年1月31日逝世，终年74岁。

11月17日 《人民日报》发表题为《迎接社会主义文艺复兴的新时期》的社论。

11月18日 著名作家周立波追悼会在京举行。

11月 中国作家协会第三次会员代表大会召开。此为中国作协"新时期"第一次全国性的文学会议。

李克威的电影文学剧本《女贼》在《电影创作》发表。

张洁的短篇小说《爱，是不能忘记的》发表在《北京文艺》第11期，不久，文艺界展开热烈讨论。

大型外国文学刊物《译林》在南京创刊。

《红楼梦》研究《集刊》(第1辑)由上海古籍出版社出版。

12月 周克芹的长篇小说《许茂和他的女儿们》发表在《红岩》杂志第2期上。

《台湾小说选》《台湾散文选》由人民文学出版社出版。

由高校中国现代文学研究会、北京出版社合编的《中国现代文学研究丛刊》在北京创刊。

1980 年

1 月 1 日　百花文艺出版社主办的《小说月报》在天津创刊。

1 月 5 日　公刘的《新的课题——从顾城同志的几首诗谈起》发表在《文艺报》第 1 期。

1 月 12 日　冯牧的文章《对于文学创作的一个回顾和展望——兼谈革命作家的庄严职责》在《文艺报》发表。同期，刊物还发表了黄秋耘的文章《关于张洁作品的断想》。

1 月 23 日　全国剧本座谈会在京举行。座谈会对《假如我是真的》《女贼》《在社会档案里》等剧本进行了讨论。胡耀邦在会上发表了长篇讲话。

1 月　徐怀中的短篇小说《西线轶事》发表在《人民文学》第 1 期。

谌容的中篇小说《人到中年》、张一弓的中篇小说《犯人李铜钟的故事》发表在《收获》第 1 期。

张弦的中篇小说《被爱情遗忘的角落》发表在《上海文学》第 1 期。

靳凡的中篇小说《公开的情书》发表在《十月》第 1 期，引起讨论。

熊召政的长诗《请举起森林般的手，制止！》发表在《长江文艺》第 1 期。

礼平的中篇小说《晚霞消失的时候》发表在《当代》第 1 期。

百花文艺出版社编辑出版的《小说月报》在天津创刊。

百花文艺出版社主办的《散文》(月刊)在天津创刊。

大型文学刊物《芙蓉》在长沙创刊。

西安市文联主办的《长安》月刊正式出刊。

《1978 年全国优秀短篇小说评选获奖作品集》由人民文学出版社出版。

大型儿童文学丛刊《朝花》由人民文学出版社编辑出版。

2 月 10 日　《福建文艺》第 2 期开辟“新诗创作问题的讨论”专栏，就舒婷的诗歌以及诗歌的自我表现等问题展开讨论。

2 月 16 日　《红旗》杂志发表李玉铭、韩志君的文章《对“写真实”说的质疑》。

2月20日　高晓声的短篇小说《陈奂生上城》发表在《人民文学》第2期。

2月27日　《人民日报》发表周扬的文章纪念“左联”成立50周年：《学习鲁迅，沿着鲁迅的战斗方向继续前进》。

2月　《新剧作》双月刊在上海创刊。

3月3日　李国文的短篇小说《月食》发表在《人民文学》第3期。

3月4日　瑞典皇家文学、历史考古研究院推选中国社会科学院外国文学研究所所长冯至为该院外籍院士。

3月8日　诗人李季逝世，终年57岁。

3月25日　1979年全国优秀短篇小说评选发奖大会在北京举行，蒋子龙的《乔厂长上任记》等25篇作品获奖。

3月　《十月》编辑部在北京召开中篇小说创作座谈会，讨论了《人到中年》等作品。

《文艺报》发表了王瑶的文章《30年代的文艺大众化运动——纪念“左联”成立50周年》；《文学评论》发表了夏衍的《“左联”成立前后》；阳翰笙的《中国左翼作家联盟成立的经过》、林焕平的《从上海到东京——中国左翼作家联盟活动杂忆》等文章。

陈国凯的中篇小说《代价》在《当代》发表。

《时代的报告》在北京创刊。

顾城的《抒情诗十首》发表在《星星》第3期。

诗刊社编辑的《诗选》(1949—1979)由人民文学出版社开始分卷出版。

4月7日　全国诗歌讨论会在南宁召开。

4月12日　《文艺报》发表周扬、沙汀关于长篇小说《许茂和他的女儿们》的通信。

4月29日　文化部1979年优秀影片奖和青年优秀创作奖授奖大会在北京举行，《从奴隶到将军》《泪痕》《吉鸿昌》《归心似箭》等22部故事片获“优秀电影奖”。

4月　“国际报告文学研究会”在京成立，魏巍被推举为会长，《时代的报告》为该会会刊。

《李季诗选》由人民文学出版社出版。

凌力的长篇小说《星星草》由北京出版社出版。

5月3日 《人民日报》刊登新发现的鲁迅五四时期佚文11篇,同时刊发唐弢文章:《花团剑簇——读新发现鲁迅佚文十一篇》。

5月7日 谢冕的《在新的崛起面前》发表在《光明日报》,由此引发了关于"新诗潮"的热烈讨论。

5月8日 上海市政协召开大型座谈会,为周而复的《上海的早晨》恢复名誉,祝贺《上海的早晨》1—4卷全部出齐。

5月20日 王蒙的短篇小说《春之声》在《人民文学》第5期上发表。

5月23日 第三届电影"百花奖"授奖大会在京举行,《吉鸿昌》《泪痕》《小花》获最佳故事片奖。

5月29日 《山西日报》开辟"关于发展社会主义文学流派的讨论"专栏,至10月14日结束。

5月31日 《电影艺术》编辑部召开人性和人情问题座谈会。

《十月》第3期发表了刘心武的《如意》、宗璞的《三生石》、刘绍棠的《蒲柳人家》等中篇小说。

王蒙的短篇小说《春之声》发表在《人民文学》第5期。

5月 《中国青年》刊登读者潘晓的来信《人生的路呵,怎么越走越窄……》。由此引发了一场大规模的关于人生观的讨论,引起强烈的社会反响。

李希凡发表《倘若真有所谓天国》,《文艺报》,1980年第5期。

6月5日 《文汇报》举办的"文汇电影奖"发奖大会在上海举行,《啊!摇篮》《归心似箭》《小花》获最佳影片奖。

6月17日 纪念瞿秋白就义45周年座谈会在京举行。周扬作了题为"为大家开辟一条光明的路"的长篇讲话。

中国当代文学学会首次学术讨论会在广州举行。

6月 马中骏、贾鸿源、瞿新华的剧本《屋外有热流》在《剧本》发表。

陈可雄、马鸣的短篇小说《杜鹃啼归》在《青春》发表。

《文学遗产》复刊。

全国高等学校文艺理论研究会主办的《文艺理论研究》(季刊)在上海创刊。

大型文学刊物《柳泉》在济南创刊。

老舍的长篇小说《正红旗下》,莫应丰的长篇小说《将军吟》由人民文学出版社出版。

杨沫的长篇小说《东方欲晓》第一部由浙江人民出版社出版。

6月19日　中共中央发出《关于处理"文化大革命"中一些干部在报刊和文件上被点名批判的通知》。通知说,对"文化大革命"在中央、地方以及军队报刊上被错误点名批判的同志,宣布一律予以平反,强加给他们的诬蔑不实之词统统予以推倒。对这些同志历史功过是非的评价,均以中央或相应一级党委最后作出的复查结论、平反决定为准。

7月8日　《北京晚报》发表了刘心武评价王蒙小说的文章《他在吃蜗牛》。各地报刊陆续发表了对王蒙小说探索的看法。

7月20日　《诗刊》社在北京举办了"青年诗作者创作学习会",并在第10期上刊发了"青春诗会",梁小斌、舒婷等17位青春诗作者发表了诗作。

7月　《延河》发表了楼适夷的文章《为了忘却、为了团结——读夏衍同志〈一些早该忘却而未忘却的往事〉》。

张钟等编写的《当代文学概观》,由北京大学出版社出版。

大型文学刊物《天山》在乌鲁木齐创刊。

《当代外国文学》在南京创刊。

《中国文学艺术工作者第四次代表大会文集》由四川人民出版社出版。

7月26日　《人民日报》发表社论:《文艺为人民服务、为社会主义服务》。社论说,最近党中央改变过去曾经提出过的"文艺为政治服务"的口号,提出了文艺工作总的口号是:文艺为人民服务,为社会主义服务。这个口号概括了文艺工作的总任务和根本目的,它包括了为政治服务,但比孤立地提更全面,更科学。它不仅能更全面更完整地反映社会主义时代对文艺的历史要求,而且更符合文艺的规律。社论指出,这个口号是在文艺界贯彻党的十一届三中全会方针,解放思想,拨乱反正,总结革命文艺运动历史经验的基础上提出来的,为我国社会主义新时期的文艺工作指出了正确的方向。

8月16日 《人民日报》发表陈毅给王力的信(1965年11月8日),陈毅在信中谈了对中国诗歌改革的看法。

8月20日 中国当代文学研究会和北京师院学报编辑部在京举行王蒙创作讨论会,讨论王蒙的《夜的眼》《春之声》《风筝飘带》《海的梦》《布礼》《蝴蝶》等作品。

8月27日 《人民日报》开辟"关于文艺真实性问题的讨论"的专栏。

8月 《诗刊》开辟讨论"朦胧"诗问题的专栏。发表了章明的《令人气闷的"朦胧"》、晓鸣的《诗的深浅与谈诗的难易》。

《文艺报》发表了杜高、陈刚的文章《我们需要怎样的文艺批评——读〈时代的报告〉评论员文章有感》。

《安徽文艺》发表了黎辉的文章《似曾相识"棍"重来——评〈时代的报告〉创刊号评论员文章》。

何士光的短篇小说《乡场上》在《人民文学》发表。

任光椿的长篇小说《戊戌喋血记》由湖南人民出版社出版。

叶蔚林的中篇小说《在没有航标的河流上》发表在《芙蓉》第3期。

9月17日 《人民日报》开辟"关于改善党对文艺的领导,把文艺事业搞活"的讨论专栏。

9月20日 《诗刊》社在京召开诗歌理论座谈会,讨论新诗发展道路、诗歌的现代化以及青年诗人的探索等问题。

9月 《文艺报》第9期在"文学表现手法探索"栏目中,发表了王蒙、李陀、宗璞、张洁等的短文。同期刊物还发表了何庄的文章:《这种习惯不能改一改吗?》,对河北省有关领导部门停止发行《河北文艺》第8期的做法提出批评,该期刊物是因刊有李克灵的《省委第一书记》的短篇小说而被停止发行的。同期刊物发表的文章还有莫雁的《迟发的稿件》,该文因对《在社会档案里》的批评态度和方法而引起过争论。

遇罗锦的报告文学《一个冬天的童话》发表在《当代》第3期。

《解放军文艺》发表了燕翰的文章《不要离开社会主义的坚实大地》,对中篇小说《飞天》提出批评,该文也引起了不同意见。

《奔流》刊登该刊编辑部公告,为苏金伞的《肃清文学上的教条主义》、李白凤的《写给诗人底公开信》等文章平反恢复名誉。

的中国现实〉》在《文艺研究》第1期发表。

《民族文学》双月刊在北京创刊。

大型文学刊物《江南》在杭州创刊。

《1979—1980中篇小说选》由人民文学出版社出版。

2月20日　中共中央、国务院下发《关于处理非法刊物非法组织和有关问题的指示》指出，所谓非法刊物和非法组织，就是指违反宪法和法律、以反对四项基本原则为宗旨的刊物和组织。当前，为了保证国民经济调整工作的顺利进行，为了巩固安定团结的政治局面，必须对这些非法刊物和非法组织进行严肃处理。

3月12日　巴金的《〈创作回忆录〉后记》和建立中国现代文学馆的建议在《人民日报》发表。同日，《光明日报》发表了巴金的文章《现代文学资料馆》。

贵州作协召开讨论会，就雨煤的《月亮升起了》《两代爱情》《啊，人……》进行了讨论。

3月24日　1980年全国优秀短篇小说评选发奖大会在京举行，《西线轶事》《乡场上》等30篇作品获奖。

3月27日　中国文联名誉主席、中国作协主席茅盾（沈雁冰）在北京逝世，终年85岁。

3月　孙绍振的论文《新的美学原则在崛起》在加了批评性编者按语之后，发表在《诗刊》第3期。《诗刊》以及《人民日报》《文艺报》《诗探索》等报刊，迅速展开了对此文的讨论。

《文艺报》在京召开中篇小说创作座谈会。

王润滋的短篇小说《内当家》在《人民文学》第3期发表。

大型文学刊物《东方》在杭州创刊。

4月2日　《文学报》（周报）在上海创刊。

4月15日　《新华日报》发表特约评论员文章《维护四项基本原则是革命者的崇高责任——评〈也谈突破〉》，对顾尔镡发表于《雨花》1980年第12期上的文章《也谈突破》提出了批评。

4月18日　文化部在北京举行1980年优秀影片授奖大会，《巴山夜雨》《天云山传奇》《法庭内外》等26部影片获奖。

4 月 20 日　《解放军报》发表特约评论员文章《四项基本原则不容违反——评电影文学剧本〈苦恋〉》。

4 月 21 日　《文艺报》在京召开座谈会，就《晚霞消失的时候》《芙蓉镇》《立体交叉桥》《祸起萧墙》等 4 部有争议的作品进行了讨论。

4 月　《朔方》发表汤本的评论《一个浑浑噩噩的人——评小说〈灵与肉〉的主人公许灵均的形象》。

《中国通俗文艺》在北京创刊。

《青年作家》在成都创刊。

5 月 23 日　首届电影"金鸡奖"和第四届"百花奖"授奖大会在杭州举行。《巴山夜雨》《天云山传奇》获金鸡奖；《庐山恋》获百花奖。

5 月 25 日　全国中篇小说、报告文学、新诗评奖发奖大会在北京举行。谌容的《人到中年》等 15 篇作品获中篇小说奖（1977—1980）；徐迟的《哥德巴赫猜想》等 30 篇作品获全国优秀报告文学奖（1977—1980）；张万舒的《八万里风云录》等 34 首作品，获全国中、青年诗人优秀新诗奖（1979—1980）。

5 月　大型文艺刊物《小说界》在上海创刊。

大型文学刊物《创作》在贵阳创刊。

大型文学刊物《莽原》在郑州创刊。

大型文学刊物《海峡》在福州创刊。

李国文的长篇小说《冬天里的春天》由人民文学出版社出版。

6 月 15 日　黑龙江省作协等单位联合举办纪念萧红诞辰 70 周年活动。

6 月　《文艺报》发表了司马文缨的《编辑的责任——就〈花溪〉谈编辑思想》，批评了《花溪》的办刊思想。

姚雪垠的长篇历史小说《李自成》第 3 卷由中国青年出版社出版。

7 月 17 日　邓小平同中央宣传部门的领导作"关于思想战线上的问题的谈话"。谈话及时抓住党的政治思想领导这个牵涉到全局的重大原则问题，尖锐地指出了思想战线上所存在的问题，提请各级党委，尤其是宣传部门注意。他说，党对思想战线和文艺战线的领导是有显著成绩的，这要肯定。工作中也存在着某些简单化和粗暴的倾向，这也不能否认和忽视。但是，当前更需要注意的问题，是存在着涣散软弱的状态，对错误倾向不敢批评，而一批评有人就说是打棍子。他引用一部分学生的话强调指出："这样下去要亡国的。"他还说，坚持四项基本原则的核心，是坚持共产党的领导。而资产阶级自由化的核心就是反对党的领导。尽管党的领导和社会主义制度都需要改善，但是不能搞资产阶级自由化，搞无政府状态。我们坚持实行百花齐放、百家争鸣的方针，坚持正确处理人民内部矛盾，纠正和防止"左"的倾向，但是，这丝毫不是说对自由化的倾向可以不进行批评和自我批评。坚持"双百"方针也离不开批评与自我批评。他希望全党全军和全国各族人民在党中央的领导下，在六中全会精神和《决议》的基础上，团结一致，整齐步伐，努力工作，使我们的思想战线、文艺战线和其他战线都不断取得新的胜利。

7月　《文艺报》第14期发表了王春元的文章《关于马克思主义的"新人"说》。

张洁的长篇小说《沉重的翅膀》在《十月》第4、第5期上连载。

杨绛的散文集《干校六记》由三联书店出版。

8月3日　中共中央宣传部在北京召开"全国思想战线问题座谈会"，胡耀邦在会上做了重要讲话，胡乔木作了题为"当前思想战线的若干问题"的讲话。

8月　《文汇月刊》开辟"关于李剑小说的批评与反批评"讨论专栏。

蒋子龙的中篇小说《赤橙黄绿青蓝紫》在《当代》第4期发表。

9月2日　北京市委召开思想战线问题座谈会。中共北京市委第一书记段君毅在会上指出：《苦恋》电影文学剧本在北京市的文艺刊物《十月》上发表，没有及时批评，是软弱无力的表现。

9月6日　中共安徽省委召开思想战线问题座谈会。省文联主席赖少其、省文联副主席陈登科在会上做了自我批评。

9月9日　文化部和中国文联在京联合召开座谈会，讨论文艺如何加强领导、改变涣散软弱状态、增强团结、改进工作等问题，一些同志对《苦恋》提出了批评。

9月17日　纪念鲁迅诞辰100周年学术讨论会在北京举行。

9月25日　鲁迅诞辰100周年纪念大会在北京人民大会堂隆重

举行。

9月 《大众电影》第9期发表编辑部文章《正确开展电影评论》，检查了该刊第1期所发表的《致读者》和《立电影法，杜绝横加干涉》等文的错误。

《人民戏剧》第九期发表赵寻的文章《开展戏剧批评的两条路线斗争》。

《1980年全国优秀短篇小说评选获奖作品集》由上海文艺出版社出版。

10月17日 姚正明、吴明瑛的文章《思索什么样的“人生哲理”？——评长篇小说〈人啊，人！〉》发表在上海《文汇报》。

10月 唐因、唐达成的文章《论〈苦恋〉的错误倾向》在《文艺报》19期上发表。《人民日报》10月7日转载了全文。

王安忆的短篇小说《本次列车终点》发表在《上海文学》第10期。

鲁光的报告文学《中国姑娘》在《当代》发表。

11月4日 《人民日报》发表评论员文章《认真讨论一下文艺创作中表现爱情的问题》。

11月26日 《光明日报》在“关于文艺创作如何表现爱情问题的讨论”专栏中，发表四篇文章，就《北极光》《明月初照人》等作品发表了不同意见。

12月18日—27日 全国故事片电影创作会议在北京召开。这是新中国成立以来第三次规模较大的故事片会议。中共中央主席胡耀邦作了重要讲话。他说，今年电影进步很大，好的片子是主流。另一方面，有些电影不够好，个别文艺工作者还努力不够。一是政治情绪不健康，二是思想境界不高尚。比如白桦的《苦恋》就需要批评。他认识了错误，作了自我批评，这很好。《苦恋》的问题就完满结束了。白桦还是党员，还是作家，还是要继续写作。为了我们伟大的事业，谁有错误都要进行批评与自我批评。

12月23日 《解放军报》《人民日报》《文艺报》刊发白桦的文章《关于〈苦恋〉的通讯——致〈解放军报〉、〈文艺报〉编辑部》，文中检查了自己创作《苦恋》的错误思想。白桦承认“剧本《苦恋》是不利于人民、不利于社会主义的作品”。白桦说他自己对十年动乱留下的后遗症缺乏正确的观察、判断；把知识分子的命运同由于党的政策上“左”倾失误而受到的不公正待遇联系起来；把革命领袖喻为佛像，当作封建迷信的象征。白桦表示，对《苦恋》的批评，表明党很重视一个作家的道路，不是打击他。他今后要深入生活，加强党性，歌颂生活主流。

12月31日　《吉林日报》发表石海的文章《应该从中吸取什么教训——评曲有源的某些政治抒情诗》。

12月　张辛欣的小说《在同一地平线上》发表在《收获》第6期。

《全国优秀报告文学评选获奖作品集》由人民文学出版社出版。

本年梁南的诗集《野百合》，曾卓的诗集是《悬崖边的树》出版。

1982年

1月16日　广东作协和《作品》编辑部联合召开座谈会，讨论戴厚英的长篇小说《人啊，人！》。

1月　《青年文学》(双月刊)在北京创刊。

《丑小鸭》在北京创刊。

徐迟的《现代化与现代派》发表在《外国文学研究》第1期。

《何其芳文集》6卷由人民文学出版社分卷出版。

2月8日　《光明日报》发表敏泽的文章：《道德的追求和历史的道德——〈从晚霞消失的时候〉谈起》。

2月10日　河南省文联召开座谈会，批评杨东明的中篇小说《失去的，永远失去了》。

2月18日　第二届中国电影“金鸡奖”评选揭晓，《喜盈门》获荣誉奖，《邻居》获最佳故事片奖。

2月　韦君宜的中篇小说《洗礼》发表在《当代》第1期。

《北方文学》第2期发表吴运刚的文章《评〈人妖之间〉的失实》。

《朱光潜美学文集》5卷本由上海文艺出版社分卷出版。

3月12日　《文学评论》编辑部召开座谈会，结合文学作品讨论人性、人道主义问题。

3月22日　1981年全国优秀短篇小说评奖发奖大会在京举行，《内当家》等 20 篇作品获奖。

3 月 25 日　张洁的中篇小说《方舟》发表在《收获》第 2 期。

3 月　伊明根据台湾女作家林海音的同名小说改编的电影文学剧本《城南旧事》，在《电影新作》第 2 期发表。

大型文学刊物《昆仑》在京创刊，朱苏进的中篇小说在创刊号上发表。

蒋子龙的短篇小说《拜年》在《人民文学》第 3 期发表。

4 月 2 日　巴金在意大利佛罗伦萨被授予但丁国际奖。

4 月 25 日　《当代文艺思潮》(季刊)在兰州创刊。

4 月 29 日　广东作协和《作品》编辑部召开座谈会，批评遇罗锦的长篇小说《春天的童话》。

4 月　《特区文学》在深圳创刊。

《文艺报》发表易言的文章《评〈波动〉及其他》。

《李季文集》4 卷本，由上海文艺出版社分卷出版。

5 月 16 日　新疆大学中文系召开"新边塞诗问题学术讨论会"，就古代边塞诗、"新边塞诗"等问题进行了讨论。

5 月 17 日　全国 1980—1981 年优秀剧本评奖、授奖大会在北京举行，沙叶新的话剧《陈毅市长》、颜海平的话剧《秦王李世民》等 72 个剧本获奖。

5 月　路遥的中篇小说《人生》发表在《收获》第 2、3 期。

铁凝的小说《哦，香雪》发表在《青年文学》第 2 期。

6 月 10 日　《文学评论》召开张洁作品讨论会。

6 月 23 日　诗人阿垅、芦甸追悼会在天津举行。阿垅、芦甸因受"胡风案件"株连受冤屈。

阿垅于 1967 年 3 月 15 日病逝，终年 60 岁；芦甸于 1973 年 3 月 21 日病逝，终年 54 岁。

6 月 23 日　第一届法国文学讨论会在无锡举行，会议就法国文学中的人道主义、存在主义、自然主义、"新小说"、新批评等问题进行了学术交流。

7 月 4 日　河北作协、《国风》编辑部在河北承德联合举办了郭小川诗歌学术讨论会。

7月17日　中共中央宣传部在河北涿县召开文艺评论工作座谈会，中宣部副部长贺敬之作了题为“做坚定的、清醒的、有作为的马克思主义文艺评论家”的讲话。

7月　《钟山》发表孟伟哉的中篇小说《黎明潮》，小说发表不久引起争论。

8月1日　《上海文学》第8期在“关于当代文学创作问题的通信”专栏中刊登了冯骥才、李陀、刘心武等关于高行健的《现代小说技巧实探》一书的通信，引发了《文艺报》《读书》《人民日报》等关于“现代派”问题的讨论。

8月10日　作家吴伯箫逝世。

8月15日　《人民日报》报道：由冯牧、阎纲、刘锡诚主编的《中国当代文学评论丛书》由湖南人民出版社出版，丛书收有影响较大的当代文学评论家个人评论集多种。

8月28日　中国作协山西分会主办的赵树理学术讨论会在太原举行。

8月　《上海文学》第8期发表冯骥才、李陀、刘心武对高行健的《现代小说技巧初探》的通信，并引发了“现代派”问题的论争。

梁晓声的短篇小说《这是一片神奇的土地》发表在《北方文学》第8期。

9月　高行健、刘会远的话剧剧本《绝对信号》发表在《十月》第5期。

宋学武的短篇小说《敬礼！妈妈》在《海燕》第9期发表。

石言的短篇小说《漆黑的羽毛》在《雨花》第9期发表。

唐挚的文章《是强者还是懦夫——评〈在同一地平线上〉的思想倾向》在《文艺报》发表。

10月28日　诗人袁水拍逝世。

10月　蔡测海的短篇小说《远处的伐木声》在《民族文学》第10期发表。

洪明的文章《论一种艺术思潮》在《文艺报》第10期发表。

11月7日　作家、评论家李健吾逝世。

11月　邵牧君的文章《现代派和电影》在《光明日报》11月11日发表。

李存葆的中篇小说《高山下的花环》发表在《十月》第6期。

12月15日　第一届茅盾文学奖授奖大会举行。本届获奖作品有以下6部长篇小说：姚雪垠的《李自成》第二卷，周克芹的《许茂和他的女儿们》,魏巍的《东方》,莫应非的《将军吟》,李国文的《冬天里的春天》和古华的《芙蓉镇》。

12月　王蒙的文章《关于塑造典型人物问题的一些探讨》在《北京文学》发表。

叶廷芳的文章《西方现代艺术的探索者——论卡夫卡的艺术特征》在《文艺研究》第6期发表。

本年出版的主要作品还有:舒婷的诗集《双桅船》《舒婷顾城抒情诗选》,蔡其矫的诗集《生活的歌》《流沙河诗集》等。

1983年

1月　徐敬亚的《崛起的诗群——评我国诗歌的现代倾向》发表在《当代文艺思潮》第1期。

史铁生的短篇小说《我的遥远的清平湾》发表在《青年文学》第1期。

陆文夫的中篇小说《美食家》发表在《收获》第1期。

张贤亮的小说《河的子孙》,发表于《当代》第1期。

2月　汪曾祺的《回到现实主义,回到民族传统》,发表于《北京文学》第2期,同期还发表了季红真对汪曾祺小说的评论《传统的生活与文化铸造的性格——谈汪曾祺部分小说中的人物》。

3月　铁凝的中篇小说《没有纽扣的红衬衫》发表在《十月》第2期。

黄子平的《"沉思的老树的精灵"——林斤澜近年小说初探》,发表于《文学评论》第2期。

3月16日　周扬的《马克思主义与人道主义的关系》在《人民日报》发表。

5月　杨炼的长诗《诺日朗》发表在《上海文学》第5期。

李杭育的短篇小说《沙灶遗风》发表在《北京文学》第5期。

卞之琳的论文《现代主义和现实主义构不成一对矛盾》,发表于《读书》第5期。

7月　杨炼的评论《传统与我们》发表于《山花》第9期。

9月　贾平凹的散文《商州初录》发表在《钟山》第5期。

10月　施蛰存的评论《关于"现代派"一席谈》,发表于《文汇报》10月16日。

10月31日　《人民日报》发表《人民日报》评论员文章:《高举社会主义文艺旗帜 坚决防止和清除精神污染》。

11月　艾青、贺敬之等接受记者访谈,就新时期文学的发展和清除精神污染问题发表意见。

11月1日　中央五讲四美三热爱活动委员会发出通知,强调抓紧打击刑事犯罪活动的有利时机,加强综合治理进一步转变社会风气。通知说,对社会上流传的淫书淫画和反动、淫秽录音录像制品,要严加查禁、收缴,对制造、复制、传抄、播放者要依法惩办。通知要求,对广大干部、群众、青少年进行一次抵制精神污染的教育。

11月24日　郑伯农的《在"崛起"的声浪面前》在《光明日报》上发表。

12月　季红真的评论《汪曾祺小说中的哲学意识和审美态度》,发表于《读书》第12期。

本年出版的主要作品还有:绿原的《人之诗》,陈敬容的《老去的是时间》,林希诗集《无名河》等。

1984年

1月3日　胡乔木在中央党校作题为"关于人道主义与异化问题"的讲话,《理论月刊》第2期发表了讲话修订稿。《人民日报》(1月27日)、《红旗》第2期转载全文。

1月　从维熙的中篇小说《雪落黄河静无声》发表在《人民文学》第1期。

邓友梅的中篇小说《烟壶》发表在《收获》第1期。

张承志的中篇小说《北方的河》发表在《十月》第1期。

3月5日　徐敬亚的自我批评文章《时刻牢记社会主义文艺方向——关于〈崛起的诗群〉的自我批评》发表在《人民日报》。《诗刊》第4期转载。

3月　冯骥才的小说《神鞭》发表于《小说家》第3期。

张贤亮的中篇小说《绿化树》发表于《十月》第2期。

张洁的中篇小说《祖母绿》发表于《花城》第2期。

4月　史铁生的小说《奶奶的星星》发表于《作家》第4期。

5月　张洁的小说《祖母绿》发表于《花城》第3期。

季红真的论文《文学批评中的系统方法与结构原则》，发表于《文艺理论研究》第3期。

6月　刘再复的论文《论人物性格的二重组合原理》发表于《文学评论》第3期。

6月30日　中共中央整党工作指导委员会发出第九号通知，要求各整党单位在对照检查基本完成后，要有一个整改的阶段。还明确强调要进行彻底否定"文化大革命"的教育。

7月　阿城的中篇小说《棋王》发表于《上海文学》第7期。

蒋子龙的小说《燕赵悲歌》，发表于《人民文学》第7期。

贾平凹的小说《腊月·正月》，发表于《十月》第4期。

9月　蔡翔的评论《一个理想主义的精神漫游》，发表于《读书》第9期。

10月　严阵的诗作《深圳的曙光》，发表于《人民文学》第10期。

张炜的小说《秋天的思索》，发表于《青年文学》第10期。

11月　孔捷生的中篇小说《大林莽》发表在《十月》第6期。

李存葆的小说《山中，那十九座坟茔》，发表于《昆仑》第6期。

《文艺报》召开张贤亮小说《绿化树》专题讨论会。

12月29日　中国作协第四次代表大会在京开幕。胡耀邦出席了会议。胡启立代表中共中央书记处向大会致祝词，高度评价了十一届三中全会以来我国社会主义文学对于提高人民的精神境界和思想觉悟，激励人心的改革、创新精神，丰富人民的文化生活所起的巨大作用。同时也指出，党对文艺工作的领导确实也存在一些缺点。主要是还存在一些"左"的思想影响。希望文艺界要加强社会主义法制观念，坚持百花齐放、百家争鸣的方针，实现创作自由。在文学创作中出现的失误和问题，只要不违反法律，都只能经过文艺批评即批评、讨论和争论来解决，必须保证被批评的作家政治上不受歧视，不因此受到处分或其他组织处理。进行文艺评论，必须采取平等的、与人为善的态度，不要简单粗暴，不要"无限上纲"，不要戴政治帽子，要允许反批评。

12月　《上海文学》杂志社组织一批风头正劲的青年作家、评论家聚会于杭州，在"新时期文学：回顾与预测"的主题下，"要求大家就自己关心的问题做一交流，并对文学现状和未来的写作发表意见"。结果，"文化"

成了作家"不约而同"的话题，就在这次会议之后，一批与寻根相关的文章相继发表：《文学的"根"》(韩少功，《作家》，1985 年第 4 期)、《我的根》(郑万隆，《上海文学》，1985 年第 5 期)、《文化制约着人类》(阿城，《文艺报》，1985 年 7 月 6 日)、《跨越文化断裂带》(郑义，《文艺报》，1985 年 7 月 13 日)、《理一理我们的根》(李杭育，《作家》，1985 年第 9 期)，作家们在这些文章中普遍关注民族文化问题，并认为，文学只有立足在自己民族文化的基础上才能求得发展。正像韩少功文中所讲的："文学有根，文学的根应深植于民族传统文化的土壤里，根不深，则叶难茂。""寻根文学"由此滥觞，形成了名重一时的文学思潮。

谢冕的评论《传统之于我们》，发表于《星星》第 12 期。

本年出版的主要作品还有：牛汉诗集《温泉》，刘心武的长篇小说《钟鼓楼》，曾卓诗集《老水手的歌》，周涛诗集《神山》等。①

---

① 本年表参考了以下资料：

1. 李扬：《中国当代文学思潮史》，上海：上海社会科学院出版社，2005 年。
2. 郑德荣等主编：《新中国纪事(1949—1984)》，长春：东北师范大学出版社，1986 年。
3. 旷晨、潘良编著：《我们的 1980 年代》，北京：中国友谊出版公司，2006 年。
4. 旷晨编著：《我们的 1970 年代》，北京：中国友谊出版公司，2006 年。
5. 尹昌龙：《1985 延伸与转折·年表》，第 226—236 页，济南：山东教育出版社，1998 年。
6. 孟繁华：《1978 激情岁月·年表》，第 250—284 页，济南：山东教育出版社，1998 年。
7. 洪子诚：《中国当代文学史·年表》，第 395—428 页，北京：北京大学出版社，1999 年。
8. 洪子诚：《中国当代文学史·史料选》(下)，武汉：长江文艺出版社，2002 年。

后　　记

本雅明曾经说过，幸福就是不被自己惊吓而能进入自己的内心。80 年代初期对笔者来说，只是一些碎片般的儿时记忆，一些无忧无虑的美好与天真，更是本雅明所说的不曾被历史和自己惊吓过的幸福。作为一个把 70 年代末 80 年代初的文学思潮作为自己的研究对象的研究者来说，未曾亲身经历过那段历史，不能不说是一种缺憾。这种在历史文本之间的行走无疑是在冒险，有多少好奇和无知，就会有多少臆想和揣测。但同时，也正是因为缺少了亲历者的历史情感的羁绊，作为一个在场的“局外人”，笔者希望自己能够少一些过分的投入，讲出一个较为“可信”的众声喧哗的“故事”。当然，笔者“故事”里也许经常夹杂着阐释的过剩、笨拙的表达、思考的不透彻以及形式的不完美。但是故事内容展开的过程本身，对笔者而言，就是历练和意义。在冷静和耐心中去“发现”，在对历史“文本”的释放中表达，本书赋予笔者的不仅仅是学术能力的训练，更是历史感和责任感的获得。

本书在笔者博士论文的基础上修订完善而成。首先感谢我的博士生导师华东师范大学的陈子善教授和硕士生导师罗岗教授、倪文尖教授的督促、鼓励、批评、指正。本书获同济大学2015年人文社科高水平著作出版资助，感谢同济大学文科办及同济大学出版社丁会欣编辑的大力支持，感谢陪伴我前行的家人以及给予我思考动力、对话、启发和建议的朋友。

王琼

2021年3月